Marie Hermanson

DER UNSICHTBARE GAST

Roman

Aus dem Schwedischen von Regine Elsässer

Insel Verlag

Die Originalausgabe erschien erstmals 2014 unter dem Titel
Skymningslandet bei Albert Bonniers Förlag, Schweden.

Published by arrangement with Nordin Agency, Malmö

Erste Auflage 2015

Satz: Satz-Offizin Hümmer GmbH, Waldbüttelbrunn
Druck: CPI – Ebner & Spiegel, Ulm
Printed in Germany
ISBN 978-3-458-17648-0

TEIL 1

1

Das Haus verfällt. Die Blätter des Efeus bedecken die Fenster, in diesem grünen Licht sieht der große Salon aus wie ein Aquarium. Die kleinen Haftwurzeln an den Unterseiten der Stiele suchen, tastenden Tausendfüßlern gleich, vergeblich Halt auf den Scheiben.

Heute habe ich in der Halle eine Weinbergschnecke gesehen. Ich weiß nicht, wie sie hereingekommen ist, vielleicht war die Haustür eine Weile offen. Sie saß an der Wand, groß und hellgelb, sie hatte eine silbrige, schlingernde Spur hinterlassen.

Unerklärlicherweise bekam ich Angst. Als wäre dies das erste Zeichen, dass die Tiere und Pflanzen Einzug halten.

Ich kann schon vor mir sehen, wie Weinbergschnecken, Ringelnattern und die riesigen Raupen des Holzbohrers über die Samtsessel kriechen. Wie das Christophskraut durch die Ritzen im Boden dringt. Die Zweige der Eichen die Fensterscheiben eindrücken, ihre Eicheln auf die Perserteppiche fallen.

Aber das wird natürlich nicht geschehen. Das Haus wird verkauft und in eine Konferenzlocation oder ein romantisches Hotel umgebaut, und ich werde hinausgeworfen. Ich muss bis dahin etwas Neues finden.

»Man muss springen«, hatte Tessan gesagt. »Die Spalte wird größer. Man muss auf die richtige Seite springen, solange man noch kann.«

Tessan war gesprungen.

Für mich ist es zu spät, glaube ich.

2

»Schlimmer als so kann es nicht werden«, dachte ich, als ich in Zimmer 618 stand und das Waschbecken voller Scheiße war. Das Fenster konnte man nur einen Spaltbreit öffnen. Unten auf der Straße rauschte der Verkehr. »Jetzt bin ich ganz unten angekommen. Tiefer geht es nicht mehr.«

Es war ein fürchterlicher Tag, aber auch nicht fürchterlicher als sonst. Ich hatte rechtzeitig um 7:52 eingestempelt – die Stechuhr des Hotels hatte man listigerweise hinter den Umkleideräumen ganz am Ende des Personalflurs angebracht, das Hotel bezahlte uns nur für die effektive Arbeitszeit, nicht fürs Umziehen.

Die Hausdame gab mir die Liste mit den Zimmern, ich fuhr mit dem Lift ins angegebene Stockwerk, ging eilig in die Vorratskammer, um einen guten Wagen zu erwischen. Es gab nämlich nicht genug gute Putzwagen. Die Flusen der dicken Teppichböden verhedderten sich in den Rädern, und bei manchen Wagen drehte sich keines der vier Räder, man musste den Wagen schieben wie einen enorm schweren Schlitten.

Um die Wagen mussten nur die Aushilfskräfte kämpfen. Die fest angestellten Zimmermädchen hatten eigene, gut funktionierende Wagen, die sie sorgsam hüteten und mit Zetteln vollklebten, auf denen sie in einem gebrochenen, aber kraftvollen Schwedisch kundtaten, was den armen Teufeln widerfahren würde, die diesen Wagen auch nur berührten.

Es war um Ostern, Touristensaison, in einigen Zimmern standen Kinderbetten, die man zusammenklappen und in eine Abstellkammer am Ende des Flurs bringen musste.

Außerdem machten Touristen besonders gerne Dreck, nur so bekamen sie das richtige Urlaubsgefühl, sie streuten Chips auf den Boden und legten sich in die Badewanne, statt zu duschen. Bei uns Zimmermädchen waren sie äußerst unbeliebt, wir sehnten uns nach den ruhigen Geschäftsleuten der Wintersaison, die kamen und gingen, ohne groß Spuren zu hinterlassen.

Ich bugsierte also das Kinderbett aus dem Zimmer und da löste sich der Stift, mit dem man die Tür offen hielt. Als ich ihn wieder hineindrücken wollte, schnappte die Feder auf und ich schrie vor Schmerz. Diese Stifte waren lebensgefährlich. Man konnte sofort sehen, welche Zimmermädchen neu waren: Sie trugen alle das Stigma am Daumen, das von diesem Stift herrührte. Nach einer Weile lernt man, damit umzugehen, aber jetzt war ich so gestresst und hielt das Kinderbett so ungeschickt, dass ich mich einklemmte.

Ich hatte der Hausdame das Problem mit den Türaufstellern geschildert. Und auch das mit den kaputten Putzwagen und den Gesundheitsrisiken aufgrund von schädlicher Haltung wegen zu niedriger Betten, zu schwerer Matratzen und zu enger Räume. Ihre Antwort war immer die gleiche: »Du kannst ja gehen, wenn es dir nicht passt.«

Unsere Gewerkschaftsvertreterin war eine kleine, rundliche Kolumbianerin, die ein paar wenige Worte schwedisch konnte. Wenn man auf Mängel im Arbeitsschutz hinwies, dann lachte sie nur, zeigte auf ihren Rücken und fragte: »Weh?« Dann holte sie eine Packung Tramadol aus der Tasche, drückte eine Tablette raus und gab sie einem.

Alle im Hotel nahmen Tabletten – Schmerztabletten, Schlaftabletten, Antidepressiva – und in den Pausen diskutierten wir die Vor- und Nachteile der verschiedenen Präparate und verkauften uns gegenseitig Tabletten.

Ich kämpfte mich durch meinen Arbeitstag. Rein ins Zimmer, Betten machen, staubsaugen und das Badezimmer putzen, alles in rasendem Tempo. Der Rücken schmerzte von all den falschen Bewegungen, die man machen musste, und immer wieder ärgerte ich mich über die gefältelten Lampenschirme und kompliziert aufgehängten Vorhänge, die reinsten Staubfänger. Unter hygienischen Gesichtspunkten ein Wahnsinn. Matratzen, die man nicht abwischen kann. Teppichböden, die man nie richtig saubermachen kann. Schmutz, Schmutz und noch mal Schmutz, dafür bezahlt man in einem Fünf-Sterne-Hotel. (Ein kleiner Tipp fürs nächste Mal: Verwenden Sie auf keinen Fall das Zahnputzglas! Die sind nicht so sauber, wie Sie glauben.)

Als ich endlich fertig war mit meinen neunzehn Zimmern, bugsierte ich den bremsenden Putzwagen in die Kammer, fuhr mit dem Lift in das unterirdische, fensterlose Stockwerk, wo die Personalräume waren, und lief durch den Flur zu den Umkleideräumen. Hinter mir hörte ich Nasser, den selbsternannten Chef des Zimmerservice, rufen:

»Gull-Britt! Wo läufst du hin, Gull-Britt?«

Ich heiße nicht Gull-Britt. Ich heiße Martina. Aber für uns Aushilfen werden nicht jedes Mal neue Namensschilder gedruckt, wir wechseln zu oft. Wir bekommen Namensschilder von ausgeschiedenen Angestellten. Man könnte meinen, es wäre besser, überhaupt kein Namensschild zu tragen, aber das verstößt gegen die Hausregeln des Hotels. Alle im Hotel müssen Namensschilder tragen, weil die Gäste uns »so als Individuen betrachten«. Man bekommt ein Namensschild, das zur ethnischen Zugehörigkeit passt. Es gab Schilder mit iranischen, arabischen, spanischen, thailändischen Namen, und auch ein paar schwedischen. Ich war also Gull-Britt.

Am Anfang fand ich es kränkend. Aber nach einer Weile gefiel mir das mit dem Arbeitsnamen ganz gut. Gull-Britt war die Loserin, die ausgebeutet wurde und den Rücken krumm machte. Martina wartete vor dem Hotel, respektiert und unantastbar, ein begabtes Mädchen mit tausend Möglichkeiten.

»Gull-Britt! Es gibt noch Zimmer«, rief Nasser.

Das war das Schlimmste an dem Job. Dass man nie wusste, wann sie einen gehen lassen würden.

Unsere Arbeitszeit war von acht bis fünf. Aber wenn es noch nicht aufgeräumte Zimmer gab, konnten sie uns festhalten, bis alles fertig war.

Natürlich war es nicht erlaubt, uns jeden Tag zu Überstunden zu zwingen. Wir sollten eigentlich auch keine neunzehn Zimmer pro Tag putzen, sondern siebzehn, so stand es im Vertrag, ich hatte nachgeschaut. Aber wenn man protestierte, war Nassers Antwort immer die gleiche:

»Willst du nicht arbeiten? Bitte sehr, und tschüs!«

Ja, wie gerne hätte ich tschüs gesagt zu dem kleinen Sklaventreiber Nasser und dem ekligen Hotel. Aber ich brauchte die Arbeit. Für eine Zweiundzwanzigjährige wie mich, ohne Ausbildung und nützliche Kontakte, gab es eigentlich nur drei Jobs: Putzfrau, Telefonverkäuferin oder persönliche Assistentin. Als Aushilfe natürlich. Eine richtige Anstellung mit festem Monatslohn, Urlaub und Krankengeld gab es nicht einmal in meinen Träumen. Menschen wie wir wurden genommen, wenn kurzfristig Arbeitskräfte fehlten, wir mussten arbeiten bis zum Umfallen und wurden rausgeworfen, wenn wir nicht mehr gebraucht wurden. Dann durften wir voller Angst neben unserem Handy auf den nächsten Auftrag warten.

»Ich habe den Wagen schon weggestellt«, sagte ich.

Nasser hob die Augenbraue und machte eine Geste des gespielten Erstaunens.

»Warum? Warum stellst du den Wagen weg? Was ist los? Es gibt noch Zimmer.«

Warum putzt du sie nicht selbst, wollte ich fragen. Nasser hatte den gleichen Job wie wir anderen, aber Putzen war wohl unter seiner männlichen Würde. Männer wurden meistens zum Spülen eingeteilt – irgendwie war es männlicher zu spülen als zu putzen –, aber im Moment gab es keine freien Jobs in der Küche und er war deshalb beim Putzen gelandet. Um seine männliche Selbstachtung zu retten, war es ihm gelungen, eine Art Deal mit der Hausdame auszuhandeln, er durfte das Kommando übernehmen und musste nur ganz wenig putzen.

»Keine Überstunden heute«, sagte ich und fügte mit lauter Stimme hinzu: »Unmöglich!«

Ich hatte mir die inoffizielle Umgangssprache im Hotel angewöhnt, eine Art Pidginschwedisch, das ich inzwischen erschreckend gut beherrschte und das nötig war, wenn man sich verständigen wollte. Kurze, unvollständige Sätze und praktische Vereinfachungen. Die meisten Gegenstände hießen »das da«. Seine Ansicht drückte man aus mit »gut« oder »nicht gut«. Logische Argumentationen kamen nicht vor, ich hatte es versucht, aber es verwirrte die Leute nur. Wenn man deutlich machen wollte, dass das Gesagte wichtig war, dann sprach man lauter oder schrie einfach.

»Unmöglich!«, brüllte ich noch einmal.

»Willst du nicht arbeiten, Gull-Britt? Bitte sehr, und tschüs«, antwortete Nasser und zeigte auf das Ende des Flurs.

Ich stieg also wieder in den Lift nach oben, holte den Wagen und machte weiter. Weitere fünf Zimmer, alle schmutzig und anstrengend.

Im nächsten Zimmer passierte es. Ich roch es schon, als ich das Zimmer betrat. Die anderen Zimmermädchen hatten erzählt, dass es solche Gäste gab, aber mir war es noch nie passiert. Hin und wieder hatte ich Sperma vom Fernseher abwischen müssen, aber es war das erste Mal, dass jemand Scheiße im Waschbecken hinterlassen hatte. Ein Geschenk von einem Fremden, der mir sagen wollte, was ich wert war.

Als es einmal einem anderen Zimmermädchen passiert war, wollte sie von der Kollegin an der Rezeption wissen, wer der Gast war, der in diesem Zimmer gewohnt hatte. Aber die Kollegin sagte, sie könne ihren Job verlieren, wenn sie die Information weitergab.

Ich verließ das Badezimmer, setzte mich auf den Boden vor dem großen Spiegel und weinte. Vor Müdigkeit und Erniedrigung. Mein Rücken tat weh und die Verletzung am Daumen brannte höllisch. Ich weiß nicht, wie lange ich da saß, aber irgendwann stand ich auf, hielt die Luft an und ging hinein.

Ich zog die Gummihandschuhe an und arbeitete weiter.

»Schlimmer kann es nicht mehr werden«, dachte ich. »Schlimmer kann es nicht mehr werden, und das ist immerhin ein Trost.«

Wie sehr ich mich irrte.

Am Abend saß ich in meiner gemütlichen Zweizimmerwohnung, die ich unter der Hand gemietet hatte, sie war mein fester Punkt in einer chaotischen Welt, ich hatte sie mit Möbeln von IKEA und vom Sperrmüll eingerichtet. Ich hatte gerade meine Wunde an der Hand aus Angst vor eventuellen Kolibakterien desinfiziert, mir eine Tasse tröstenden Chai-Tee gemacht und die Füße in ein Fußbad gestellt, als das Telefon klingelte.

Es war die Frau, die mir die Wohnung zur Untermiete überlassen hatte.

»Du kannst dir vielleicht denken, warum ich anrufe«, sagte sie mit schwacher Stimme.

Ich konnte es mir nicht denken. Ich wusste, dass sie mit einem Juristen in ein neu gebautes Haus gezogen war und ein Kind erwartete.

»Ich brauche die Wohnung. Es tut mir leid, wenn du deswegen Probleme bekommst.«

Sie flüsterte beinahe, ich erkannte ihre Stimme fast nicht wieder.

»Wir hatten ein Jahr ausgemacht«, sagte ich.

Ich versuchte ruhig zu bleiben. Wir hatten natürlich nie einen Vertrag unterschrieben.

»Ich weiß. Aber ich brauche sie.«

»Warum denn. Ihr habt doch ein Haus.«

»Was heißt hier ›ihr‹! Er hat eine andere.«

»Aber du bist doch schwanger!«

»Eben.« Ihre Stimme war auf einmal hart und bestimmt. »Ich brauche die Wohnung wirklich. Im Moment schlafe ich auf dem Sofa einer Freundin. Es wäre gut, wenn du dir so schnell wie möglich etwas Neues suchen würdest.«

Ich war also obdachlos.

Mir war, als würde ich fallen. Ich hatte an diesem schrecklichen Tag schon mehrmals das Gefühl gehabt, am Boden angekommen zu sein. Aber der Boden verschwand immer wieder und jetzt stürzte ich ins Bodenlose.

Ich saß wie gelähmt da, bis das Fußbad eiskalt war. Nach einer Weile merkte ich, dass ich heulte: »Mammmaaa!«

Wie ein kleines Kind. Ich war ja nicht allein auf der Welt. Zum Glück hatte ich eine Mutter und einen Vater und ein sicheres Zuhause, in dem ich immer willkommen war.

3

Zwei Jahre zuvor hatte ich das Klinkerhaus und den öden Ort im Mälartal verlassen, in der Überzeugung, nie wieder zurückzukommen. Jetzt war ich wieder da.

Meine Mutter stand in der Küche und schnitt rote Zwiebeln, als ich ankam. Sie war erstaunt, als ich eintrat und meinen Rucksack auf den Boden warf.

»Martina! Was für eine Überraschung!«

»Ich habe gestern und vorgestern versucht, euch anzurufen, aber es hat niemand geantwortet.«

»Oh, wir waren in Paris.«

»In *Paris*?«

In meiner Kindheit sind wir fast nie ins Ausland gefahren, aber seit ich von zu Hause ausgezogen war, sind meine Eltern in der Toskana, in Barcelona, Budapest und Thailand gewesen. Und jetzt also Paris. Es war inzwischen so normal für sie, dass sie es mir nicht einmal mehr mitteilten.

»Nur ein verlängertes Wochenende. Wir dachten, wir müssten mal wieder weg.«

»Ihr hättet es mir sagen können. Ich habe mir wirklich Sorgen gemacht, als niemand antwortete. Ihr hättest ja hier liegen können, mit gebrochenem Oberschenkelhals oder sonst was«, sagte ich aufgeregt.

»Lieb von dir, dass du dich um deine alten Eltern sorgst«, sagte Mutter und streute die Zwiebelringe über den Salat. (Sie war sechsundvierzig, sah aus wie fünfunddreißig, trainierte im Sportstudio und lief Marathon.) »Aber zu dieser Reise haben wir uns sehr kurzfristig entschlossen. Ich glaube nicht, dass wir sie schon geplant hatten, als wir zuletzt telefoniert haben.«

Ich warf einen Blick auf die große Keramikschale mit griechischem Salat, die neben ihr auf der Arbeitsfläche stand.

»Esst ihr bald?«, fragte ich.

»Ein paar Kolleginnen aus der Schule kommen zu mir. Wir gehören zu einer Arbeitsgruppe und wollen ein bisschen reden.«

»Macht ihr das in der Freizeit? Das könnt ihr doch in der Schule machen.«

»Es ist netter hier.«

Ich sah durch die Tür ins Wohnzimmer, wo der Tisch mit der Marimekkodecke und den mundgeblasenen Weingläsern gedeckt war.

»Trinkt ihr Wein beim Arbeiten?«, rief ich aus.

Mutter lachte.

»Wir wollen nur ein bisschen reden. Du kannst noch einen Teller dazustellen und mit uns essen. Es wird dich schnell langweilen, wenn wir über die Schule reden.«

»Danke, ich esse lieber hier in der Küche«, sagte ich.

»Möchtest du ein Glas Wein?«

»Nein danke.«

Meine Mutter unterrichtete in dem Gymnasium, auf das ich selbst einmal gegangen war. Ich hatte überhaupt keine Lust, meine ehemaligen Lehrerinnen zu treffen und mich fragen zu lassen, was ich denn so mache.

Als die Gäste kamen, saß ich allein in der Küche und aß griechischen Salat mit Baguette. Ich machte die Wohnzimmertür einen kleinen Spalt breit auf. Nein, zum Glück kannte ich keine der Lehrerinnen. Sie sprachen munter miteinander und sahen zufrieden aus, dazu hatten sie auch allen Grund, mit ihren festen Anstellungen und Gehältern, die jeden Monat auf dem Konto eingingen.

Es war irgendwie total verkehrt. Ich war jung, und ich sollte Wein trinken und lachen. Ich sollte von meinen Reisen in die Welt zurückkommen und meinen erstaunten Eltern von meinen Abenteuern berichten.

Aber ich konnte nirgendwohin reisen. Mein Lohn reichte im besten Fall für die Miete und fürs Essen. In manchen Monaten hatte ich so wenige Arbeitsstunden, dass meine Eltern mir helfen mussten. Das höchste der Gefühle in Bezug auf Reisen war ein Ausflug nach Saltholmen oder in den Schlosspark, das Handy immer auf Empfang. Ich konnte jederzeit eine SMS-Nachricht bekommen, dass ich ins Hotel kommen und arbeiten sollte. Wenn ich ablehnte, bekam ich keine »Angebote« mehr. »Willst du nicht arbeiten? Bitte schön, und tschüs.«

Ich hatte meiner Mutter noch nichts von meiner Situation erzählt. Dass ich aus der Wohnung rausgeflogen war und für eine Weile wieder hierher ziehen musste. Das wollte ich erzählen, wenn die Kolleginnen gegangen und mein Vater zu Hause war.

Ich stellte den Teller in die Spülmaschine, nahm meinen Rucksack und wollte in mein Zimmer gehen. Um dorthin zu kommen, musste ich durchs Wohnzimmer. Wurde von mir erwartet, dass ich allen die Hand gab? Nein, das würde ich bestimmt nicht machen. Ich entschied mich für ein diskretes Hallo im Vorbeigehen.

Als ich ins Wohnzimmer kam, erzählte jemand gerade etwas Lustiges und alle lachten so laut, dass sie mich gar nicht bemerkten.

Ich wollte leise und unbemerkt zu meinem Zimmer schleichen, aber etwas stimmte da nicht: Die Tür war weg. *Mein ganzes Zimmer war weg.*

Ich kann kaum beschreiben, was ich fühlte, als ich da im Wohnzimmer stand und auf eine glatte Wand starrte. Totale Verwirrung, könnte man sagen. Sogar die Wand war merkwürdig, mit ihrer fremden Tapete.

Ich schaute auf die Wand, dann zu meiner Mutter, die zwischen den anderen Lehrerinnen saß. Sie waren gerade mit dem Essen fertig und hatten ihre Unterlagen hervorgeholt, für sie schien alles ganz normal zu sein.

»Wo ist mein Zimmer?«, rief ich.

Alle drehten sich um. Meine Mutter stand auf und kam auf mich zu.

»Aber Martina, wir haben doch umgebaut. Bist du so lange nicht mehr hier gewesen?«

Allmählich fiel mir ein, dass ich etwas von Umbau gehört hatte und von einem Schreiner, mit dem sie Probleme hatten. Ich hatte nicht so genau zugehört.

»Aber warum?«, fragte ich verblüfft.

»Warum? Tja. ›Hier reißt man ein, um Luft und Licht zu schaffen. Ist das vielleicht nicht Grund genug?‹«, sagte meine Mutter in dem ironisch feierlichen Ton, den sie annahm, wenn sie etwas zitierte. Sie unterrichtet Schwedisch und Englisch und hat für jede Gelegenheit ein passendes Zitat aus der Literatur parat.

»Strindberg. ›Das Esplanadensystem‹«, murmelte ich mechanisch.

Die Lehrerinnen lachten.

»Genau«, sagte Mutter und zeigte dorthin, wo früher die Wand zu meinem Zimmer gewesen war. Die Wand, die sie entfernt hatten, weil meine Mutter ein größeres Wohnzimmer wollte. Ich weiß noch, dass sie immer gejammert hat, das Wohnzimmer wäre so klein. Jetzt hatte sie Platz für eine Essecke und eine Sofagruppe. Sie hatten auch neue Fenster eingebaut, eine verglaste Wand zum Garten war entstanden, und im Sommer würden sie einen Sonnenplatz bauen. Hier folgten die Veränderungen offensichtlich Schlag auf Schlag.

Aber wie konnte das so schnell gehen? Als ich zuletzt hier war, hatte alles noch normal ausgesehen.

Wann war ich zuletzt hier? An Weihnachten natürlich, und danach? Ich überlegte. Ich war seit Weihnachten nicht hier gewesen. Jetzt war es April.

»Gefällt es dir nicht?«, fragte Mutter.

Jetzt sah ich, dass da ein neues Sofa in Tannengrün stand und ein geblümter Sessel, den ich auch noch nie gesehen hatte, und dass das Zimmer tatsächlich viel heller war.

»Du vermisst doch wohl dein altes Zimmer nicht? Du willst doch nicht hierher zurückkommen, oder?«, sagte meine Mutter lächelnd.

Ich lächelte sie mit zusammengekniffenen Lippen an und versuchte vernünftige, erwachsene Gedanken zu denken:

Es kommt der Tag, da hat man keinen Zugang mehr zum Zimmer der Kindheit. Zu diesem wunderbaren, sorgenfreien Platz voller Spiele und Vergnügungen und bedingungsloser Geborgenheit. Eines Tages gibt es das nicht mehr, das wusste ich doch.

Ich hatte nur nicht gedacht, dass es so *konkret* sein würde. Dass es im wahrsten Sinn des Wortes keine Tür mehr zu diesem Zimmer gab.

Ich war überzeugt, dass meine Eltern mich aufnehmen würden, wenn ich ihnen von meinem Problem erzählte. Vater hatte ein Schlafsofa in seinem Arbeitszimmer, und wenn wir Übernachtungsgäste hatten, schliefen die dort. Ich sah vor mir, wie ich da im Bett lag, während mein Vater noch an seinem Schreibtisch saß und Schularbeiten korrigierte. »Stört es dich, wenn ich die Schreibtischlampe anhabe«, würde er freundlich fragen. »Nein, nein, Papa, das macht gar nichts«, würde ich antworten und mir die Decke über den Kopf ziehen.

Ich musste eine andere Lösung finden.

»Es ist sehr schön geworden«, sagte ich lobend. »Aber jetzt muss ich gehen.«

»Schon? Willst du nicht warten, bis Papa kommt?«

»Beim nächsten Mal. Ich gehe heute Abend auf ein Fest zu einer alten Schulfreundin. Deswegen bin ich hier. Ich wollte nur reinschauen, um zu sehen, ob mit euch alles okay ist.«

»Mach dir keine Sorgen. Uns geht es gut«, sagte Mutter.

»Grüß Papa.«

Ich umarmte sie, und sie setzte sich wieder zu ihren Kolleginnen.

Auf dem Weg durch die Küche schenkte ich mir noch ein Glas Wein ein. Ich leerte es schnell, nahm meinen Rucksack und ging.

4

Ich hatte es so eilig gehabt, mein verändertes Elternhaus zu verlassen, dass ich vergessen hatte, nach den Abfahrtszeiten des Busses zu schauen. An der Busstation stellte ich fest, dass ich zwei Stunden warten musste.

Ich ging in ein Café und setzte mich mit einer Tasse lauwarmem Kaffee und einem in Plastik verschweißten Gebäck ans Fenster. Außer einem älteren Mann, der aussah, als stamme er aus einem Balkanland, war niemand im Café. Er rührte mechanisch in seiner Tasse und starrte vor sich hin. Ich hatte gerade begonnen, in einem fleckigen Exemplar der Tageszeitung zu blättern, als ich aus dem Fenster sah und ein Mädchen bemerkte, das über die Straße kam und die Tür eines Autos öffnete, das direkt vor dem Café geparkt war. Sie bewegte sich schnell und ungeduldig, aus ihren hochgesteckten Haaren lösten sich dunkle Locken, die wie Regen über ihr hübsches Gesicht fielen.

Tessan! Es war wirklich Tessan. Ich klopfte fest an die Fensterscheibe und winkte ihr zu. Sie war gerade in ihr Auto gestiegen und drehte sich jetzt um, aber dann erkannte sie mich, lachte und stieg wieder aus.

Im nächsten Moment war sie im Café. Sie zog ihren Mantel aus und warf ihn über einen Stuhl. Darunter trug sie eine Bluse und einen Rock, ordentlich, unmodern, und sie sah darin sehr anders aus als die Tessan von früher.

Wie wunderbar, sie gerade in diesem Moment zu sehen. Ich hatte vergessen, wie sie war. Irgendwie elektrisch. Knisternd, leuchtend und ein kleines bisschen gefährlich.

Wir hatten uns im Gymnasium kennengelernt. Ich war ein ordentliches Mädchen mit guten Noten, machte jeden Abend meine Hausaufgaben, ging nie aus. Und dann kam Tessan mitten im Schuljahr in unsere Klasse. Sie stellte mein ganzes Leben auf den Kopf. Mit ihr zusammen ging ich auf Feste, ich lernte Jungs kennen, fuhr zu Musikfestivals. Die Schule kam jetzt erst an zweiter Stelle, und meine Zeugnisnoten waren entsprechend. Aber wir hatten Spaß.

Ich hatte es auch Tessan zu verdanken, dass ich nach dem Gymnasium nach Göteborg umzog. Sie hatte im Sommer in einem Restaurant in Smögen als Bedienung gearbeitet, und als es bei Saisonende schloss, folgte sie dem Besitzer in sein zweites Restaurant nach Göteborg. Der Job als Bedienung gefiel ihr gut. Sie sah gut aus, war schnell im Kopf und taff, und sie bekam natürlich jede Menge Trinkgeld. Sie wohnte zusammen mit einer anderen Bedienung in einer großen Wohnung und sie meinte, ich könne zu ihnen ziehen.

Aber nur wenige Monate nachdem ich dorthin gezogen war, lernte Tessan einen »erdnahen« jungen Mann kennen, der auf einem Hof außerhalb von Enköping lebte. Sie war ganz verrückt nach ihm und sagte, dass sie das Leben im Restaurant und in Göteborg satthabe. Sie wollte auf dem Land leben und ein Pferd haben. Kurz darauf verließ sie uns und zog mit ihm zusammen.

Ich war ziemlich enttäuscht von ihr. Ja, ich war wirklich sehr traurig. Während der Zeit auf dem Gymnasium hatten wir oft davon gesprochen, dass wir beide zusammen in einer Wohnung in New York leben würden. Das waren natürlich nur Träume, aber Göteborg klang realistisch, und schließlich hatte sie mich überredet, dorthin zu ziehen. (Um weniger Miete für die teure Wohnung bezahlen zu müssen, dachte ich hinterher.) Und dann verschwand sie, kaum dass ich angekommen war. Ich fühlte mich von ihr hintergangen. Alles wurde grau und traurig, nachdem sie ausgezogen war. Mit der anderen Mitbewohnerin verstand ich mich nicht besonders, ich war also froh, dass ich in die kleine Untermietwohnung in Majorna ziehen konnte.

Seit Tessan aus Göteborg weggezogen war, hatten wir kaum Kontakt gehabt. Am Anfang telefonierten wir noch miteinander, aber dann funktionierte ihre Handynummer nicht mehr, und eine neue hatte ich nicht.

Aber nun stand sie hier, das muffige Café wurde hell, die Luft um sie herum vibrierte. Ich war auf einmal auf unfassbar alberne Weise glücklich.

Sie begrüßte mich mit einer schnellen und unsentimentalen Umarmung, ungefähr so, als hätten wir uns erst gestern gesehen, sie holte sich eine Tasse Kaffee und ein Schokotörtchen und setzte sich mir gegenüber. Wir erzählten uns, was wir in der letzten Zeit erlebt hatten. Ich fasste kurz meine triste berufliche Karriere als Aushilfskraft zusammen und erzählte ihr, dass ich meine Wohnung verloren hatte. Und von der schmachvollen Rückkehr in mein Elternhaus, wo es mein Zimmer nicht mehr gab.

»Spurlos verschwunden«, sagte ich. »Es war einfach weg. Als ob ich nie da gewohnt hätte. Sie haben mich aus ihrem Leben ausradiert.«

Ich sah meine Mutter vor mir, wie sie am Whiteboard in ihrem Klassenzimmer stand und wie verrückt mit dem Radierer rieb, die ganze Geschichte rührte mich so sehr, dass ich beinahe weinen musste.

Tessan wollte mich damit trösten, dass auch ihr Leben kein Tanz auf Rosen gewesen war. Der erdverbundene Typ aus Enköping interessierte sich, wie sich bald herausstellte, viel mehr für seine alten Volvos als für Tessan. Und der Stall, in dem sie ihr Reitpferd unterstellen wollte, war voller alter Schrotthaufen, die repariert werden sollten, wenn es die Zeit und die Gelegenheit erlaubten. Das einzig richtig Positive an ihm war, dass er ihr Silikonbrüste bezahlt und das Autofahren beigebracht hatte.

Mit einem Führerschein und neuen Brüsten – aber ohne den Typ aus Enköping – suchte Tessan nach neuen Herausforderungen. Sie hatte eine Arbeit in der Altenpflege gefunden, und ihre Mutter hatte Geld zugeschossen, damit sie sich den kleinen Toyota kaufen konnte, der nun auf der Straße vor dem Café parkte und auf den sie maßlos stolz war.

»Es ist bestimmt praktisch, ein eigenes Auto zu haben, wenn du zu den alten Leuten fahren musst«, sagte ich.

Sie nickte und zerdrückte ihr Schokotörtchen gründlich mit dem Teelöffel, wie sie es früher schon in der Schulcafeteria gemacht hatte.

»Auf dem Land ist ein Auto ein absolutes Muss. Aber ich arbeite nicht mehr in der Altenpflege. Ich habe einen neuen Job.«

»Was für einen Job?«

»Eine ganz besondere Arbeit.« Sie lächelte geheimnisvoll. »Die beste Arbeit, die ich je gehabt habe. Besser bezahlt als die Altenpflege und kein Windelnwechseln, kein Stress.«

Langsam und genussvoll lutschte sie an einem Löffel Schokoladenbrei.

»Es ist natürlich schwierig«, fügte sie hinzu.

Ich wartete, dass sie mehr erzählen würde, aber das hatte sie offenbar nicht vor.

»Wo wohnst du denn? Hier im Ort?«, fragte ich.

Sie schüttelte den Kopf.

»Ich habe hier nur meine Mutter besucht. Ich wohne jetzt auf dem Land. Auf meiner Arbeitsstelle.«

Ich wollte natürlich mehr hören, aber sie lächelte nur.

Einen schwindelerregenden Moment lang dachte ich, es handele sich um Prostitution. Als wir nämlich von unseren Traumberufen phantasiert hatten, sagte Tessan immer, sie wolle die Luxushure eines stinkreichen Mannes werden, der ihr eine Wohnung und eine Kreditkarte spendierte. Sie war nie ausschweifend erotisch gewesen, ihre Sicht auf die Liebe war immer eher pragmatisch als romantisch gewesen, und sie besaß wirklich die körperlichen Voraussetzungen für den Job. Aber sie besaß auch einen Stolz und einen Trotz, der überhaupt nicht zu diesem Bild passte.

Sie schaute auf ihr Handy.

»Oh je, ist es schon so spät! Ich muss jetzt nach Hause fahren. Willst du mitkommen und sehen, wie ich wohne?«

»Wenn du mich hinterher wieder hierher zurückfährst oder an einen Bahnhof bringst. Ich muss heute Abend nach Göteborg«, sagte ich.

»Na klar. Oder willst du über Nacht bleiben? Wir haben jede Menge Platz.«

Ich überlegte, was sie wohl mit »wir« meinte, aber ich fragte nicht. Da ich ja geplant hatte, bei meinen Eltern zu übernachten, hatte ich mein Waschzeug im Rucksack.

»Okay«, sagte ich. »Aber zieh mich nicht in deinen Job rein.«

Ich wollte an keinerlei Orgien teilnehmen.

Tessan lachte.

»Ich werde dich in gar nichts reinziehen, Martina, versprochen«, sagte sie.

Sie meinte es bestimmt auch so. Denn damals konnte noch niemand ahnen, wie sehr ich mich reinziehen lassen würde.

5

Wir fuhren mit offenen Fenstern. Es roch nach feuchter Erde und etwas anderem, Kraftvollem, Berauschendem, das mich an altertümliche Fruchtbarkeitsriten denken ließ. Das junge Grün war fast durchsichtig, wie dünne hellgrüne Schleier, die vom Himmel herabgeschwebt und auf den Äckern gelandet waren. Ein Windhauch und sie wären wieder verschwunden, so flüchtig schienen sie.

Ich versuchte, aus Tessan herauszubekommen, was sie arbeitete, aber sie sagte nur »du wirst schon sehen«, und dann sprach sie wieder auf die ihr eigene fahrige Art und Weise über alles Mögliche. Sie hat eine ganz besondere Stimme, die mich schon immer fasziniert hat: dumpf und ein bisschen heiser. Wie dunkles, blankes Eis, das langsam reißt.

Es begann zu dämmern, als Tessan in eine sanft ansteigende Allee mit großen, unbeschnittenen Eschen abbog. Eine Allee aus Eschen ist ziemlich ungewöhnlich, es sind meistens Pappeln, Weiden oder Linden. Die Rinde war mit dickem grauem Moos bewachsen, die Zweige streckten sich über die Straße.

Die Allee endete an einem herrschaftlichen Gebäude.

Tessan parkte auf dem Kiesplatz, schaltete den Motor aus und schaute mich an, neugierig, wie ich reagieren würde.

»Was ist das für ein Ort?«, fragte ich. »*Wohnst* du hier?«

Sie hielt mein Staunen für einen Ausdruck der Bewunderung und freute sich.

»Es heißt Glimmenäs«, sagte sie. »Jetzt gehen wir rein und sagen guten Tag.«

Sie musterte meine Jeans mit einem kritischen Blick und fügte hinzu:

»Vielleicht solltest du dich erst umziehen. Schau nicht so ängstlich. Da drinnen gibt es Kleider.«

Ich hatte noch ein paar Fragen stellen wollen, aber Tessan war schon ausgestiegen und hatte die Autotür zugeschlagen.

Ich folgte ihr vorbei am feudalen Haupteingang über den knirschenden Kies zu einer Tür an der Schmalseite des Hauses. Efeu kletterte über alle Mauern und verbarg fast ganz den abblätternden Putz.

Tessan schloss auf, wir traten in einen kleinen Flur mit braunen Blumentapeten. Es roch wie in einer alten Schule oder einer Jugendherberge; eine muffige Mischung aus alten Essensgerüchen, Reinigungsmitteln und feuchten Wänden.

Ich wurde ein wenig unruhig. Hatte Tessan wirklich das Recht, hier zu sein? Was war das für ein Haus? Ich erinnerte mich an all die verrückten Dinge, die wir zusammen unternommen hatten. Oft wenn wir etwas getrunken hatten. Wir mopsten Äpfel, klauten Schminksachen und ärgerten Leute, die wir nicht mochten. Oder eher, die Tessan nicht mochte. Das meiste war ziemlich harmlos, manches war ernster und hätte juristische Nachspiele haben können, wenn wir erwischt worden wären. Im Nachhinein dachte ich an diese Zeit mit einer Mischung aus Scham über das, was wir angestellt, und Erleichterung, dass wir es geschafft hatten. Aber als wir es machten, war es einfach lustig und spannend. Als würde man in einem Film mitspielen.

Als wir in dem großen fremden Haus durch den Flur gingen, hatte ich wieder dieses Filmgefühl. Mein Herz schlug etwas schneller, meine Sinne waren wachsam.

Wir gingen eine Treppe hinauf und kamen in einen weiteren Flur, ganz anders als der erste. Er war heller und höher, ein Teppich bedeckte den Boden.

Tessan öffnete eine der Türen. Ein starker Geruch von Mottenpulver schlug uns entgegen. Hier drinnen hingen Kleider in langen Reihen auf Kleiderständern, die meisten waren in große Hüllen verpackt. Auf dem ersten Ständer hingen ein paar unverpackte: sieben, acht Kleider und ein paar Röcke und Blusen. Sie sahen aus, als stammten sie aus den 1930er oder 40er Jahren. Ganz hinten stand ein großer, dreiteiliger Spiegel.

Tessan nahm ein dunkelgrünes Kostüm herunter, es bestand aus einem schmalen Rock, einer Jacke mit geraden Schultern und einem Gürtel in Taillenhöhe.

»Zieh es mal an«, sagte sie mit ihrer leisen, heiseren Stimme. »All diese Kleider passen mir. Und wir haben wohl immer noch die gleiche Größe?«

Tessan und ich hatten früher immer die Kleider getauscht. Ich erinnerte mich noch gut an das prickelnde Gefühl, wenn ich ein Kleidungsstück von Tessan trug. Ein Teil von Tessan schien auf mich überzugehen, ich konnte sie fast auf meiner Haut spüren. Einen kurzen Moment lang fühlte ich mich dann genauso leichtsinnig und abenteuerlich wie sie.

»Ja, ich glaube schon«, sagte ich unsicher.

»Und dann noch das«, sagte sie und reichte mir eine Bluse, die vielleicht einmal weiß gewesen war, aber jetzt eher gelb geflammt aussah.

»Warum soll ich das alles anziehen? Ich möchte meine eigenen Sachen anbehalten«, protestierte ich.

Aber dann zog ich doch folgsam meine Jeans aus und die Kleider an, die sie mir hinhielt. Tessan wühlte weiter und komplettierte meine Ausstattung mit Nylonstrümpfen mit Naht und ein Paar Schuhen mit halbhohem Absatz.

Ich schaute mich in dem hohen Spiegel an. Die Seitenteile waren so gestellt, dass ich mich von schräg hinten sehen konnte. Das Kostüm passte mir wie angegossen. Ich glaube, ich hatte in meinem ganzen Leben noch nie ein so gut sitzendes Kleidungsstück angehabt.

»Hm«, murmelte Tessan. »Du solltest vielleicht die Haare hochstecken.«

Sie drehte meine Nackenhaare zu einer Rolle, steckte sie dann mit Haarnadeln fest und nickte meinem Spiegelbild anerkennend zu.

Dann richtete sie ihre hochgesteckten Haare und malte ihre fülligen Lippen mit einem mattroten Lippenstift an. Sie stellte sich neben mich und wir betrachteten uns im Spiegel. Zwei schmucke junge Damen aus einer anderen Zeit, eine dunkel, eine blond.

»Sind wir nicht reizend«, flüsterte Tessan.

Plötzlich durchfuhr mich eine Unruhe.

»Tessan«, sagte ich, »was haben wir vor? Wen werden wir treffen?«

6

Ich versuche, mir Florence Wendman so in Erinnerung zu rufen, wie ich sie zum ersten Mal im Kleinen Salon gesehen habe. Die schneeweißen Haare, die spitzen Schlüsselbeine unter der papierdünnen Haut, der vom Alter gekrümmte Nacken.

Für ihr Alter hatte sie erstaunlich wenig Falten. Ihre Haut war anders gealtert, eher wie ein alter, dünn und blank gewordener Stoff.

Aber die Augen! Diese merkwürdigen Augen. Alles andere an ihr war blass und grau geworden: die Haare, die Haut, die Lippen. Nur die Augen waren intensiv blau und strahlten wach und neugierig aus ihren schattigen Höhlen. Als ob es in dem alten Körper einen jüngeren Menschen gäbe, der durch die Öffnungen herausschaute.

Sie trug eine Bluse, die ihre phantastische Augenfarbe noch betonte. Später sollte ich feststellen, dass sie immer Kleider in einem blauen Farbton trug: taubenblau, türkis, marine oder wie jetzt: ein kühnes Kornblumenblau. Sie trug eine Kette mit einem goldenen Medaillon um den Hals. Die Kette war so lang, dass das Medaillon über ihrem Bauch hing. Ich versuchte, dessen Inhalt zu erraten: Ein Foto ihres verstorbenen Ehemanns, die Haarlocke eines verflossenen Liebhabers?

»Guten Tag, Tante Florence«, sagte Tessan und knickste.

Ja, sie knickste wirklich. Den Blick scheu gesenkt und mit einem Lächeln, wie ich es an ihr noch nie gesehen hatte.

»Guten Tag, Therese«, antwortete die alte Frau mit spröder, aber sehr deutlicher Stimme.

»Ich habe eine Freundin dabei.«

»Ich sehe es, ich sehe es«, sagte Florence und nickte.

Tatsächlich schaute sie mich in diesem Moment überhaupt nicht an. Sie nahm ihr Medaillon in die Hand, öffnete es mit einer geübten Daumenbewegung und betrachtete es nachdenklich. Ich beugte mich ein wenig vor, und ehe sie es wieder schließen konnte, sah ich den Inhalt: Ein Zifferblatt. Das goldene Schmuckstück war also eine Uhr.

Es war lustig, dass sie sich die Mühe machte, das Medaillon zu öffnen. Denn das Zimmer war voller Uhren. Ich zählte acht Wanduhren, drei Tischuhren und eine Standuhr. Und alle schienen richtig zu gehen.

»Und wie heißt das Fräulein?«

Die blauen Augen waren jetzt auf mich gerichtet. Unbeholfen streckte ich meine Hand aus, warf Tessan einen Blick zu, die mit einer diskreten Geste die Handflächen nach unten drückte und so ein Beugen der Knie andeutete. Ich knickste.

»Ich heiße Martina«, sagte ich und war erstaunt über die Kraft in der kalten, schmalen Hand, die meine drückte. Die Wunde am Daumen schmerzte und ich hatte Angst, sie würde anfangen zu bluten.

»Martina.« Florence schnalzte leicht mit der Zunge, als würde sie meinen Namen kosten. Sie hielt immer noch meine Hand fest, mir schossen beinahe die Tränen in die Augen vor Schmerz. Sie bemerkte das Pflaster in der Daumenbeuge und fragte trocken: »Hast du dich verletzt?«

»Das ist nur ein kleiner Kratzer«, sagte ich.

Endlich ließ sie meine Hand los.

»Hast du Hummer bekommen, Therese?«

Florence schien bereits das Interesse an mir verloren zu haben.

»Oh ja, sehr schöne Hummer. Sie sind in der Küche«, sagte Tessan munter.

Ich starrte sie erstaunt an. Wo hatte Tessan Hummer bekommen?

»Und alles andere? Hast du das auch bekommen, Therese?«

»Alles, gnädige Frau. Es wird ein wunderbares Fest werden.«

»Ganz bestimmt. Aber natürlich auch ermüdend. Ich muss mich noch ein wenig hinlegen, damit ich den Abend überstehe.«

Florence lächelte und schüttelte leicht den Kopf, als würde sie sich an etwas Lustiges erinnern.

»Therese, nimm die französischen Teller für den Hummer. Und das Kongelik-Dansk-Service für das Hauptgericht und das Dessert. Ich gehe also davon aus, dass um acht Uhr alles fertig ist. Ich komme um sieben mit den Tischkärtchen herunter.«

»Sehr wohl. Und – wäre es möglich, dass Martina hier übernachtet? Sie könnte mir mit dem Essen und beim Servieren helfen.«

Florence warf mir einen Blick zu.

»Ja, das ist eine ausgezeichnete Idee.«

»Warum hast du nicht gesagt, dass hier heute ein Fest stattfindet?«

Ich schaute mich in der großen Landhausküche um, sah jedoch nirgends eine Wanne mit bedauernswerten Hummern, die mit ihren zusammengebundenden Zangen klapperten.

Tessan lachte nur und gab mir eine Schürze.

»Komm und hilf mir beim Tischdecken«, sagte sie und ging voran in den Speisesaal.

Jedes Zimmer auf Glimmenäs hatte seinen eigenen, ganz besonderen Geruch. Die Gerüche waren durchweg nicht angenehm, aber außer der Dusche im Dienstbotentrakt, die offenbar schlimme Wasserschäden erfahren hatte, roch es auch nirgends ausgesprochen übel. Der Geruch des Speisesaals war der speziellste: dumpf und sinnlich zugleich – altes Holz, alter Zigarettenrauch und noch etwas Undefinierbares, das ähnlich einem Musikstück einen Punkt tief in meinem Innern berührte.

Tessan legte eine gemangelte Leinendecke auf den Tisch, und aus einem großen Eichenschrank holte sie einen Stapel Teller mit Fisch-Design.

»Kannst du das Krustentierbesteck aus der Schublade da drüben holen? Es ist in einer blauen Schachtel«, sagte sie und verteilte die Teller auf dem großen Tisch. »Wie sieht es aus? Wir müssen es vielleicht putzen.«

Ich wusste nicht, wie Krustentierbesteck überhaupt aussah, aber ich fand eine blaue Schachtel mit Samtfutter, öffnete sie und hielt Tessan die spitzigen Werkzeuge hin.

»Ja, wir müssen sie putzen. Sie sind angelaufen«, entschied sie.

Wir nahmen das Besteck mit in die Küche. Ich zog die schwere Kostümjacke aus und die Schürze an, die Tessan mir gegeben hatte. Dann setzte ich mich ihr gegenüber an den Küchentisch.

Dass an meinem ersten Tag auf Glimmenäs ausgerechnet Hummer auf der Speisekarte stand, war eine Ironie des Schicksals. Wenn ich heute einen Krebs oder einen Hummer sehe, schaudert es mich, aber damals mochte ich Krustentiere noch sehr gern, und der Gedanke an frisch gekochten Hummer ließ mir das Wasser im Mund zusammenlaufen. Vielleicht würde ja auch etwas für mich und Tessan übrig bleiben?

»Das Besteck muss glänzen wie die Sonne, dann ist Florence zufrieden«, sagte Tessan und rieb die schmale Gabel wie verrückt mit einem Lappen.

»Wer ist denn alles eingeladen?«, fragte ich und verteilte mit einem anderen Lappen etwas Putzmittel.

»Die Üblichen. Die Kerle aus der Wendmann'schen Gesellschaft. Carl Henrik Gyllenmård und die anderen. Dann kommt bestimmt noch irgendein Generalkonsul oder Botschafter. Und vielleicht ein hohes Tier aus dem Außenministerium.«

»Du liebe Güte.«

Allmählich wurde ich tatsächlich nervös. Von welcher Seite servierte man gleich wieder? Das Essen von links und den Wein von rechts? Oder umgekehrt? Und konnte Tessan wirklich so ein Essen zubereiten?

Sie schien die Ruhe selbst zu sein. Sie hatte seit unserer gemeinsamen Zeit in Göteborg offenbar ganz neue Fertigkeiten entwickelt. Das Avancierteste, was sie damals zubereiten konnte, waren Spaghetti mit Hackfleischsoße aus dem Glas.

Sie hörte auf zu putzen und lächelte mich an.

»Guck nicht so erschrocken«, sagte sie. »Es kommt niemand.«

»Was?«

»Es kommen keine Gäste.«

»Überhaupt niemand? Warum denn?«

Sie hielt forschend eine Gabel gegen das Licht. Dann putzte sie weiter.

»Weil sie alle miteinander tot sind«, sagte sie fröhlich. »Florence lebt immer noch in den 1940er Jahren.«

»Ist das wahr?« Ich lachte erleichtert.

Plötzlich fielen mir die Augen von Florence wieder ein. Sie hatten ein ganz besonderes Leuchten. Als sei ihr Blick auf etwas gerichtet, das nur sie sehen konnte.

»Deswegen hat sie also die ganzen schönen alten Kleider aufgehoben«, sagte ich mit einem Nicken in Richtung der Kostümjacke, die über dem Stuhlrücken hing. »Ist es wirklich in Ordnung, dass wir sie anziehen?«

»Wir *müssen* sie sogar anziehen«, sagte Tessan.

Wieder hielt sie ein Messer in die Höhe, nickte zufrieden und begann das nächste zu putzen. »Florence kann moderne Kleider nicht ausstehen. Ich trage ihre Kleider, seit ich hier arbeite. Ich bin nicht sicher, ob sie dich in Jeans überhaupt empfangen hätte.«

Das Ganze wurde immer merkwürdiger.

»Dann kommen zu diesen Abendessen also nur du und Florence? Und jede Menge unsichtbare Gäste?«, fragte ich fasziniert. »Musst du auch für alle trinken, wie in *Dinner for one*?«

Tessan schüttelte den Kopf.

»Nein, nein. Niemand isst oder trinkt etwas. Wenn ich gedeckt habe, kommt Florence herunter und kontrolliert, ob alles in Ordnung ist, und verteilt die Tischkärtchen. Dann sagt sie, dass sie sich noch ein wenig ausruhen muss, bevor die Gäste kommen, und geht nach oben. Da nimmt sie eine Schlaftablette und schläft die ganze Nacht. Am nächsten Morgen kommt sie zum Frühstück herunter und sagt, es sei ein wunderbares Fest gewesen, und erzählt, was die Gäste Spannendes und Lustiges zu erzählen hatten.«

»Phantastisch. Wie oft macht ihr das?«

»Ungefähr alle zwei Wochen, würde ich sagen.«

Tessan erzählte, dass sie Florence über den Pflegedienst kennengelernt hatte. Sie hatten sie als neue Patientin bekommen. Sie war hingefallen und hatte sich das Bein gebrochen, und als sie aus dem Krankenhaus entlassen werden sollte, war man der Meinung, dass sie Hilfe brauchte, weil sie immer noch nicht gut laufen konnte. Sie war außerdem ein wenig verwirrt, hatte Probleme mit dem Zeitgefühl, was ganz normal war bei älteren Leuten, die aus dem Krankenhaus entlassen wurden. Das ginge vorüber, sobald sie wieder zu Hause waren.

»Aber da haben sie sich getäuscht«, sagte Tessan. »Die Verwirrtheit bei Florence war keine vorübergehende. Das merkte ich ziemlich schnell. Ich arbeitete die vereinbarten Stunden bei ihr, aber sie brauchte viel mehr Hilfe. Beim Amt war man natürlich der Meinung, sie solle in eine kleinere Wohnung ziehen, aber das wollte Florence nicht. Ich sollte alles Mögliche für sie machen, und ich musste immer sagen: »Tut mir leid, aber das darf ich nicht machen.« »Keine Mahlzeiten zubereiten, nur putzen«, »Ich kann nur zwei Zimmer saugen«. Und so weiter. Florence war natürlich nicht begeistert, und das kann ich verstehen. Die Gebühr für den Pflegedienst wird je nach Einkommen berechnet, und weil sie ziemlich vermögend ist, musste sie unglaublich viel für die paar Stunden bezahlen. Ich konnte sie nur an Vivianne Skog verweisen, das war die Zuständige beim Amt, damit man ihr mehr Stunden genehmigte. Nach einer Weile sagte sie: ›Ich bin sehr zufrieden mit dir, Therese. Aber mit dieser Vivianne komme ich nicht zurecht. Wenn ich ehrlich bin, dann verursacht sie mir eher Probleme. Du kannst ihr sagen, dass ich die Dienste des Amts in Zukunft nicht mehr in Anspruch nehmen werde.‹«

Tessan reckte den Hals und ahmte Florences etwas hochmütige Art zu sprechen nach.

»Vivianne ist ein richtiger Besen, da waren wir uns völlig einig«, fuhr sie fort. »Florence und ich kamen gut miteinander aus. Also kündigte sie dem Pflegedienst und machte mit mir eine eigene Vereinbarung. Ich kündigte meine Aushilfsstelle, Florence stellte mich privat an, und ich zog hier ein. Das war das Beste, was ich je getan habe. Ich wohne auf einem Gutshof, bekomme einen ordentlichen Lohn, und die Arbeit ist völlig okay. Ich bin ein bisschen angebunden, aber ich kann Leute herkommen lassen, und solange ich dafür sorge, dass Florence ihren gewohnten Tagesablauf hat, kann ich eigentlich machen, was ich will. Ich kann sogar mal einen Tag wegfahren, wenn ich es im Voraus plane. Ich habe ja das Auto, ohne das könnte ich hier nicht wohnen.«

»Ja, es scheint dir hier gut zu gehen«, sagte ich zustimmend.

Als das Besteck geputzt war, legten wir es neben die Fischteller auf den Tisch und holten dann die Kristallgläser aus dem Schrank. Dreierlei Gläser mussten es sein, Tessan hielt sie gegen das Licht und prüfte sie auf Kalkflecken. Dann falteten wir die Leinenservietten und legten sie auf die Teller. Das Ganze kam mir wie ein Spiel vor.

Pünktlich um zehn vor sieben kam Florence herunter und inspizierte den gedeckten Tisch. Ein Glas musste noch einmal gespült werden, und dann fragte Florence, warum keine Blumen auf dem Tisch waren. War der Bote des Blumengeschäfts nicht gekommen?

Tessan sagte, die Blumen seien noch in der Küche, sie habe sie noch nicht arrangieren können. (Ich bemerkte später, dass diese Erklärung immer funktionierte. Ganz gleich was es war, man konnte immer sagen, es sei in der Küche, Florence setzte nie einen Fuß dorthin.)

Florence hatte ein Päckchen sorgsam beschrifteter Tischkarten dabei, die sie nachdenklich an die Gläser lehnte.

»Carl Henrik Gyllenmård sitzt wohl am besten neben mir, was meint ihr? Und Doktor Lagerstedt mir gegenüber. Wo soll ich Fritz Boman hinsetzen? Hm. Hier. Nein hier.«

Die Tischkarten wurden noch einige Male ausgetauscht, und als sie zufrieden war, sagte sie, sie würde sich noch etwas ausruhen, und ging nach oben.

»Und jetzt? Decken wir jetzt alles wieder ab?«, fragte ich.

»Ja klar. Und dann machen wir uns Tee und Brote in der Küche.«

Sie begann, die Teller einzusammeln.

»Übrigens.« Tessan hielt inne und blieb mit einem Stapel Teller in der Hand stehen. »Was du da über *Dinner for one* gesagt hast. Es *gibt* hier Wein.«

Kurz darauf waren wir im Keller von Glimmenäs. Die niedrige Decke wurde von groben Balken getragen. Hinter einer Lattentür war der Weinkeller. Es waren bestimmt ein paar hundert sehr staubige Flaschen.

Wir nahmen eine Flasche mit in die Küche und entkorkten sie. Dann belegten wir ein paar Brote mit Käse und Schinken und nahmen alles mit in den Speisesaal.

Tessan zündete die Kerzen in den Silberkandelabern an und

schenkte ein wenig Wein ein. In der dunklen ziegelroten Flüssigkeit schwammen braunschwarze Flocken, wie Algen in einem Teich.

»Meinst du, der ist *zu* alt«, sagte Tessan und roch vorsichtig daran.

»Wir sollten ihn vielleicht dekantieren«, schlug ich vor.

Sie schaute mich fragend an.

»Ihn in eine Kanne oder etwas Ähnliches umgießen«, erklärte ich. »Damit der Bodensatz verschwindet.«

Meine Eltern hatten das gelernt, als sie einmal in einem Weinkenner-Club Mitglied waren.

»Ja, das sollten wir vielleicht«, sagte Tessan. »Florence hat mir schon eine Menge über Etikette beigebracht, aber wir kommen ja übers Tischdecken nie hinaus.«

Sie holte eine Glaskaraffe und ich goss den Wein vorsichtig um, dabei hielt ich die Flasche über eine Kerze im Kandelaber, so wie mein Vater es immer gemacht hatte.

Tessan schenkte in zwei Kristallgläser ein. Sie reichte mir das eine, schaute mir tief in die Augen und sagte:

»Prost, auf uns.«

Das hatte sie früher auch immer gesagt, wenn wir zum Feiern unterwegs waren.

Wir waren nicht ganz sicher, ob der Wein gut war oder nicht. Tessan fand, er schmeckte wie verrotteter Tang. Aber nach ein paar Schlucken war er ganz okay.

Es wurde ein netter Abend. Wir aßen unsere Brote und tranken den eigenartigen Wein, der immer besser wurde, je mehr wir tranken, und als die eine Flasche leer war, holten wir noch eine zweite. Wir redeten über alte Zeiten, und dann spielten wir *Dinner for one.* Ich saß am Kopfende des riesigen Tischs und spielte die Gräfin, die den leeren Stühlen zuprostete. Tessan war der Diener, der anstelle der Gäste trinken musste. Jedes Mal, wenn sie um den Tisch ging, stolperte sie über das nicht vorhandene Tigerfell. Es gelang ihr wunderbar, aus jedem der Herren eine Persönlichkeit zu machen.

Ich hatte Angst, dass Florence aufwachen und herunterkommen würde, weil wir so laut lachten, aber Tessan beruhigte mich und sagte, ihre Schlaftabletten seien sehr stark.

Es war schon nach ein Uhr, als wir abdeckten. Ich war müde, betrunken und so glücklich wie schon sehr lange nicht mehr, als ich endlich zwischen den gemangelten Laken lag. Tessans Bett stand kaum einen Meter von meinem entfernt und das grüne Kostüm, das ich den ganzen Abend getragen hatte, hing auf einem Bügel an der Schranktür.

Am Tag zuvor hatte ich noch in einem Hotelzimmer in Göteborg gestanden und die Scheiße eines fremden Menschen aus einem Waschbecken entfernt. Das hier war eine andere Welt und ein anderes Leben.

7

Ich schlug die Augen auf und sah Tessan, wie sie in einem Streifen von rötlicher Morgensonne gerade das Zimmer verließ.

»Wie viel Uhr ist es?«, fragte ich.

»Zehn vor sechs. Schlaf weiter. Ich komme gleich wieder«, flüsterte sie.

Als wir später in der großen Küche von Glimmenäs frühstückten, fragte ich sie:

»Warst du heute Morgen schon so früh auf oder habe ich das geträumt?«

»Ich habe das Badewasser eingelassen. Florence nimmt jeden Morgen um fünf nach sechs ein Bad.«

»Kann sie nicht selber den Hahn aufdrehen?«

Tessan leckte Marmelade vom Finger und zuckte mit den Schultern.

»Sie möchte, dass ich es mache. Deshalb bin ich hier. Das ist nicht besonders schlimm. Ich bin es gewohnt, dass ich von alleine und ohne Wecker aufwache. Und dann schlafe ich wieder ein.«

Sie zog eine weiße Schürze an und wir deckten im kleinen Salon für Florence: eine Scheibe Toast, diagonal in zwei Dreiecke geschnitten, ein kleines Töpfchen Pflaumenmarmelade, ein weiches Ei, Tee in einer Porzellankanne und warme Milch in einem Kännchen aus Edelstahl. Sie wollte ihr Frühstück an einem winzigen Tisch am Fenster einnehmen, umgeben von Geranien und hohen Yucca-Palmen, wie in einem Dschungel.

Fünf vor halb neun knackte die Treppe von langsamen Schritten und Florence kam herein und setzte sich an den gedeckten

Tisch. Sie nickte uns freundlich zu, und wie von Tessan vorhergesagt, sprach sie von dem außergewöhnlich netten Fest gestern Abend.

»Ich glaube, ich habe sogar einen kleinen Kater«, sagte sie und rieb sich die Schläfen mit den Fingerspitzen. »Das letzte Glas Wein hätte ich nicht trinken sollen, das war dumm von mir.«

Ich schenkte ihr Tee ein. Als ich die Kanne abstellte, nahm sie meine Hand und betrachtete sie.

»Du hast schöne Hände, meine Liebe. Und kräftig sind sie auch.«

Es war mir ein wenig unangenehm, aber ich ließ es zu, dass sie meine Hand untersuchte. Sie bog vorsichtig meinen Mittelfinger nach hinten. Sie tat es ganz selbstverständlich und fachmännisch, wie ein Arzt. Es tat weh, aber ich traute mich nicht, die Hand wegzuziehen. Schließlich war sie alt und ich hatte in ihrem Haus übernachtet und ihren Wein getrunken. Irgendwie schien meine Hand ihr zu gehören, wenn auch nur für kurze Zeit.

»Das stört dich doch wohl nicht beim Maschineschreiben?« Sie deutete auf das Pflaster in der Daumenbeuge. »Denn du kannst doch Maschine schreiben?«

»Wie Maschine?« Ich verstand nicht, was sie meinte.

»Schreibmaschine, meine Liebe. Kannst du auf einer Schreibmaschine schreiben?«

Sie schaute mich an und ich bemerkte ein ganz neues Interesse in ihren blauen Augen.

»Na ja«, antwortete ich unsicher.

Tessan wischte Krümel vom Tisch und verzog keine Miene. In ihrer weißen Schürze glich sie wirklich einem altmodischen Hausmädchen. Tessan kam mir in dieser Rolle eigenartig vor. Ich hatte sie immer wild und aufmüpfig erlebt, nicht bereit, sich unterzuordnen.

»Dein Vater hat dir doch eine Ausbildung ermöglicht, nicht wahr?«, sagte Florence.

Eine Ausbildung? Ja, das hätte mein Vater sich gewünscht. Aber mit meinen Noten vom Gymnasium war daran nicht zu denken. Ich hatte in vier Fächern mangelhaft.

»Kannst du Sprachen?«

»Englisch kann ich. Und ein wenig Deutsch«, murmelte ich.

Sie ließ meine Hand los und lachte triumphierend.

»Hab ich's mir doch gedacht! Du kannst Maschine schreiben und Englisch und Deutsch. Das ist ausgezeichnet! Ich brauche nämlich eine Sekretärin. Ich habe eine Schreibmaschine, aber ich beherrsche sie so schlecht, dass ich lieber von Hand schreibe. Wie war dein Name gleich wieder?«

»Martina.«

»Möchtest du meine Sekretärin werden, Martina? Ich kann keinen sehr hohen Lohn anbieten. Aber du hast natürlich freie Kost und Logis hier auf Glimmenäs.«

»Ich weiß nicht«, sagte ich überrumpelt und warf Tessan einen Blick zu. Ich hoffte, sie würde mir in dieser Situation beistehen.

Tessan nickte mir hinter Florences Rücken eifrig zu, ihre Lippen formten lautlos »ja«.

Und auf einmal wurde mir klar, dass sie recht hatte. Ich wusste zwar nicht, was ich als Sekretärin bei Florence tun musste. Aber ich wusste, was ich *nicht mehr* tun musste: Ich musste nicht ins Hotel zurück. Ich musste mich nicht mehr um irgendwelche Scheiße kümmern. Ich musste nicht mehr verzweifelt nach einer Unterkunft suchen oder bei Freunden auf dem Sofa übernachten. Und ich musste nicht mehr zu meinen Eltern zurückkehren, die sowieso keinen Platz mehr für mich hatten.

Es war ein unsicherer Job. Florence konnte mich jederzeit wieder rausschmeißen. Aber Tessan arbeitete ja schon einige

Monate hier. Eine viel weiter reichende Perspektive hatte auch ich nicht.

»Ja, vielen Dank. Sehr gerne, Fräulein Wendman«, sagte ich und knickste.

»Du kannst mich Tante Florence nennen. Kannst du vorläufig in Thereses Zimmer wohnen? Ich fürchte, die Gästezimmer sind noch nicht hergerichtet. Wir fangen um Viertel vor zehn mit der Arbeit an.«

Tessan zwinkerte mir zu. Ich merkte, dass sie die Unterordnung nur spielte. Wie eine Rolle. Das Ganze hier war für sie ein Theaterstück, ein Spiel, und die Erkenntnis, dass ich jetzt ein Teil dieses Spiels war, begeisterte mich.

»Viertel vor zehn, selbstverständlich«, wiederholte ich.

Diese Uhrzeiten. Ich lernte bald, dass der Tag auf Glimmenäs von Uhrzeiten bestimmt war. Fünf nach sechs Wannenbad. Frühstück halb neun. Arbeit Viertel vor zehn. Kaffee und belegte Brote zehn vor eins. Spaziergang zwanzig nach zwei. Abendessen ohne Gäste zwanzig nach fünf, mit (unsichtbaren) Gästen um acht Uhr.

Wenn es um Stunden und Minuten ging, nahm Florence es sehr genau mit der Zeit. Mit den Jahren ging sie erheblich nachlässiger um.

8

Die meisten Räume des Hauses waren hübsch, aber recht sparsam möbliert, und trotz eines gewissen Verfalls, der sich in abblätternder Farbe und abbröckelndem Stuck an den Decken zeigte, vermittelten sie den Eindruck von Eleganz und Stil. Deshalb war ich sehr überrascht, als ich in das Arbeitszimmer von Florence kam. Ich kann mich nicht erinnern, jemals in einem Zimmer gewesen zu sein, das so vollgestellt und unordentlich war. Überall lagen Bücher, Ordner, Zeitungen und Papiere. Sie hatte drei Schreibtische und sie schien immer gerade den zu benutzen, der am wenigsten unordentlich war. An den Wänden waren Bücherregale, aber man kam nicht an die Bücher, weil Zeitungs- und Papierstapel davor standen. Manche dieser Stapel waren größer als Florence selbst.

Die Schreibmaschine stand in einer Ecke, eine Staubwolke stieg auf, als Florence sie zum Schreibtisch tragen wollte. Sie schien schwer zu sein. Ich wollte sie ihr abnehmen, aber sie schüttelte heftig den Kopf und versuchte schnell, einige Papierstapel beiseitezuschieben, damit sie die Maschine abstellen konnte.

»Das hier wird dein Schreibtisch, meine Liebe«, sagte sie, als die Maschine an ihrem Platz stand. »Habe ich denn Papier? Das hier sollte gehen.«

Sie spannte ein Blatt in die Maschine.

»So. Du schreibst doch zuerst ein Konzept, nehme ich an.«

Sie ging zu einem der Papierstapel vor dem Bücherregal, hob die oberste Schicht ab und zog ein paar Seiten hervor. Dann setzte sie sich an den gegenüberliegenden Schreibtisch, so dass wir Blickkontakt hatten, und blätterte in den Papieren.

»So, wir wollen anfangen. Wir haben sehr viel Arbeit. Funktioniert das Farbband?« Sie beugte sich vor.

Ich hatte noch nie eine Schreibmaschine verwendet. Zum Glück waren die Tasten genauso angeordnet wie bei einem Computer.

Florence wendete und drehte ihre Papiere, als würde sie etwas suchen.

»Mein Vater ist, wie du sicher weißt, Diplomat. Zurzeit ist er in der schwedischen Botschaft in Kairo. Er hat unglaublich viel zu tun, und ich würde gerne hinunterfahren und ihm helfen, aber leider vertrage ich die Hitze nicht. Ich arbeite deshalb von Glimmenäs aus. Ich kann hier mehr ausrichten, haben wir festgestellt.«

Dass eine Siebenundachtzigjährige von ihrem Vater im Präsens sprach, war ein wenig merkwürdig, aber ich beschloss, mich nicht darum zu kümmern.

Sie legte die Papiere ab, beugte sich so weit wie möglich über den Schreibtisch und fuhr fort:

»Ich gehe davon aus, dass du diskret bist, Martina. Als meine Sekretärin bekommst du streng vertrauliche Dokumente zu Gesicht, und es würde ein unglaublich großer Schaden entstehen, wenn sie allgemein bekannt würden. Alles, was in diesen vier Wänden gesagt und geschrieben wird, ist also …« Sie senkte die Stimme zu einem zischenden Flüstern: »… höchst vertraulich. Ich hoffe, ich kann mich da auf dich verlassen?«

Sie sah mir streng in die Augen.

Tessan hatte mir geraten, auf ihr Spiel einzugehen, also antwortete ich:

»Absolut, Tante Florence. Selbstverständlich.«

»Gut so.«

Sie begab sich zum dritten Schreibtisch, wühlte da einige

Stapel durch, bis sie endlich gefunden hatte, was sie zu suchen schien. Sie kam zu mir, reichte mir eine braune kartonierte Mappe, die mit einem vergilbten Baumwollband zusammengehalten wurde und auf deren Etikett mit großen Buchstaben GEHEIM stand.

»Das werden wir heute bearbeiten«, sagte sie und setzte sich wieder mir gegenüber.

Ich schwieg und wartete auf weitere Instruktionen.

»Ja, ja, du kannst sie aufmachen.« Sie nickte aufmunternd. »Ich werde nicht näher auf die Sachfrage eingehen, das ergibt sich von selbst. Das Problem ist, dass alles handgeschrieben ist. Ich brauche eine Maschinenabschrift. Und leider eilt es auch. Der Brief sollte möglichst mit der heutigen Post auf den Weg kommen. Meinst du, du wirst es schaffen?«

Ich löste vorsichtig den ordentlichen Knoten und öffnete die Mappe. Darin lagen etwa dreißig Seiten, vollgeschrieben in einer zierlichen Handschrift. Manche Sätze waren mehrfach unterstrichen. Anderes war so gründlich überkritzelt, dass das Papier fast löchrig war. Zwischen den Zeilen und am Rand gab es noch zusätzlichen Text mit roter oder grüner Tinte, die Stellen, wo sie eingefügt werden sollten, waren mit Pfeilen gekennzeichnet. Längere Zusätze waren eingekringelt und durch Schlangenlinien mit einer Textstelle verbunden, wie ein festgebundener Ballon.

»Ich werde mein Bestes tun«, sagte ich.

»Wenn etwas unklar ist, kannst du fragen. Also, dann fangen wir an.«

Tessan hatte mich gewarnt, sie sagte, die Handschrift von Florence sei unleserlich, aber das stimmte nicht. Es war eine ordentliche, zierliche Handschrift, so wie man sie früher in der Schule lernte. Als meine Großmutter noch lebte, hatte sie mir in genau dieser Handschrift Briefe geschrieben, ich hatte also keine Probleme, sie zu lesen.

Aber der Inhalt! Ich wusste ja, dass Florence alt und verwirrt war. Aber erst als ich diese Papiere las, wurde mir klar, wie verrückt sie war. Ich werde euch nicht mit allzu langen Auszügen ermüden, aber eine kleine Kostprobe möchte ich geben, damit ihr es versteht:

Verehrte Betroffene. Anknüpfend an unsere bisherige Korrespondenz bitte ich darum, an die Arbeit erinnern zu dürfen, die mein Vater, Ernst Wendman, mit imponierender Brillanz und der geneigten Unterstützung durch seine geliebte Tochter Florence Wendman, verrichtet hat. Es ist von größter Bedeutung, dass die Arbeit mit der gegenwärtigen Geschwindigkeit in diesen Wänden fortgeführt wird. Was mich, Florence Wendman, angeht, wird nichts nach außen dringen, und ich setze voraus, dass die verehrten Betroffenen meine (unsere) Auffassung teilen, dass diese äußerst wichtige Arbeit unter keinen Umständen gefährdet werden darf, indem mit vertraulichen Inhalten nachlässig umgegangen wird. In diesen Tagen sind FÜRCHTERLICHE KRÄFTE am Werk!!! Wir müssen uns jetzt auf unseren Mann in Kairo verlassen können, Ernst Wendman. Wir können mit allergrößtem Vertrauen unser Schicksal in seine Hände legen und uns darauf verlassen, dass seine Tochter, Florence Wendman, an der Seite ihres Vaters steht. Sie ist mit den Angelegenheiten befasst, absolut zuverlässig und mit dieser Aufgabe wohl vertraut …

Ich nickte ernst und begann damit, den Text mit allen Einfügungen abzuschreiben. Das dauerte. Da ich an die empfindliche Tastatur des Computers gewöhnt war, drückte ich nicht fest genug auf die Tasten. Am Anfang sah man überhaupt nichts und ich musste von vorne beginnen. Wenn man am Ende der Zeile war, klingelte es und man musste einen Hebel bedienen, um auf eine neue Zeile zu wechseln. An all das musste ich mich mühsam gewöhnen, aber ich strengte mich an.

Florence bemerkte meine Probleme nicht. Während ich schrieb, saß sie, jetzt mit einer Hornbrille auf der Nase, am anderen Schreibtisch und war damit beschäftigt, ihre Stapel mit Papieren und Zeitungsausschnitten durchzugehen. Sie blätterte, blieb an einer Seite hängen, zog sie heraus und steckte sie wieder hinein, nahm die nächste, las, machte Notizen. Das alles geschah sehr rasch und konzentriert.

Als ich endlich mit der Abschrift fertig war, übergab ich Florence den Brief. Ich hatte mich mehrmals vertippt, aber sie schien zufrieden zu sein.

Sie gab mir einen großen Umschlag, bat mich, die Adresse darauf zu schreiben und den Brief zur Post zu geben.

»Adressieren an wen?«, fragte ich.

»Ans Außenministerium natürlich«, sagte sie gereizt, als ob ich es hätte wissen müssen. »Dort wird man ihn weiterleiten. *To whom it may concern*«, fügte sie mit einem geheimnisvollen Flüstern hinzu.

Als Tessan die Zehn-vor-eins-Brote richtete, ging ich zu ihr in die Küche und fragte, was ich mit dem Umschlag machen solle.

Sie streckte den Fuß vor und trat auf das Pedal des Mülleimers und schnitt weiter ihre Gurkenscheiben.

»Wirf ihn weg«, sagte sie.

Ich zögerte. Die Abschrift hatte so lange gedauert. Und dieser Brief schien Florence sehr wichtig zu sein.

»Sie wird nie mehr danach fragen«, sagte Tessan. »An wen ist er?«

»Das ist vertraulich. Das Außenministerium soll ihn an jemanden weiterleiten«, sagte ich.

»Wer immer es sein mag, er ist seit langem tot, wie alle anderen auch. In der Welt von Florence leben sie. Sie sind wichtig, ganz hohe Tiere und superbegabt. Aber tot. Also wenn du die Adresse zum Himmel nicht kennst: Wirf ihn weg!«

9

An nächsten Tag fuhr ich nach Göteborg und erledigte einige praktische Dinge: Ein paar Leute von der Kirche holten meine Möbel und Haushaltssachen ab. Ich putzte die Wohnung und übergab den Schlüssel der jungen Frau, in deren Wohnung ich gewohnt hatte. Ich kündigte meine Aushilfsstelle im Hotel und gab mein Plastikschild mit dem Namen Gull-Britt zurück.

Dann war ich fertig mit meinem alten Leben und konnte mit dem Abendzug nach Glimmenäs zurückfahren. Ich brauchte mich von niemandem zu verabschieden – ich hatte in Göteborg keine richtigen Freunde, nur oberflächliche Bekannte, mit denen ich hin und wieder einen Abend verbringen konnte. Weder sie noch meine Arbeitskollegen im Hotel würden mich vermissen.

Die frischgepflügten Felder der Ebene Västgötlands sausten am Zugfenster vorbei und ich war erstaunt, wie leicht alles gegangen war. Alles, was mein Leben war: die unendlichen Flure des Hotels, die schweren Putzwagen, die Wohnung, die ich als mein Zuhause betrachtet hatte, das hässliche, aber bequeme Sofa, über das ich einen indischen Stoff gelegt hatte, der kleine Laden, in dem ich einkaufte – alles, was ich irgendwie als unveränderlich angesehen hatte, wie in Zement gegossen, mein bitteres Schicksal, das trotz allem lichte Momente hatte, alles Schwere war im Laufe eines Tages davongestoben wie das leichteste Pulver!

Als Tessan mich am Morgen zum Zug gefahren hatte, war es noch kühl gewesen. Im Laufe des Tages war eine Hitzewelle über das Land gerollt, was ich kaum bemerkt hatte, weil ich so beschäftigt war. Und am nächsten Morgen, als ich auf Glimmenäs in den Garten trat, hatten die Bäume ausgeschlagen und es war so warm, dass Tessan und ich in Florences phantastische Kleiderkammer steigen mussten, um die Tweedröcke gegen Sommerkleider zu tauschen, ein geblümtes für Tessan und ein blau-weiß gepunktetes für mich. Ich weiß noch, dass ich danach allein durch den Garten spazierte und die Wärme und den Duft und die ländliche Stille einatmete. Und ich hatte ein Gefühl von Ruhe und Geborgenheit wie seit meiner Kindheit nicht mehr.

Ich betrachte diese ersten Wochen auf Glimmenäs immer noch als die beste Zeit meines Lebens.

Am Vormittag arbeitete ich ein paar Stunden und tippte Florences merkwürdige Notizen ab, und dann half ich Tessan bei der Hausarbeit. Florence wollte altmodische Gerichte wie Dillfleisch, Speckpfannkuchen und Grießbrei mit Kompott. Die Rezepte fanden wir in einem Buch, das »Das Kochbuch der Prinzessinnen« hieß, es war so abgegriffen, dass die Seiten kaum noch zusammenhielten.

Wir hatten jede Menge Zeit für uns. Wir sonnten uns auf dem baufälligen Bootssteg und streunten in der Gegend umher.

Auf dem Weg zum See kamen wir an der Schafweide vorbei, ganze Teppiche von Buschwindröschen breiteten sich unter den alten Eichen aus. Die Schafe unterbrachen ihr Grasen und schauten uns mit milden, mütterlichen Augen an.

Weiter weg war die Kuhweide, ein weitläufiges Gebiet, das aus Wiesen und Laubwald bestand. Hier streifte eine Herde Herefordrinder frei umher; Kühe, Kälber und Stiere, traut vereint. Muskulöse hornlose Tiere mit braunroten Körpern und breiten weißen Köpfen. Man wusste nie so recht, in welchem Teil der großen Weide sie sich befanden. Man sah sie erst, wenn man direkt vor ihnen stand. Plötzlich hatte man den starken Geruch von Kuh in der Nase und hörte ihr unheimliches Schnaufen in den Haselbüschen. Und dann, nur wenige Meter vom Waldweg entfernt: Ein großes weißes Gesicht mit rotgeränderten Augen, die einen forschend aus der grünen Dunkelheit heraus betrachteten. Noch eins. Und noch eins. Wie sie uns beobachteten. Ihre stumme, schwere Gegenwart. Beängstigend und gleichzeitig beruhigend.

Die ganze Gegend gehörte zu Glimmenäs, Äcker, Wiesen, Wald und Scheunen, ein Bauer hatte alles von Florence gepachtet und bewirtschaftete es, als wäre es sein eigenes Land. Tessan zeigte mir auch den Stall, der ein Stück vom Wohnhaus entfernt lag. Der Bauer lagerte dort Kunstdünger und Futter. Aber die Verschläge und Boxen waren noch vorhanden, und Tessan träumte davon, hier ein Pferd zu halten, wenn sie einmal genug Geld gespart hatte.

Wenn Florence wieder einmal eines ihrer Feste feiern wollte, saßen wir mit ihr im großen Salon, schrieben aufs neue Tischkärtchen, falteten Servietten und besprachen Speisen und Getränke.

Die Anspannung und die Angst, in der ich bisher gelebt hatte, wurde mit jedem Tag ein bisschen weniger. Die Schmerzen im Körper verschwanden, die Wunde in der Daumenbeuge heilte, ich schlief wie ein Stein in dem unbequemen Bett mit Spiralfedern. Ich hatte beinahe vergessen, dass es einem so gutgehen konnte.

Tessan hatte zusammen mit Florence dafür gesorgt, dass mein Lohn jeden Monat automatisch auf mein Konto überwiesen wurde, genau wie ihr eigener Lohn. Es war eigentlich nur ein Taschengeld – Florence kam ja für Kost und Logis auf. Aber dennoch: Es war wunderbar, dass regelmäßig eine bestimmte Summe kam. Und ich brauchte ja auch nichts zu kaufen. Ich bekam hier alles, was ich brauchte.

Die ersten Wochen auf Glimmenäs waren wie im Paradies. Als Tessan und ich noch mit Florence allein waren und das Ganze ein wundervolles Spiel war.

Und dann wurde die Idylle mit einem Knall zerstört.

Florence hatte an diesem Abend keine »Gäste« eingeladen, und weil es so wunderbares Wetter war, deckten wir im Garten. Wir hatten einen alten Tisch mit abblätternder Farbe gefunden und ihn unter einen der Apfelbäume gestellt.

Florence bat mich, mit ihr zusammen zu essen. Als Sekretärin hatte ich offenbar einen höheren Status als Tessan, die sie einfach nur als Dienstmädchen betrachtete, deren Aufgabe es war, Florence und mich bei Tisch zu bedienen.

Mir war das etwas peinlich, aber Tessan versicherte, sie fände es nur lustig. Ich saß also am Tisch und plauderte mit Florence, Tessan stand in sauber gebügelter Schürze hinter mir und wartete auf Anweisungen. Eine Amsel sang direkt über uns im Apfelbaum.

Florence kaute nachdenklich, beugte sich zu mir und sagte:

»Der Lachs ist Therese sehr gut gelungen, nicht wahr? Sie kann richtig gut kochen.«

Tessan zwinkerte mir zu. Tatsächlich hatte nämlich ich den Lachs zubereitet.

»Und dieser Wein ist eine sehr gute Wahl, finde ich. Möchtest du noch einen Schluck?«

Florence gab Tessan diskret zu verstehen, dass sie mein Glas nachfüllen solle.

Nach einer Weile wandte Florence sich an Tessan, tätschelte freundlich ihre Hand und sagte dann leise, als habe sie Angst, dass ein Außenstehender gegen ihren Regelbruch etwas einzuwenden hätte:

»Du kannst dir gerne einen Teller holen und dich zu uns setzen, Therese. Mach das nur. Es würde mich freuen.«

Sie nickte aufmunternd.

»Lauf los und hol dir einen Teller.«

Tessan kam mit ihrem Teller und nahm sich Lachs, dann holte sie ein Tablett mit Rhabarberkompott und Sahne für uns drei. Wir saßen im Duft des Frühsommerabends, aßen und plauderten, und die Amsel zwitscherte. Eine große gelbliche Weinbergschnecke kroch mit erstaunlicher Geschwindigkeit den Stamm des Apfelbaums hinauf. Ich war überrascht, ich dachte, sie wären ausgestorben, aber Florence sagte, es gäbe sie massenhaft und es habe sie schon immer auf Glimmenäs gegeben.

Kaum hatte sie das gesagt, knallte es. Ein scheußlicher, kräftiger Knall, der in den Ohren schmerzte und die Stille des Sommerabends zerfetzte. Einige Sekunden lang saßen wir alle drei wie festgefroren da und schauten uns erschrocken an. Die Weinbergschnecke hatte sich in ihre Schale zurückgezogen.

»Das sind die Deutschen«, sagte Florence ernst. »Jetzt sind sie da.«

Sie faltete ihre Serviette, legte sie neben den Teller und blieb dann starr, mit geradem Rücken und im Schoß gefalteten Händen sitzen, als erwarte sie ihr Schicksal.

»Das kam von da unten«, sagte Tessan. »Das war ein Unfall. Vielleicht braucht jemand Hilfe.«

Wir ließen Florence am Tisch zurück und liefen die Allee hinunter. Die Sonne stand schon tief und wir mussten die Augen mit der Hand beschatten. Wir schauten nach allen Seiten, bemerkten jedoch nichts Besonderes. Außer einer Lerche, die hoch über den Feldern trillerte, war alles still.

»Geh du nach links, ich geh nach rechts. Ruf, wenn du etwas siehst«, sagte Tessan.

Ich hatte gerade die erste Kurve passiert, als ich ein Auto bemerkte, das im Acker stand, es hatte einen großen Felsbrock gerammt.

Die Scheiben waren zerbrochen und die rechte Seite eingedrückt. Aus der Motorhaube kam weißer Rauch, und man hörte ein dumpfes Zischen und Gluckern, als ob etwas auslief.

Ich rief Tessan und ging langsam die Spur entlang, die das Auto in die gerade aufgegangene Saat gepflügt hatte. Ich hätte natürlich zum Autowrack laufen müssen, aber ich hatte Angst vor dem, was ich da vorfinden würde. Ich hoffte, dass Tessan mich gehört hatte, dass sie schnell kommen würde und besser als ich mit der Situation umgehen konnte.

Der kantige Felsbrocken lag mitten in der flachen Landschaft, wie ein riesiger Würfel auf einem Spielbrett. Was für ein Pech, musste ich denken. Ein großes weites Feld. Und dann stößt man mit dem einzigen Hindernis weit und breit zusammen.

Ich war beim Auto angelangt, von Tessan war nichts zu sehen. Die Fahrertür hatte sich durch den Aufprall etwas geöffnet. Man konnte nicht ins Auto hineinschauen, die Scheiben bestanden aus einem milchigen Muster aus Splittern. Die Lerche trillerte immer noch energisch über mir. Aus dem Wagen kam kein Laut. Ich drehte mich um und rief noch einmal nach Tessan. Dann öffnete ich die Autotür.

Ein junges Mädchen saß über das Steuer gebeugt, ihre Wange ruhte auf etwas, das aussah wie zerknittertes Leintuch, das war wohl der Airbag, der sich gelöst hatte. Viel schwarzes Haar bedeckte ihr Gesicht, und wäre da nicht der schnell größer werdende Blutfleck auf dem Nylonstoff des Airbags gewesen, man hätte denken können, sie habe sich ein wenig schlafen gelegt.

Sie schien allein im Auto zu sein. Zum Glück, denn der Beifahrersitz neben ihr war völlig demoliert, und hätte da jemand gesessen, wäre nicht viel von ihm übrig geblieben.

Das rauchende Autowrack, der Blutfleck und das bewusstlose Mädchen – das alles war so aufwühlend und unwirklich, dass mir gar nicht bewusst wurde, wie merkwürdig es war.

Das Mädchen hatte ein hellgrünes Badetuch lose um den Körper gewickelt. Mehr hatte sie nicht an.

»Ich habe kein Handy. Hast du deins dabei?«, keuchte Tessan, die plötzlich neben mir stand.

Hatte ich nicht. Früher hatte ich mein Handy immer in der Gesäßtasche gehabt und alle zehn Minuten nachgeschaut, aber seit ich auf Glimmenäs war, lag es ungeladen auf dem Nachttisch, auch weil der Empfang so schlecht war. Ich vermisste es nicht, ich wollte niemanden anrufen und wollte auch von niemandem angerufen werden.

»Wenn wir ein Auto hören, müssen wir es anhalten, jemand muss einen Krankenwagen rufen«, fuhr Tessan fort. »Jetzt müssen wir sie herausholen.«

»Es ist vielleicht besser, wenn wir sie nicht anfassen«, sagte ich. »Falls sie das Rückgrat gebrochen hat oder so.«

»Aber wenn das Auto Feuer fängt, es raucht schließlich, das siehst du doch.«

Da hob das Mädchen mühsam den Kopf. Ihre Lippen bewegten sich, aber ich konnte kaum verstehen, was sie flüsterte:

»Ich will nicht brennen. Ich will sterben, aber nicht brennen.«

Ich beugte mich zu ihr und sagte mit einer Stimme, die erheblich ruhiger war, als ich mich fühlte:

»Wir holen dich hier raus. Hab keine Angst. Wir schaffen das.«

Es gelang mir, den Sicherheitsgurt zu lösen, und dann zogen wir sie vorsichtig aus dem Auto. Das Mädchen war völlig passiv und jammerte, als ob sie Schmerzen hätte, aber kaum hatten wir sie aus dem Auto geholt, bewegte sie sich und wand sich aus unserem Griff. Sie stapfte los, dann blieb sie mitten auf dem Acker stehen, wie eine wackelige Vogelscheuche, und hielt krampfhaft das blutbefleckte Badetuch fest. Sie sah aus, als käme sie direkt aus einem Horrorfilm. Die Wunde an der Stirn, der magere Körper, das kohlschwarze, offenbar gefärbte Haar, das von Blut verklebt war.

»Kannst du dich um sie kümmern, ich laufe und hole das Handy«, sagte Tessan.

Das Mädchen drehte sich heftig zu uns um:

»Nicht anrufen!«

»Aber du brauchst doch einen Krankenwagen«, sagte ich.

Sie schüttelte den Kopf, dass das Blut nur so spritzte.

»Ich muss mich nur ein wenig ausruhen.«

Tessan schaute erst zögernd zu mir und dann zu dem Mädchen hinüber.

»Bleib hier bei meiner Freundin, ich hole mein Auto. Du kannst dich oben bei uns ausruhen. Dann fahre ich dich zur Ambulanz.«

Tessan lief los und ich war allein mit dem verletzten Mädchen, das auf dem Acker stand und zitterte. Sie war so blass, dass ich fürchtete, sie würde ohnmächtig. Es hätte nicht viel gefehlt und ich wäre selbst ohnmächtig geworden, als ich die Wunde auf ihrer Stirn und das blutige Badetuch sah, das vielleicht Verletzungen verbarg, die ich mir gar nicht vorstellen wollte. Ich hatte einmal erwogen, mich zur Krankenschwester ausbilden zu lassen, weil das offenbar der einzige Beruf war, in dem man noch eine Arbeit fand. Jetzt war mir klar, dass das ganz bestimmt nichts für mich war.

Ich brachte sie dazu, sich in weitem Abstand von dem rauchenden Auto an den Straßenrand zu setzen. Umständlich setzte ich mich neben sie – ich trug meinen engen Sekretärinnenrock –, nahm ihre Hand und sprach beruhigend auf sie ein. Sie schien unter Schock zu stehen. Ihre Hand war schlaff und eiskalt. Ich legte meinen Arm um sie und zog sie an mich, um sie zu wärmen. Es war, als würde ich ein Kind halten.

»Lebe ich?«, sagte sie plötzlich.

»Natürlich lebst du«, sagte ich. »Du hast Glück gehabt.

Glück im Unglück. Da kommt meine Freundin mit dem Auto.«

Tessan bremste neben uns. Das Mädchen schien nichts zu bemerken. Sie blieb sitzen, den Blick auf irgendeinen Punkt in der Ferne gerichtet.

»Komm jetzt«, sagte Tessan freundlich und zog sie hoch. »Jetzt setzt du dich hier neben Martina.«

Sie half ihr auf den Rücksitz, über den sie eine alte Wolldecke ausgebreitet hatte.

Wir fuhren die kurze Strecke nach Glimmenäs, brachten das Mädchen durch die Hintertür ins Haus, ohne dass Florence etwas merkte. Dann führten wir sie ins Badezimmer im ersten Stock, das wir benutzten, und brachten sie schließlich dazu, das Badetuch fallen zu lassen, damit wir ihr vorsichtig das Blut abduschen konnten. Als das warme Wasser über ihren Körper lief, stand sie ganz still.

Jetzt sahen wir, wie unglaublich mager sie war. Die Rippen zeichneten sich einzeln ab, getrennt durch eingesunkene Furchen, die Gelenke standen wie Beulen an den dünnen Gliedern hervor und die Hüftschalen traten so scharf hervor, dass man fürchten musste, sie würden die Haut von innen durchschneiden. Sie war nicht viel mehr als ein Skelett, notdürftig von einer dünnen Hautschicht bedeckt. Tessan und ich schauten uns an und ich glaube, wir dachten beide das Gleiche: Anorexie.

Das Mädchen war ausgemergelt. Aber außer der Wunde auf der Stirn hatte sie keine Verletzungen.

Tessan gab ihr ihren Bademantel, setzte sie auf einen Hocker und untersuchte die Wunde. Es hatte schlimmer ausgesehen, als es war. Als wir das Blut abgewaschen hatten, sah man mehrere kleine Wunden, aber sie waren nicht tief.

»Da sind Glassplitter drin«, sagte Tessan. »Ich will versuchen, sie herauszuholen. Bist du bereit?«

Ich hielt das Mädchen fest und Tessan holte die Glassplitter vorsichtig mit einer Pinzette heraus. Das Mädchen verzog keine Miene.

»So«, sagte Tessan munter und befestigte eine Kompresse mit Pflasterstreifen auf der Stirn des Mädchens. »Ich glaube, ich habe alle herausbekommen. Aber wir fahren sicherheitshalber in die Notaufnahme.«

»Nein!«, rief das Mädchen.

Ihr Ruf war so kurz und schrill, dass wir zusammenzuckten. Sie klang mehr wie ein Vogel als wie ein Mensch, und ihr Gesicht war so ausdruckslos, dass man kaum glauben konnte, dass der Schrei von ihr gekommen war.

Tessan legte ihre Hand auf die Schulter des Mädchens und sagte:

»Nur einen Moment.«

Sie ging in den Flur und bat mich mit einem Nicken, ihr zu folgen. Wir gingen in die Küche.

»Was sollen wir machen?«, fragte sie leise. »Sie scheint nicht ernsthaft verletzt zu sein.«

»Ein Schock ist ernst genug«, wandte ich ein. »Ich finde, wir sollten in die Notaufnahme fahren.«

»Aber wenn sie nicht will? Wir können sie wohl nicht zwingen?«

»Wir müssen sie überreden.«

Wir gingen zurück ins Badezimmer.

»Was zum Teufel!«, rief Tessan aus.

Im Badezimmer war niemand.

10

Wir liefen in den Hof.

Die Allee, die gerade wie ein Strich zur Landstraße führte, war leer. Das Mädchen konnte in den zwei Minuten, die wir sie alleingelassen hatten, nicht bis zur Straße gekommen sein.

Wir suchten im Garten und auf der Schafweide, dann gingen wir ins Haus zurück. Wir hörten die Stimme von Florence aus dem Kleinen Salon. Wir gingen zu ihr.

Florence saß am kleinen Tisch in der Blumenecke. Auf einem Stuhl neben ihr saß das Mädchen, sie hatte den Kragen des Bademantels hochgeschlagen und die Arme um den Körper geschlungen, als wolle sie sich selbst umarmen.

»Ich will nicht ins Krankenhaus«, sagte sie bestimmt.

»Natürlich nicht«, sagte Florence. »Du bist dort nicht sicher. Manche Ärzte verraten die Patienten. Ich vertraue ihnen nicht.«

Tessan warf mir einen Blick zu.

»Das Mädchen ist Opfer eines Verkehrsunfalls«, erklärte ich Florence.

»Ich weiß, ich weiß«, nickte Florence und ließ das Mädchen nicht aus den Augen. Sie beugte sich vor und senkte die Stimme: »Du hast eine schwere Reise hinter dir. Wie heißt du denn, meine Kleine?«

Das Mädchen schloss die Augen und schüttelte den Kopf.

»Nein, das kannst du natürlich nicht sagen. Ich werde dich nicht zwingen. Aber bei uns bist du sicher, glaub mir. Mein Vater und ich, wir haben vielen jüdischen Flüchtlingen geholfen. Du bist nicht die Erste. Aber da sind ja die Mädchen«, sagte Florence, als würde sie uns erst jetzt bemerken. »Martina ist meine Sekretärin und Therese ist meine Haushälterin. Sehr tüchtige Mädchen, alle beide. Ohne sie käme ich nicht zurecht. Und man kann ihnen unbedingt vertrauen. Martina kennt meine Arbeit und weiß, worum es geht.«

Das Mädchen schaute uns nun zum ersten Mal mit einem gewissen Interesse an.

»Martina und Therese«, sagte sie langsam, als wolle sie sich die Namen einprägen.

»Ganz genau«, sagte Florence.

Ich war verblüfft, wie blitzschnell Florence die Wirklichkeit an ihre Vorstellungen anpassen konnte. Kaum hatte das Mädchen das Zimmer betreten, da hatte es auch schon einen Platz in Florences Phantasiewelt. Und traumatisiert wie sie war, hatte sie auch nicht protestieren können. Vielleicht hatte sie Florences eigenartige Behauptungen auch nicht verstanden. Das Mädchen schien immer nur einzelne Wörter zu verstehen.

»Aber du hast doch sicher Hunger?« Florence berührte freundlich den Arm des Mädchens. »Du bist ja nur Haut und Knochen. Und du hast eine weite Reise hinter dir. Therese kann dir in der Küche etwas geben. Ist vom Lachs noch etwas übrig, Therese?«

»Ja ... doch, ich glaube schon«, sagte Tessan.

Kurz darauf saß das Mädchen in der Küche und aß die aufgewärmten Reste des Abendessens. Sie hatte eine merkwürdige Esstechnik. Erst schnitt sie das Essen auf dem Teller in ganz kleine Stücke. Dann schaufelte sie etwas Essen auf die Gabel, beugte sich mit offenem Mund nach vorne, führte die Gabel zum Mund, hielt inne und schleuderte dann mit einer schnellen, fast aggressiven Bewegung das Essen von der Gabel in den Mund. Sie schloss die Augen und schluckte, ohne zu kauen.

»Du kannst auch ein Brot haben. Nicht jeder mag Lachs«, sagte Tessan.

Aber das Mädchen machte tapfer weiter, bis sie die halbe Portion geschafft hatte. Dann stand sie ohne ein Wort auf und ging zurück in den Salon. Sie hatte etwas Bittendes im Blick, als sie sich vor Florence aufstellte, wie ein Hund, der auf ein Zeichen von seinem Herrchen wartet.

»Ein bisschen Essen tut gut, nicht wahr?«, sagte Florence. »Wie geht es dir jetzt?«

»Ich bin müde«, sagte das Mädchen.

»Therese«, rief Florence, obwohl Tessan bereits in der Tür stand. »Kannst du meinem Gast ein Bett richten? Sie wird eine Zeitlang hier bleiben.«

Tessan warf mir einem erschrockenen Blick zu. Ich dachte, das Mädchen würde protestieren. Aber sie lächelte nur leicht und drückte Florences Hand in einer Art stiller und unterwürfiger Dankbarkeit.

»Wo soll ich das Bett richten?«, fragte Tessan.

Ich hoffte, dass Florence nicht auf die Idee kam, noch ein weiteres Bett in unsere kleine Mädchenkammer stellen zu lassen. Das würde zu eng werden, und der Gedanke, mit diesem eigenartigen Mädchen im gleichen Raum schlafen zu müssen, war mir unangenehm.

»Du kannst ihr auf der Chaiselongue in der Bibliothek ein Bett machen«, entschied Florence. »So machen wir es.«

»Wie lange kann ich bleiben?«, fragte das Mädchen.

»Du kannst bleiben, solange du willst. Niemand wird erfahren, dass du hier bist.«

Zu unserem großen Erstaunen schlug das Mädchen die Arme um Florence und legte ihr die Wange auf die Schulter. Ihr Rücken bebte und man hörte ein unterdrücktes Jammern, als ob sie weinte.

»So, ja«, flüsterte Florence und strich dem Mädchen über die Haare. »Du bist jetzt in Sicherheit, meine Kleine.«

11

Am nächsten Morgen saß ich bei Florence in der Blumenecke, und Tessan servierte uns Tee und Toast.

Die Blumenecke im Kleinen Salon war der Lieblingsplatz von Florence. Sie saß gerne in ihrem Sessel im grünen, gefilterten Licht am Fenster, nippte an ihrem Tee und blätterte in der Zeitung.

Es war auch wirklich der gemütlichste Raum im Haus, hell, hübsch möbliert und gerade richtig in der Größe. Es gab einige Gemälde. An der Wand gegenüber dem Platz, an dem Florence normalerweise ihr Frühstück einnahm, hing ein großes Porträt ihres Vaters, eines Herrn Mitte vierzig mit stolz erhobenem Kinn und zielstrebigem Blick. Weiter drinnen im Zimmer gab es noch ein paar Porträts: eine schöne junge Frau, die Florences Mutter war, und noch weitere Verwandte.

Das Ticken der vielen Uhren war zuerst irritierend, aber nach einer Weile verwandelte sich das Geräusch in ein Gefühl, vergleichbar dem Mantra beim Meditieren.

Manchmal wollte Florence alleine frühstücken, Zeitung lesen und ihren eigenen Gedanken nachgehen. Aber es kam auch vor, dass sie reden wollte. Dann bat sie mich, einen Sessel an ihren Tisch zu ziehen und mit ihr zusammen zu frühstücken.

Das Mädchen war nicht zu sehen. Wir nahmen an, dass sie noch auf der Chaiselongue in der Bibliothek schlief. Die Doppeltüren waren verschlossen, was sie sonst nicht waren.

Die Uhren im Salon gingen auf 9:45 zu, das war der Beginn von Florences Arbeitstag.

Mein Blick wanderte zu den Türen der Bibliothek. Florence blätterte in ihrer Zeitung und las uns ein paar Zeilen vor. Einerseits lebte sie in einer Welt, in der der Zweite Weltkrieg noch in Europa wütete und ihr Vater noch lebte. Gleichzeitig schien sie die Welt zu akzeptieren, in der wir anderen lebten. Sie las aktuelle Zeitungen und hörte Radio, und obwohl sie sich distanzierte und die heutige Gesellschaft mit einem nachsichtigen Lächeln betrachtete, verfolgte sie alles, was geschah. Ich habe ihr hin und wieder zeitgeschichtliche Fragen gestellt, und sie wusste meistens Bescheid.

Wir saßen immer noch beim Frühstück, die Tisch-, und Wanduhren und die große Standuhr tickten jede in ihrem Takt und ihrem eigenen Klang.

Gleich würde Florence aufstehen und mich daran erinnern, dass wir Punkt 9:45 am Schreibtisch zu sitzen hätten. Aber an diesem Morgen schien sie kein Gefühl für die Zeit zu haben. Nicht ein einziges Mal öffnete sie ihr goldenes Medaillon, um auf die kleine Uhr zu schauen, es schien die einzige zu sein, der sie wirklich vertraute. Stattdessen blätterte sie in der Zeitung, zitierte mit ironischem Unterton die Aussage eines Ministers und lachte dann verächtlich auf, ehe sie weiterblätterte. Tessan und ich schauten uns fragend an, 9:45 ging unbemerkt vorbei und zerfloss in der Vergangenheit.

»Soll ich heute nichts abschreiben?«, fragte ich vorsichtig.

»Vielleicht später. Wir werden sehen«, sagte Florence geheimnisvoll, ohne den Blick von der Zeitung zu heben.

Da saßen wir also und warteten, blickten immer wieder zu den hohen Doppeltüren der Bibliothek hinüber. Florences Zeitung raschelte, die Uhren tickten. Zwanzig vor elf öffnete sich der eine Flügel langsam und knarrend.

Das Mädchen auf der Schwelle war nicht mehr die geschockte Horrorfilmgestalt, für die wir am Abend zuvor das Bett gerichtet hatten. Die augenfälligste Veränderung waren ihre Haare, die bis auf die Kopfhaut heruntergeschnitten waren, unregelmäßig und stellenweise mit kahlen Stellen. Ihre Beine und Füße waren nackt, und sie trug ein vorne geknöpftes ärmelloses Kleid, das ihr zu groß war.

»Sie hat Florences Kleiderkammer gefunden«, flüsterte Tessan mir zu. »Ich kenne das Kleid.«

Aber die größte Veränderung war ihr Blick. Sie schaute nicht mehr leer in die Ferne. Sie schaute uns jetzt direkt an, eine nach der anderen, ihre Augen leuchteten vor forscher Energie. Ihr magerer Körper hatte etwas Frisches und Agiles. Ich musste an eine Lumpenpuppe denken, die über Nacht verzaubert worden war und Leben eingehaucht bekommen hatte.

Florence lächelte sie an. Sie schien sich nicht über die neue Frisur zu wundern und auch nicht darüber, dass das Mädchen ihre alten Kleider trug.

»Hast du denn schlafen können, meine Kleine?«, fragte sie.

»Sie können mich Judit nennen. Ich heiße Judit Rosenbaum«, sagte das Mädchen mit klarer Stimme.

Florence nickte freundlich.

»Komm und setz dich zu mir, Judit. Möchtest du etwas zum Frühstück? Soll ich Therese bitten, noch etwas Brot zu holen?«

Das Mädchen schüttelte heftig den Kopf.

»Komm schon«, sagte Florence aufmunternd. »Du bist jetzt unter Freunden.«

Das Mädchen trat ein paar vorsichtige Schritte auf sie zu und blieb mitten im Zimmer stehen. Sie verharrte ein paar Sekunden mit geschlossenen Augen, als müsste sie sich konzentrieren. Dann öffnete sie die Augen und begann zu sprechen. Die Geschichte, die sie nun erzählte, machte mich sprachlos.

Sie behauptete, ihre Familie sei in ein Konzentrationslager deportiert worden, aber sie selbst habe sich einige Wochen in einem Keller verstecken können. Sie habe rohe Kartoffeln gegessen und Wasser aus einer leckenden Leitung getrunken. Der

Hausbesitzer habe sie schließlich gefunden, sie mit in seine Wohnung genommen und die Türen verschlossen. Dann habe er die Gestapo angerufen. Aber sie habe ihm mit einer Schere in den Bauch gestochen, den Schlüssel aus seiner Jacke genommen und sei geflohen. Sie habe sich einer Gruppe Jugendlicher angeschlossen, die Kontakt mit einem schwedischen Flüchtlingshelfer hatten. Ich erinnere mich nicht mehr an alles, was sie erzählte, aber es war eine sehr ausführliche Schilderung, es gab falsche Papiere, raffinierte Verkleidungen, ein Fischerboot und eine Schwimmtour auf hoher See.

Tessan und ich starrten uns erstaunt an, aber Florence nickte zustimmend, als würde sie die Geschichte schon kennen.

»Das letzte Stück bin ich im Auto gefahren. Ich bin gefahren wie eine Wahnsinnige«, schloss das Mädchen mit einem dramatischen Seufzer.

Ja, das war wohl das Einzige, was an dieser Geschichte der Wahrheit entsprach.

»Du kannst Glimmenäs als dein Zuhause betrachten«, sagte Florence. »Aber du kannst nicht in der Bibliothek wohnen. Therese wird eines der Schlafzimmer für dich herrichten.«

»Welches Zimmer?«, fragte Therese.

»Das kann Judit sich selbst aussuchen«, entschied Florence.

Das Geräusch eines Automotors ließ uns zum Fenster mit den vielen Pflanzen eilen. Tessan schob die Ranken einer üppig blühenden Porzellanblume beiseite und schaute hinaus.

»Die Polizei!«, rief sie aus. »Was wollen die denn?«

Das Mädchen erschrak. Als es an der Haustür klingelte, verließ sie den Salon und wir hörten, wie sie mit ihren nackten Sohlen schnell durch den Dienstbotenflur lief.

Kurz darauf standen ein Polizist und eine Polizistin, beide in Uniform, vor uns. Sie waren so plötzlich aufgetaucht, dass sie mir fast wie ein Teil des erfundenen Dramas vorkamen, und ich konnte sie deshalb nicht richtig ernst nehmen.

Florence schaute tadelnd auf die schmutzigen Spuren, die sie auf dem Teppich hinterlassen hatten.

»Es muss etwas sehr Ernstes passiert sein, wenn Sie hier so hereingetrampelt kommen«, sagte sie.

»Ja, unten auf der Straße ist gestern Abend ein Unfall passiert«, sagte die Polizistin. »Jemand ist von der Straße abgekommen. Der Fahrer ist verschwunden. Wir wollen wissen, ob Sie etwas gesehen oder gehört haben.«

Florence hatte ihre hellen blauen Augen direkt auf die Polizisten gerichtet und sie zögerte keinen Moment mit ihrer Antwort:

»Nein, das haben wir nicht.«

»Das Auto war übel zugerichtet, es gibt also Grund zu der Annahme, dass der Fahrer verletzt ist.«

Florence schüttelte bekümmert den Kopf und schenkte sich noch etwas Tee ein.

»Schrecklich, schrecklich«, sagte sie. »Aber hier war niemand.«

»Okay. Vielen Dank. Bitte rufen Sie doch diese Nummer an, wenn Ihnen etwas auffällt.«

Die Polizistin überreichte ihr eine Karte.

»Das Auto ist als gestohlen gemeldet«, fügte sie noch hinzu.

Als die Polizisten weggefahren waren, gingen Tessan und ich in den Garten.

Wir fanden das Mädchen hinter den Johannisbeerbüschen. Sie saß mit zum Kinn hochgezogenen Knien, die Arme um die Beine verschränkt da und schaute uns scheu an.

»Komm raus, du Autodiebin.«

»Sind sie weg?«, fragte sie. »Ihr habt mich doch nicht verraten?«

»Florence hat ihnen deinetwegen geradewegs ins Gesicht gelogen«, sagte Tessan. »Und wir widersprechen Florence nicht.«

»Heißt die alte Dame Florence?«

Das Mädchen stand vorsichtig auf und bürstete etwas Erde vom Kleid.

»Ja«, sagte Tessan. »Und wie heißt du?«

»Judit Rosenbaum«, antwortete das Mädchen schnell. Ein schüchternes Lächeln glitt über ihr Gesicht, als ob das Aussprechen des Namens ihre Laune gebessert hätte.

Tessan verdrehte die Augen.

»Ich meine natürlich in Wirklichkeit.«

»In Wirklichkeit?«, sagte das Mädchen und schaute sehr erstaunt drein. »Warum wollt ihr das wissen?«

Tessan zuckte mit den Schultern.

»Tja, könnte nicht schaden, wenn du hier wohnen willst.«

»*Ihr* verwendet doch wohl auch nicht *eure* richtigen Namen«, erwiderte das Mädchen trotzig.

»Natürlich«, sagte ich. »Das heißt: Ich nenne sie Tessan, aber sie heißt eigentlich Therese.«

»Heißt sie in *Wirklichkeit* so?« Sie sprach das Wort aus, als wäre es ein exotisches Land, das nur wenige Menschen bisher besucht hatten.

»Meine Güte, ich geb's auf«, seufzte Tessan. »Es ist heiß und Florence hat offenbar das Büro für heute geschlossen. Wollen wir zum Bootssteg runtergehen?«

Die Badebucht war in den letzten Jahrzehnten nicht gerodet worden und der Steg war deshalb ganz eingeschlossen von hohem Schilf. Wenn man sich dort sonnte, konnte man sich einbilden, man läge mitten in einem Getreidefeld, nur das Glucksen der Wellen verriet, dass man Wasser unter sich hatte. Es war ein eigenartiges Gefühl. Und ausgesprochen praktisch – wir konnten uns nackt sonnen, ohne uns um die Typen zu kümmern, die in der Bucht Wasserski fuhren, oder die Paddler, die direkt hinter dem Schilfgürtel vorbeiglitten, so nahe, dass wir ihren Gesprächen lauschen konnten.

Wir zogen uns bis auf die Slips aus, auch das Mädchen. Diagonal über ihren Brustkorb lief ein pflaumenblaues Band: der Abdruck des Sicherheitsgurts, der ihr am Tag zuvor das Leben gerettet hatte. Ich staunte, dass dieser zerbrechliche Körper den Zusammenstoß mit einem Felsbrocken ohne ernste Verletzungen überstanden hatte. Ein leichter Windstoß müsste genügen, um ihn zu einem kleinen Haufen von Knochen zusammenfallen zu lassen.

Das Mädchen selbst schien sich nicht bewusst zu sein, welchen Eindruck sie hinterließ. Sie saß ganz vorne am Steg, stützte sich auf ihre gestreckten Arme und hielt das Gesicht in die Sonne.

»Mein Gott, ist das schön, in Schweden zu sein!«, rief sie aus. »Wenn die Gestapo mich geschnappt hätte, säße ich jetzt in Auschwitz.«

»Hör auf mit dem Quatsch«, sagte Tessan. »Darüber macht man keine Scherze. Woher weißt du überhaupt so viel über all das?«

»Ich weiß es eben. Manchmal glaube ich, ich habe schon einmal gelebt. Mehrmals gelebt. Ich erinnere mich an so viele Dinge, an die ich mich eigentlich gar nicht erinnern dürfte. Florence fragte mich etwas, und ich wusste genau, wovon sie redete.«

»Warum hast du ein Auto gestohlen?«, fragte ich.

»Weil ich es musste. Ich wurde gejagt. Aber ich habe meine Geschichte schon erzählt. Jetzt seid ihr dran. Wer seid ihr eigentlich?«

Sie rutschte näher und betrachtete uns erwartungsvoll.

Ein wenig benommen von dem, was sie gesagt hatte, erzählte ich von meinem Job im Hotel in Göteborg, aber sie unterbrach mich.

»Im *Spiel*, meine ich.«

»Was für einem Spiel?«

»In diesem Live. Wir haben 1940 und ihr nehmt Flüchtlinge

auf, so viel habe ich verstanden. Und die alte Dame ist in irgendwelche heimlichen Agentengeschichten verwickelt. Oh, diese Klamotten! Die sind so toll.« Sie strich mit der Hand über das Kleid, das zusammengefaltet neben ihr lag. »Das ist Vintage, nicht? Echt Vierziger?«

»Du bist im Ankleidezimmer von Florence gewesen«, konstatierte Tessan.

»Ja, ich bin heute Nacht ein wenig durchs Haus gegangen. Ich wollte natürlich auch solche Kleider wie ihr haben. Sie sind wundervoll! Das ganze Haus ist wundervoll.«

»Das hier ist kein Livespiel«, sagte ich. »Florence ... ist, ja, sie lebt in einer anderen Zeit. Und wir sind bei ihr angestellt. Ich bin ihre Sekretärin und Tessan ist ihre Haushälterin.«

Das Mädchen nickte eifrig.

»Und ich bin ihr Flüchtling.«

Ich musste lachen.

»Du willst also wirklich hier bleiben?«

Das Mädchen wurde ernst.

»Florence hat mich *gebeten*, zu bleiben. Und ich weiß nicht, wo ich sonst hinsoll.«

»Okay«, sagte Tessan. »Dann müssen wir dir ein Zimmer richten.«

»Florence sagte, ich dürfe mir eines aussuchen.«

»Das habe ich gehört«, sagte Tessan säuerlich. »Wir müssen uns das Mädchenzimmer teilen.«

Es wurde heiß in der Sonne und das Mädchen wollte baden. Es war eigentlich noch zu früh im Jahr, das Wasser hatte sich noch nicht erwärmt, aber das schien ihr egal zu sein.

Sie schwamm zwischen die Weiden, zog sich dann an einem Ast hoch und kletterte herum wie ein Affe, dabei lachte sie vor sich hin. Als sie kurze Zeit später ans Ufer kam, war sie so durchgefroren, dass sie zitterte und mit den Zähnen klapperte. Wir warfen ihr das Badetuch über – nicht ihr eigenes blutiges, das hatten wir weggeworfen, sondern ein frisches aus Florences Wäscheschrank – und massierten sie, damit die Durchblutung in Gang kam. Im Wasser hatte sich der Verband auf ihrer Stirn gelöst und baumelte nun patschnass an einem Stück Pflaster. Sie riss ihn ärgerlich ab und warf ihn auf den Boden. Dicker schwarzer Wundschorf kam zum Vorschein.

Ihr flachbrüstiger Körper und ihr Benehmen hatten etwas sehr Kindliches, deshalb fragte ich spontan:

»Wie alt bist du eigentlich?«

»Se...chzehn«, sagte sie mit klappernden Zähnen.

Wahrscheinlich hatte ich gedacht, sie sei in unserem Alter, weil wir sie hinter einem Steuer gefunden hatten. Jetzt war klar, dass sie noch ein Teenager war. Ein Kind mit einer lebhaften Phantasie.

12

Als wir wieder am Haus waren, ließ ich mich erschöpft im Garten in einen Liegestuhl fallen. Auf einer Wäscheleine zwischen zwei Apfelbäumen flatterten unsere nassen Badetücher, der sanfte Wind flüsterte in den Blättern und Gräsern. Ich glitt in eine Art Dämmerzustand und wachte auf, weil etwas Hartes auf meinen Schoß fiel. Tessan stand vor mir, sie sah wütend aus.

»Hier hast du ihr Leben«, zischte sie.

Ich schaute auf meinen Schoß. Sie hatte mir ein Buch hingeworfen: *Durch die Nacht zur Dämmerung. Die Geschichte eines jüdischen Flüchtlings. Judit Rosenbaum* stand auf dem Umschlag.

»Wo hast du das gefunden?«, fragte ich.

»In der Bibliothek. Sie hat es offenbar heute Nacht in einem Zug durchgelesen. Und noch ein paar andere alte Bücher, die sie aus den Regalen genommen und nicht zurückgestellt hat.«

Ich blätterte in dem Buch, las hier und da ein paar Zeilen und erkannte die Geschichte, die das Mädchen erzählt hatte.

»Sie hat das Leben dieser Frau eins zu eins geklaut«, sagte Tessan. »Mit Namen und allem.«

»Sie ist irgendwie ein bisschen eigenartig«, murmelte ich.

»*Ein bisschen*?«

Ich nickte. Insgeheim imponierte mir die Fähigkeit des Mädchens, sich eine Geschichte so schnell anzueignen und sie so exakt wiederzugeben. Ich wünschte, ich besäße auch so ein Talent.

Als ich das Buch später las, stellte ich fest, dass die Geschichte genau mit der des Mädchens übereinstimmte. Bis auf das Detail, dass sie dem Mann, der sie verraten wollte, eine Schere in den Bauch gestoßen hat. Das stammte von ihr. Als ob die Geschichte nicht so schon dramatisch genug gewesen wäre.

Florence hatte uns gebeten, dem Mädchen die Umgebung zu zeigen, und gegen zwei Uhr gingen wir los.

Sie gab ohne Umschweife alles zu, als Tessan sie mit dem Buch konfrontierte.

»Ich lese immer viel über die Zeit und das Milieu. Ich hatte ja nicht viel Zeit, mich vorzubereiten. Ich bin irgendwie da hineingeraten. Aber ich habe viele Bücher aus der Zeit in den Bücherregalen gefunden.«

»Das ist kein Live-Spiel, das habe ich doch gesagt«, sagte Tessan ärgerlich.

Das Mädchen schaute sie mit großen erstaunten Augen an.

»Was ist es denn? Warum tragt ihr diese Kleider und Frisuren? Und warum spricht Florence, als hätten wir 1942?«

»Es ist vielleicht doch ... eine Art Spiel«, sagte ich vorsichtig.

Wir gingen Richtung Osten um die Schafweide herum. Uralte Eichen erhoben sich über unseren Köpfen, die Schafköttel lagen wie schwarze Perlen im Gras.

»Ich war noch nie in den 1940er Jahren«, bekannte das Mädchen. »Letztes Jahr war ich im 18. Jahrhundert. Ich war mit einem Stallburschen zusammen. Ich war adelig, es war also *absolutely forbidden*! Wir haben uns in einem dunklen Keller in einem Schloss geliebt, das war heftig. Wir hatten danach noch ein wenig Kontakt, aber off-live war er total langweilig. Mir gefiel das 18. Jahrhundert, aber die Kleider waren so teuer, diese Zeit kann ich mir nie mehr leisten. Man kann natürlich Magd sein, aber das war ich schon so oft, Mägde *kotzen* mich an. Verzeihung!«, sagte sie rasch zu Tessan, die immer noch ihre weiße Schürze trug.

»Wie lange hast du vor, auf Glimmenäs zu bleiben?«, fragte ich vorsichtig.

»Mal sehen. Florence hat mich zu ihrer Mitarbeiterin gemacht.«

»Was?«, rief Tessan aus. »Wie Mitarbeiterin? Was sollt du machen?«

Das Mädchen lächelte boshaft.

»Das darf ich nicht sagen. Das ist geheim.«

Eigentlich war es nicht merkwürdiger als die Tatsache, dass Florence mich angestellt hatte, um ihre komischen Briefe ins Reine zu schreiben. Aber es gefiel mir überhaupt nicht. Florence, Tessan und ich waren eine kleine eingeschworene Gruppe, wir hatten unsere Rollen und Abläufe. Wir brauchten ganz einfach keine weitere Person. Und schon gar nicht einen gestörten Teenager, der Autos in den Graben fuhr. Aber es war Florences Haus, und sie hatte das Sagen. Tessan dachte vermutlich das Gleiche wie ich, denn sie schnitt eine Grimasse.

Plötzlich blieb das Mädchen stehen und schrie auf. Eine Ringelnatter glitt über den Weg. Ich sah sie gerade noch, ehe sie im Gras verschwand. Sie war riesig, mindestens einen Meter lang, und sie hatte eine seltsame Ausbuchtung in der Mitte ihres schwarzen Körpers.

»Das ist nur eine Ringelnatter. Die ist nicht giftig«, sagte ich beruhigend. »Die hat gerade etwas gefressen. Einen Frosch oder eine Wühlmaus.«

Das Mädchen lachte erleichtert.

»Ich wusste gar nicht, dass es solche Tiere in Schweden gibt«, sagte sie. »Und ich wusste auch nicht, dass es solche Typen wie euch gibt.«

Sie streckte die Hand aus und berührte sachte die Lockenpracht auf meinem Kopf. (Ich hatte wie immer mit Clips geschlafen, und da ich eine leichte Naturwelle habe, hatten die Locken trotz des Badens gehalten.)

»Ich wusste auch nicht, dass es so einen Ort gibt«, fuhr sie fort und schaute mit einem glücklichen Lächeln in die Baumkronen. »Ich bin froh, dass ich hier bin. Dieser Autounfall muss einen Sinn gehabt haben, meint ihr nicht?«

»Hast du es absichtlich gemacht?«, fragte Tessan. »Also, bist du absichtlich gegen den Felsen gefahren?«

»Ich weiß es nicht mehr«, sagte sie schlicht.

Wir gingen am See entlang, vorbei an Schilf und Resten von alten Bootsstegen und Boothäusern. Ein umgedrehtes Ruderboot lag am Ufer, es war zur Hälfte mit Brennnesseln überwachsen.

»Ob es wohl noch schwimmt?«, sagte Tessan.

Mit vereinten Kräften gelang es uns, das Boot ins Wasser zu schieben. Es schwamm tatsächlich.

Wir kletterten über den Rand und setzten uns ins Boot. Tessan fand die Ruder, und dann ruderte sie mit langen gleichmäßigen Schlägen am Ufer entlang, als ob sie nie etwas anderes gemacht hätte. Wo hatte Tessan rudern gelernt? Ich wollte sie danach fragen, vergaß es aber dann, ich weiß es also immer noch nicht. Tessan besaß viele verborgene Talente.

Wir ruderten den gleichen Weg zurück, den wir an Land gegangen waren, vorbei an Schilf und Erlengebüsch.

Judit saß im Bug, beugte sich vor und ließ die Hand durchs Wasser gleiten. Als Glimmenäs über den Kronen der Obstbäume sichtbar wurde, setzte sie sich auf.

»Jetzt weiß ich, welches Zimmer ich haben will«, rief sie und zeigte mit der Hand zum Haus. »*Das* Zimmer da. Im ersten Stock, das mit dem Balkon.«

Vom See aus hatte man einen ganz anderen Blick auf die Südfassade. Aus dieser Entfernung war der Verfall nicht so deutlich und ich sah, wie schön das Haus tatsächlich war.

Der Balkon ruhte auf dem Verandavorbau des Großen Salons. Ich war mir nicht sicher, zu welchem Zimmer er gehörte, aber es musste das Zimmer sein, in dem ich noch nie gewesen war, ich hätte mich an so ein Zimmer erinnert. Die Aussicht von dort musste phantastisch sein.

Tessan hatte sofort verstanden, welches Zimmer das Mädchen meinte, denn sie sagte, ohne hinzuschauen:

»Das bekommst du nie.«

»Aber Florence hat doch gesagt, ich darf es mir aussuchen«, sagte das Mädchen trotzig.

»Das ist ein großes, schönes Zimmer. Du musst dir ein *kleines* Zimmer aussuchen, so eines wie unseres. Wir sind Dienstboten, hast du kapiert?«, sagte ich.

»Ihr vielleicht. Ich nicht«, sagte die kleine Idiotin.

Ich dachte, Tessan würde jetzt deutlich werden, aber zu meinem Erstaunen lehnte sie sich auf die Ruder, drehte sich um und sagte ganz ruhig:

»Niemand kommt in dieses Zimmer. Nicht einmal Florence.«

»Und warum nicht?«, fragte das Mädchen.

»Das ist das Zimmer ihres Vaters. Das muss so bleiben, bis er aus Kairo zurückkehrt.«

Das Boot lag still, es schaukelte auf den Wellen, und wir schauten alle drei zum Haus hinüber.

»Florence hat es abgeschlossen und den Schlüssel versteckt. Sie sagt, es sei ein *böses* Zimmer.«

»Oh«, sagte das Mädchen keuchend, ihre Augen wurden groß. »Können wir nicht versuchen, den Schlüssel zu finden?«

Tessan schüttelte den Kopf.

»Ich habe schon überall gesucht. Vergeblich.«

»Ein böses Zimmer«, sagte das Mädchen sehnsüchtig. »Aber es muss doch irgendwo einen Schlüssel geben. Als ich in ›Das Geheimnis der Rose‹ mitspielte, haben wir ständig nach einem Schlüssel gesucht. Wisst ihr, wo er war? Auf dem Grund eines Brunnens. Es war kein Wasser mehr drin, aber es war total gruselig, da hineinzuklettern und ihn herauszuholen. Das habe nicht ich gemacht, sondern ein Junge. Er hielt sich beim Klettern mit einer Hand an der Leiter fest, in der anderen hatte er eine Fackel.«

»Eine Taschenlampe wäre schlauer gewesen«, bemerkte ich. »So eine für den Kopf.«

Das Mädchen schaute mich mitleidig an.

»Im Mittelalter gab es keine Taschenlampen. Das ist eine *moderne* Erfindung.« Sie drehte sich wieder zum Haus. »Aber es kann doch nicht so schwer sein, da reinzukommen. Die Balkontür hat bestimmt kein Schloss.«

Tessan sagte nichts, aber sie hatte auf einmal ein Glitzern in den Augen, das ich von früher kannte. Bevor sie eine ordentliche Haushälterin in weißer Schürze wurde.

Plötzlich wurde mir kalt an den Füßen. Ich schaute hinab. Auf dem Boden des Boots schwammen in einer Pfütze Erlenzapfen und verwelkte Blätter.

»Das Boot hat ein Leck«, sagte ich. »Wir müssen ans Ufer.«

»Und auch wenn die Tür zu ist, wir können doch wenigstens reinschauen«, fuhr das Mädchen begeistert fort.

»Tessan, du musst rudern! Es kommt Wasser ins Boot«, rief ich.

Mit ein paar kräftigen Ruderschlägen drehte sie das Boot zum Ufer und murmelte.

»In der Scheune ist eine Leiter.«

13

Kurz nach ein Uhr in der Nacht machten wir uns auf den Weg zur Scheune. Richtig dunkel wurde es ja zu Beginn des Sommers nicht, aber der Garten war in eine bläuliche Dämmerung getaucht, die uns in diffuse Schattengestalten verwandelte.

Die Leiter hing an stabilen Haken an einer Längswand der Scheune. Der Bauer nutzte die Scheune für seine Vorräte an Kunstdünger. Er selbst wohnte ein ganzes Stück weiter weg, wegen ihm brauchten wir uns also keine Sorgen zu machen.

Tessan und ich trugen die Leiter in den Garten, Judit lief um uns herum wie ein aufgeregtes Kind. Es war eine Aluminiumleiter, die sich auf doppelte Länge ausziehen ließ, und sie würde leicht bis zum Balkon hinaufreichen. Es klapperte ziemlich laut, als wir die widerspenstigen Teile auseinanderzogen, aber Tessan versicherte uns, dass Florences Schlaftabletten sie in einen Zustand der Bewusstlosigkeit versetzten.

Judit – wir nannten sie jetzt so, weil sie sich weigerte zu sagen, wie sie richtig hieß – kletterte zuerst hinauf, schnell und leicht nahm sie zwei Sprossen. Das Wackeln der Leiter glich sie geschickt aus. Genauso flink war sie unten am See in den Zweigen der Weide herumgeklettert.

In wenigen Sekunden war sie oben beim Balkon, schwang ein mageres Bein über die Balustrade und war im nächsten Moment an der Balkontür und zerrte ungeduldig an der Klinke.

»Shit!«, zischte sie. »Die Tür ist abgeschlossen.«

»Kannst du etwas durchs Fenster sehen?«, fragte Tessan.

»Nein. Die Vorhänge sind zugezogen.«

Tessan kletterte hinauf. Sie schob Judit beiseite und zerrte an der Tür, dass die Scheiben klirrten.

»Sie ist nicht abgeschlossen«, sagte sie, »aber sie klemmt.«

Nach einem weiteren kräftigen Ziehen gab die Tür mit einem schrillen Quietschen nach. Judit hielt sich die Hand vor den Mund, um einen Freudenschrei zu unterdrücken. Tessan beugte sich über die Balustrade.

»Komm hoch, Martina.«

Ich war froh, dass es nicht richtig hell war, damit ich nicht sah, wie hoch es war.

Tessan erwartete mich und half mir über den kritischen Moment zwischen Leiter und Balustrade. Ich zitterte vor Angst. Judit war schon im Zimmer. Ich konnte das flackernde Licht einer Taschenlampe sehen, und ich hörte halb unterdrückte Schreie der Begeisterung.

Meine Knie waren noch weich, als ich den Vorhang beiseiteschob und das Zimmer betrat. So musste Howard Carter sich gefühlt haben, als er Tutenchamuns Grabkammer betrat, dachte ich noch.

Tessan machte die Stehlampe an, indem sie an einer kleinen Kette zog. Es rasselte leicht und Bakelitbrösel fielen auf den Boden. Aber die Lampe funktionierte, und in ihrem gelblichen Schein sahen wir, dass wir uns in einem ziemlich großen Zimmer befanden, das im orientalischen Stil eingerichtet und voller exotischer Gegenstände war. Große schmale Messingkannen auf einem kleinen Rauchtisch. Ein Hocker mit einem konkaven Weidensitz. Ein protziges Bett mit einem Himmel darüber.

Vor den verhängten Fenstern stand ein großer Schreibtisch, ein trockener, scharfer Geruch nach Ziege, Staub und Tabak lag in der Luft.

Es war ein phantastisches Zimmer, ein Märchenzimmer. Das Zimmer eines mächtigen Mannes. Hier hatte also der Diplomat

Ernst Wendman gewirkt, der vergötterte Vater, in den Briefen von Florence war er ständig präsent.

Judit drückte die Klinke der Tür zum Flur herunter, aber die war verschlossen.

Im nächsten Moment hörte ich hinter mir ein lautes Krachen; ein ohrenbetäubender metallischer Krach, als hätte ein Verrückter auf Hunderte von Zimbeln eingeschlagen. Mir blieb fast das Herz stehen und Judit schrie laut.

»Klappe halten«, zischte Tessan.

Sie war gegen einen Rauchtisch gestoßen und hatte ein paar Kannen und Wasserpfeifen mitsamt dem Messingtablett, auf dem sie gestanden hatten, heruntergerissen.

Als wir alles wieder in Ordnung gebracht hatten, hörten wir die spröde Stimme von Florence im Flur rufen:

»Hallo! Hallo!«

Und dann direkt vor der Tür, leiser, fast flüsternd:

»Vater?«

Ich schlich zur Stehlampe und machte sie aus. Wir standen ganz still und ohne zu atmen in der Dunkelheit.

Ein schwaches Klopfen an der Tür. Und dann wieder:

»Vater? Bist du da?«

Wieder ein Klopfen. Und dann ein merkwürdiges Geräusch, es klang wie ein Weinen. Schluchzend, zart und sehr traurig, nicht unähnlich dem Ruf der Eule, der hin und wieder durch die offene Balkontür zu uns hereindrang.

»Vater, Lieber. Ich wusste nicht, dass du da bist. Mach mir auf, bitte, Vater!«

»Wir hauen ab«, flüsterte Tessan.

Das Klopfen an der Tür wurde immer lauter und fordernder, wir liefen auf den Balkon und kletterten hinunter.

Als wir die Leiter wieder in die Scheune gebracht hatten und ins Haus zurückkehrten, war dort alles still.

Wir gingen in den ersten Stock, aber im Flur war niemand.

14

Am nächsten Morgen saß Florence in ihrer Blumenecke beim Frühstück, als wäre nichts geschehen. Sie brach ihren Toast in kleine Stücke, bestrich jedes Stückchen mit ein wenig Marmelade, steckte es in den Mund und nickte fast unmerklich, als Tessan die Teekanne hochnahm, um ihr nachzuschenken.

Ich saß neben Florence und las ihr aus der Zeitung vor. Manchmal war ihr das lieber, als selbst zu lesen. Sie hörte zu, nickte zustimmend oder gab zwischen zwei Bissen einen harschen Kommentar ab. Manchmal wollte sie meine Meinung zu einer bestimmten Frage hören, und dann antwortete ich, so wie es ihrem Bild von mir zu entsprechen schien: ordentlich, gebildet und klug. Sie sagte nichts über ihren Vater.

Die Uhren schlugen neun. Florence kontrollierte die Uhrzeit auf ihrer Medaillonuhr. Sie drückte vorsichtig die Serviette an ihren schmalen Mund und machte Anstalten, vom Tisch aufzustehen, hielt jedoch plötzlich inne. Mit der Serviette am Mund blieb sie sitzen und starrte auf einen Punkt weiter hinten im Zimmer.

Erst verstand ich nicht, was verkehrt war. Aber auch ich hatte das Gefühl, etwas war anders. Und ehe die neun Schläge verklungen waren, wusste ich, was es war: Der Chor der Glocken klang nicht wie sonst. Die dumpfeste Stimme fehlte.

»Therese, hast du die Bornholmer Uhr nicht aufgezogen?«, fragte Florence mit angespannter Stimme.

»Doch, sicher, Tante Florence, Sie haben doch gesehen, dass ich sie vorgestern aufgezogen habe.«

Es gehörte zu ihren Aufgaben, einmal pro Woche die großen Uhren aufzuziehen.

»Hast du es auch ordentlich gemacht?«

»Ich glaube schon. Aber ich kann es noch einmal machen«, sagte Tessan.

Sie öffnete die Tür zum Inneren der Standuhr, man sah die schweren Gewichte und das kreisrunde, still stehende Pendel, dann griff sie nach dem großen Schlüssel, der an einem Haken hing. Auf einem Hocker stehend, steckte sie den Schlüssel in eines der Schlüssellöcher im Zifferblatt und drehte ihn mit einem knirschenden Geräusch.

»Mehr kann man nicht drehen«, sagte Tessan.

Das Pendel stand immer noch still.

Florence schob nervös ein paar Brotkrumen zusammen.

»Wir müssen einen Uhrmacher kommen lassen«, sagte sie. »Kannst du das veranlassen, Martina?«

»Selbstverständlich«, antwortete ich.

Mit leicht zittriger Hand zeigte sie auf das Zifferblatt und flüsterte:

»Sie ist um zwölf Minuten nach zwei heute Nacht stehengeblieben.«

Tessan warf mir einen Blick zu. Wir dachten beide an das Gleiche. Ungefähr um diese Zeit hatte Tessan im Zimmer des Vaters die Messingsachen umgeworfen. Vielleicht hatten sich die Vibrationen über den Fußboden bis zum Uhrwerk der alten Standuhr ausgebreitet?

Florence stand auf und verließ den Kleinen Salon.

Ich saß auf der Bank im oberen Flur und wartete darauf, dass es 9:45 wurde, da kam Judit aus ihrem Zimmer. Sie hatte sich schließlich, zu meiner und Tessans Überraschung, eine sehr schlichte Kammer neben der Treppe ausgesucht; sie war schmal, hatte ein kleines, weit oben platziertes Fenster und fest eingebaute leere Regale. Vielleicht war es früher einmal eine

Wäschekammer. Wir hatten ihr angeboten, ein Bett aus einem der anderen Zimmer zu holen, aber sie schlief lieber auf einer Matratze direkt auf dem Boden.

Florence öffnete die Tür und ließ Judit herein. Als ich von der Bank aufstand, sagte sie:

»Judit und ich haben ein paar Dinge zu erledigen.«

»Soll ich nicht dabei sein?«, fragte ich erstaunt.

»Halte dich bereit«, war die Antwort.

Sie gingen hinein und Florence machte mir die Tür vor der Nase zu. Ich setzte mich wieder hin. Nach einer Viertelstunde durfte ich hineingehen und einen Brief ins Reine schreiben.

Judit saß auf einem Stuhl am Schreibtisch und sah wichtig aus. Ich weiß nicht, worüber die beiden gesprochen haben, aber Judit strahlte förmlich. Als ich Florences zierliche handschriftliche Notizen gelesen hatte, verstand ich, dass es wohl um einen Flüchtlingstransport ging. Jüdische Flüchtlinge sollten mit Lastwagen durch ganz Europa nach Schweden gebracht werden. Was Judit für eine Rolle spielte, ging daraus nicht hervor. Laut Florence waren ihre »unschätzbaren Informationen von großer Bedeutung für unsere weitere Arbeit«. Dieser Brief sollte nicht ans Außenministerium gehen. Als Florence meine Abschrift noch einmal gelesen hatte, steckte sie den Brief in einen Umschlag, den sie Judit gab.

»Du weißt, wohin der gehen soll«, sagte sie und Judit nickte geheimnisvoll und verließ den Raum.

Ich lief ihr nach, schloss die Tür hinter mir und stellte mich vor sie.

»Es gefällt mir nicht, dass du Florence hinters Licht führst«, sagte ich. »Ich finde, es ist allmählich an der Zeit, dass du erzählst, wer du bist. Und warum du halbnackt in einem gestohlenen Auto umhergefahren bist.«

»Das habe ich doch erzählt.«

Sie drückte den Umschlag an die Brust, krampfhaft und wie

um ihn zu schützen, als ob sie bereit wäre, ihn mit ihrem Leben zu verteidigen.

»Du hast eine idiotische, verlogene Geschichte erzählt. Ich möchte wissen, wie du in Wirklichkeit heißt.«

Judit schaute mich lange und verächtlich an und sagte dann:

»Die Wirklichkeit ist Scheiße. Die ist nichts für mich.«

Mit festen Schritten ging sie quer durch die Halle und verschwand mit dem Umschlag in ihrem Zimmer. Ich habe keine Ahnung, was sie damit gemacht hat.

Nach ein paar Tagen wurde mir klar, dass sich meine Stellung auf Glimmenäs verändert hatte und Judit die Rolle als Florences Vertraute übernommen hatte. Jetzt »arbeiteten« die beiden an den Vormittagen. Ich musste draußen bleiben und wurde nur hereingerufen, wenn etwas ins Reine geschrieben werden sollte.

Judit bekam meinen Platz neben Florence am Esstisch. Ich durfte mich dazusetzen – ich musste nicht servieren und bedienen wie Tessan – aber ich wurde genau wie sie als Dienstbote behandelt.

Früher hatte sie mich »klug« und »gebildet« genannt, mich gelobt, ich hätte »eine so angenehme Art« und »eine so gute Erziehung«. Davon kein Wort mehr.

Zu meiner eigenen Überraschung war ich verletzt. Das war idiotisch. Florence wusste nichts, weder über mich noch über Judit. Sie benutzte uns als Schauspielerinnen in einem Stück, das ihr Leben war. Und wir spielten mit, weil wir dafür bezahlt wurden. Ich hätte zufrieden sein können. Aber als ich nicht mehr die Vertraute von Florence in ihrer verrückten Welt sein durfte, fühlte ich mich missachtet. Daran kann man erkennen, wie weit ich mich schon vom Leben außerhalb von Glimmenäs entfernt hatte.

Florence hatte mich gebeten, einen Uhrmacher zu finden, und da sah ich meine Chance. Sie hatte mir den Namen eines »außerordentlich geschickten Handwerkers« aus Strängnäs gegeben, er habe früher oft für sie gearbeitet. Aber unter der Nummer antwortete niemand, und nach einigen weiteren Telefongesprächen stellte sich heraus, dass er genauso tot war wie ihre anderen Bekannten. Man nannte mir einen Uhrmacher in der Altstadt in Stockholm, der sich auf antike Uhren spezialisiert hatte, aber er hatte bis Ende August geschlossen.

Die Bornholmer Uhr würde also den ganzen Sommer stillstehen. Das kam mir vor wie ein persönliches Versagen.

Judits Auftauchen hatte mir gezeigt, wie unsicher meine Lage war. Der Job als Sekretärin bei Florence war keine richtige Arbeit, und Glimmenäs war nicht mein richtiges Zuhause. Es war eine Phantasie, die zerplatzen konnte wie eine Seifenblase. Ich war immer noch arbeitslos und ohne Wohnung.

Ich fuhr zur Arbeitsvermittlung nach Uppsala und schaute dort im Computer nach freien Stellen. Obwohl ich wusste, wie es aussah, wollte ich doch einen Versuch unternehmen.

Ich fand jede Menge Anzeigen vom Typ: »Wir suchen Studenten oder andere Personen, die an einem Nebenverdienst interessiert sind.« Oder: »Der perfekte Job für Menschen, die tageweise arbeiten wollen.« Oder: »Die Arbeitszeit richtet sich nach den Bedürfnissen des Arbeitgebers.«

Voraussetzung war also, dass man eine andere Beschäftigung hatte und nur ein bisschen dazuverdienen wollte. Es waren natürlich alles Leiharbeitsfirmen. Oft erfuhr man nicht einmal, um was für eine Art von Arbeit es sich handelte. Es wurde »auf Rechnung eines Kunden« gesucht, und alles, was man über diesen Kunden erfuhr, war, dass es sich um »ein expansives Unternehmen in der Servicebranche« handelte oder um einen »international führenden Akteur in der Gesundheits- und Fitnessbranche«.

Was ich wollte – eine feste Anstellung bei einem richtigen Arbeitgeber –, das schien es nicht zu geben.

Ich bewarb mich um einige der Jobs, obwohl ich wusste, dass man davon nicht leben konnte. Ohne Studienkredit, wohlhabende Eltern oder einen Lebensgefährten mit festem Einkommen kam eine solche Anstellung überhaupt nicht in Betracht.

Am nächsten Tag fuhren Tessan und ich mit Florence in die Stadt, um den wöchentlichen Einkauf zu machen und Florence zum Zahnarzt zu begleiten.

Der Zahnarzt von Florence war ein älterer Gentleman mit weißem Haar, leicht und weich wie ein Sahnehäubchen. Er war schon weit jenseits der Pensionsgrenze und arbeitete nur noch am Freitagnachmittag, da empfing er ein paar alte Stammkunden in seiner großen Wohnung, in der auch die Praxis war. Zu unserem großen Erstaunen begrüßte er Florence, indem er ihre beiden Hände nahm und sie küsste. Das schien ihr zu gefallen.

»Sie hat fast verliebt ausgesehen«, sagte ich zu Tessan, als sie im Behandlungszimmer verschwunden waren. »Meinst du, er war einmal ihr Liebhaber?«

»Das ist schon möglich«, sagte Tessan und blätterte in einer Frauenzeitschrift.

»Er muss sehr elegant gewesen sein, als er jung war«, sagte ich.

»Er sieht immer noch gut aus. Ich würde nicht nein sagen.«

»Tessan! Er ist fünfundsiebzig, achtzig, mindestens!«

»Aber was für eine Wohnung. Die geht bestimmt über das ganze Stockwerk. Der hat was, das kann ich dir sagen.«

Kaum hatten wir die Praxis verlassen, da entschied Florence, dass noch am gleichen Abend ein Essen für Gäste stattfinden sollte.

»Ich hoffe, dass Carl Henrik Gyllenmård kommen kann. Er ist ein so netter Herr. Martina, kennst du Carl Henrik?«

»Nein, leider nicht«, sagte ich.

»Dann musst du ihn unbedingt kennenlernen«, sagte Florence. »Ich bin sicher, er würde dir gefallen. Und ich glaube, du würdest ihm auch gefallen. Ein so liebes und begabtes Mädchen, wie du es bist, würde er zu schätzen wissen.«

»Wer ist eigentlich dieser Carl Henrik Gyllenmård?«, fragte ich Tessan, als ich mit ihr und Judit am Tisch im Esszimmer saß und Köstlichkeiten von der Delikatessentheke mit Wein aus staubigen Flaschen hinunterspülte. Florence hatte sich kurz vorher zurückgezogen, zu ihrem »kleinen Nickerchen vor dem Essen«, und ich hatte mit Carl Henrik angestoßen, den Florence neben mich gesetzt hatte.

»Florence spricht immer wieder von ihm«, sagte ich, »aber mir ist nicht so richtig klar, welche Rolle er spielt. Außer dass er mindestens so toll ist wie ihr Vater.«

»Er war ein Freund ihres Vaters«, sagte Tessan. »Im Kleinen Salon hängt ein Bild von ihm. Typ gescheitelter Traum aller Schwiegermütter, du weißt schon, welches ich meine, ja?«

Wir gingen zum Kleinen Salon hinüber. Sie zeigte auf eines der Bilder.

Es war kein Wunder, dass ich dieses Bild bisher nicht bemerkt hatte, denn im Vergleich mit den übrigen Gemälden war es ein recht kleines und bescheidenes Bild. Meine diffusen Kunstkenntnisse datierten es auf die 1920er oder 1930er Jahre. Das Gemälde zeigte einen jungen Mann mit feinen Gesichtszügen und ausgeprägtem Seitenscheitel, er trug einen gelben Pullunder, ein weißes Hemd und eine weinrote Krawatte. Der Stil mit seinen klaren Farben ließ mich an den Künstler Nils Dardel denken.

»Vielleicht war *er* ihr Liebhaber?«, schlug ich vor.

»Vielleicht. Aber ich glaube eher nicht. Florence hat überhaupt nie einen Liebhaber gehabt.«

»Das kannst du doch nicht wissen.«

»So etwas spürt man.«

Wir gingen zurück ins Speisezimmer, den leeren Platz vor Augen, versuchte ich mir vorzustellen, wie der sauber gescheitelte Mann sein Glas erhob und uns freundlich zunickte, als wir sagten:

»Prost, Carl Henrik. Nett, dass du kommen konntest.«

Tessan stellte ihr Glas so heftig zurück auf den Tisch, dass der Wein überschwappte.

»Oh, ich habe so genug von diesem Theater!«, sagte sie. »Ich will richtige Jungs treffen. Glimmenäs ist ja wie ein Nonnenkloster. Es ist hundert Jahre her, dass ich Sex hatte.«

»Für die ist es auch hundert Jahre her«, sagte ich und nickte zu den leeren Plätzen am Tisch hinüber.

Die Gespensterfeste, wie wir sie nannten, machten keinen großen Spaß mehr. Selbst Judit – die anfangs mit großem Ernst teilgenommen hatte und detaillierte Charaktere und Geschichten über die Gäste erfunden hatte – wirkte nicht mehr sonderlich engagiert.

Tessan schlug mit der flachen Hand auf den Tisch, dass das Kongelik-Danske-Porzellan hüpfte.

»Nein, ihr Lieben, so geht das nicht weiter. Jetzt gehen wir los und lernen ein paar Männer kennen.«

15

Erst als wir im Nachtclub waren, wurde mir klar, wie merkwürdig und exzentrisch wir auf die anderen, modisch gekleideten Gäste wirken mussten – Tessan in einem plissierten blassrosa Kleid, ich in einem weinroten Kleid mit Puffärmeln und einem schmalen Gürtel.

Judit sah aus wie eine komische Puppe, sie trug ein rotes Kleid mit weißen Punkten, aus dem ihre mageren Arme und Beine herausschauten, ihre Augen waren kräftig geschwärzt. Die kurz geschnittenen, abstehenden Haare waren schon ein wenig länger geworden und erinnerten eher an Achtziger-Jahre-Punk als an ein KZ.

Manche Leute drehten sich um und schauten uns neugierig an, aber die meisten waren so sehr mit ihrer eigenen Wirkung beschäftigt, dass sie uns gar nicht bemerkten. Wir setzten uns auf ein langes rotes Sofa und Tessan bestellte Drinks.

Der Nachtclub war ein schockierender Kontrast zu Glimmenäs mit seinen großen stillen Räumen und den spröde tickenden Uhren. Die Lautstärke war unbarmherzig, die Wogen der House Music drangen wie rhythmische Faustschläge durch Mark und Bein.

Ich war auf dem ganzen Weg hierher angespannt gewesen. Ich fahre nicht gerne mit Leuten, die Alkohol getrunken haben, aber Tessan fuhr ruhig und sicher und es war auch kaum Verkehr auf der Straße.

»Ich bin eine bessere Autofahrerin, wenn ich getrunken habe«, behauptete sie und nahm sich einen Drink vom Tablett der Kellnerin. »Total konzentriert. So ticke ich, wenn ich trinke. Wenn ich tanze, dann tanze ich. Wenn ich fahre, dann fahre ich. Immer nur eine Sache. Hundert Prozent.«

Ich war nicht beruhigt. An den Heimweg wollte ich gar nicht erst denken. Hoffentlich würden wir das Auto stehen lassen und uns gemeinsam ein Taxi nehmen. Aber das würde sehr teuer werden.

Tessan zog uns auf die Tanzfläche. Das pulsierende Licht schnitt alles zu einem surrealistischen Film: ein wackelnder Hintern, eine wirbelnde Mähne, ein schweißnasser muskulöser Arm. Manchmal hatte ich Augenkontakt mit Tessan, aber immer wenn ich zu ihr hinschaute, hatte sie sich weiter entfernt, wie jemand, der von einer Unterwasserströmung weggezogen wird und nur ab und zu an die Oberfläche kommt. Ich sah, wie sie mit einem Typ in weißem Hemd und roten Hosenträgern tanzte. Dann war sie ganz verschwunden.

Ich ging zurück zum Sofa. Ich dachte ständig darüber nach, wie wir nach Hause kommen sollten. Vielleicht wollte sich Tessan gar kein Taxi mit mir teilen.

Ich sah sie jetzt wieder. Sie stand an der Bar, zusammen mit dem Typ mit den Hosenträgern. Sie schienen sich gut zu unterhalten. Könnte doch sein, dass Tessan mit zu ihm nach Hause ging und mich zurückließ.

Dann wäre da immer noch Judit. Aber hatte sie Geld für ein Taxi? Im Moment schien sie sehr weit weg von solchen irdischen Dingen zu sein. Sie drehte sich auf der Tanzfläche langsam um sich selbst und betrachtete dabei fasziniert ihre eine Hand. Ich fragte mich, ob sie wirklich nur Alkohol getrunken hatte oder ob sie an chemische Substanzen gekommen war.

Ich blieb auf dem Sofa sitzen. Die Wand neben mir hatte ein orangefarbenes Muster, das aussah wie ein Schaltplan. Ich bekam Kopfschmerzen davon. Ich sehnte mich nach zu Hause, nach Glimmenäs.

Dann spürte ich einen Arm auf meiner Schulter. Ich machte mich frei. Ich war nicht in der Stimmung, mit einem betrunkenen Studenten zu knutschen. Aber es war nur Tessan.

»Komm«, sagte sie sanft. »Du musst Pontus und Andreas kennenlernen. Die sind total nett.«

Sie zeigte zur Bar, die schwach blaugrün erleuchtet war, wie eine Unterwasserhöhle. Ich ging mit ihr.

Der Typ mit den roten Hosenträgern streckte höflich die Hand aus und stellte sich als Pontus vor. Als ich vor ihm stand, bemerkte ich, dass er unglaublich gut aussah, er hatte hohe Wangenknochen und einen schöngeformten vollen Mund. Sein Freund stand hinter ihm und nickte diskret. Ich sah nur ein blasses Gesicht und rotbraune Dreadlocks, die im Nacken lose zu einem Knoten gebunden waren.

Die Musik machte jegliche Konversation unmöglich, aber Pontus bemühte sich, so gut es ging. Aus den Satzfetzen konnte ich mir zusammenreimen, dass er Geschäftsführer einer IT-Firma war. Sein Freund Andreas arbeitete in der gleichen Firma als Webdesigner. Pontus stellte ihn vor als »den Klügsten, den man sich denken kann«.

Andreas schaute verlegen.

Dann sagte Pontus und beugte sich zu uns:

»Ich habe heute mit Andreas eine Wohnung angeschaut. Ein richtig tolles Objekt in der Östra Ågatan. Er will noch überlegen, aber da gibt es nichts zu überlegen. Du hast die beste Wohnung der Stadt gefunden, zu einem Superpreis, Andreas. Und das feiern wir jetzt«, sagte er und hob sein Glas.

»Wirklich?«, sagte Andreas. Er machte zum ersten Mal den Mund auf, aber niemand schien ihn zu hören.

»Aber es darf nicht zu spät werden«, fuhr Pontus fort. »Morgen früh müssen wir nach Sandhamn fahren.«

»Ihr wollt also nicht mit uns nach Hause kommen?«, rief Tessan enttäuscht aus.

»Wo wäre das denn?«

»In den 40er Jahren. Wo wir wohnen. Back to the fourties«, rief sie und richtete mit einer koketten Geste ihre Frisur.

Pontus lächelte sie an. Er besaß das großzügige und offene Lächeln eines Kindes. Sein Lächeln war wie ein unerwartetes Geschenk und man hätte gerne etwas zurückgegeben. Aber es war nur ein Lächeln, es kostete ihn nichts.

»Ihr seht wirklich toll aus«, sagte er. »Kommt ihr von einem Maskenball?«

»Maskenball«, schnaubte Tessan beleidigt. »Wir wohnen auf Gut Glimmenäs, kennst du es?«

Sie musste ihnen den Namen drei Mal entgegenbrüllen.

Pontus schüttelte den Kopf. Es schien ihn zu amüsieren.

»Wir sind jeden Tag so angezogen«, fuhr Tessan fort.

Ich korrigierte sie:

»Nein, Tessan. Jetzt sind wir festlich gekleidet. Du hast sonst eine Schürze an und ein Häubchen auf.«

»Musst du verraten, dass ich das Hausmädchen bin?«

Pontus lachte. Er schien das Ganze für einen Scherz zu halten.

»*Kannst* du wirklich nach Hause fahren?«, flüsterte ich Tessan ins Ohr. Flüstern funktionierte hier nicht besonders, aber Pontus schien meine Gedanken zu lesen.

»Ich kann euch fahren«, sagte er. »Mein Auto steht ein paar Straßen weiter. Ich kann in zehn Minuten wieder hier sein.«

Erst da sahen wir, dass er Cola im Glas hatte.

»Bist du *nüchtern*? Wie das?«, fragte Tessan misstrauisch.

Pontus zuckte die Schultern.

»Man ist ein besserer Autofahrer, heißt es.«

Tessan sah aus, als wolle sie protestieren. Sie hatte ja eigene Theorien in Bezug auf Autofahren und Alkohol.

»Und ein viel besserer Liebhaber«, fügte Pontus hinzu und zog Tessan an sich und gab ihr einen langen innigen Kuss.

Andreas schaute verlegen auf den Tresen.

»Okay, wann fahren wir?«, fragte Pontus.

Tessan kannte normalerweise keine Gnade bei so grober Anmache, aber dieses Mal war es offenbar die richtige Taktik.

»Jetzt«, sagte sie und schaute Pontus tief in die Augen.

Das Klosterleben auf Glimmenäs hatte sie offenbar weich gestimmt.

Wir mussten Judit suchen. Sie stand immer noch auf der Tanzfläche und ruderte mit der Hand. Wir packten sie am Arm und zogen sie mit uns.

Das Auto von Pontus war, wie sich herausstellte, ein weißer BMW. Er hielt Tessan die Beifahrertür auf, Andreas musste seine langen Beine zusammenfalten und sich auf den winzigen Rücksitz neben mich und Judit quetschen.

Als wir aus dem Parkplatz fuhren, hob sich das Dach über unseren Köpfen und verschwand wie von Zauberhand im Kofferraum. Aus den Lautsprechern kam lateinamerikanische Musik.

Ich saß zwischen Judit und Andreas, beugte den Kopf nach hinten und schaute in den Sternenhimmel. Zum ersten Mal an diesem Abend war ich ganz ruhig, was mir heute ganz merkwürdig vorkommt. Aber es war so, das weiß ich noch genau: Die Sterne, der Fahrtwind, die samtweiche spanische Frauenstimme und die große Ruhe, die sich in mir breitmachte.

16

»So, so«, sagte Andreas.

Es war mitten in der Nacht und wir saßen im Großen Salon. Kleine Tischlampen mit Seidenschirmen verbreiteten ein diskretes Licht.

Tessan und Pontus waren gerade verschwunden. Andreas und ich saßen uns gegenüber und wir waren so peinlich berührt, wie man es ist, wenn die Freunde gerade ein Paar geworden sind und man betreten zurückbleibt. Pontus und Tessan hatten die ganze Zeit geredet, und als sie gegangen waren, wurde es eigenartig still. Judit war keine Hilfe. Sie saß in einem Sessel, hatte die Kopfhörer ihres neu gekauften MP3-Players in den Ohren und die Augen geschlossen. Die Türen zur Terrasse standen weit offen, aber es war so warm und windstill, dass man es kaum merkte.

»Hast du vor, die Wohnung zu kaufen, die du dir angeschaut hast?«, fragte ich.

An und für sich interessierte mich das überhaupt nicht, aber man musste schließlich etwas reden.

»Mal sehen.«

»War sie nicht schön?«

»Doch, doch.«

Und damit war das Gesprächsthema erschöpft. Andreas trank einen Schluck von dem Wein, den ich aus dem Keller geholt hatte.

Irgendwo im Haus hörte man quiekende Geräusche von Tessan. Wo waren sie nur? Musste sie so laut sein? Wir lächelten uns verlegen an.

Man hörte auch ein anderes Geräusch. Geraschel und kleine Stöße. Ich schaute zu Judit. Manchmal verlor sie einen ihrer Kopfhörer, wenn sie einschlief, und man hörte verzerrte Musik. Aber das Geräusch kam nicht von ihr. Es schien von einer der Terrassentüren zu kommen.

In den Vorhangfalten zuckte und raschelte es. Ein gräulicher, wolliger Körper hatte sich darin verfangen.

Andreas zupfte leicht an dem schweren Samtvorhang. Das Geschöpf flog auf und landete auf dem Boden. Ich bekam solche Angst, dass mir fast das Herz stehenblieb. Dann sah ich, was es war. Ein riesiger behaarter Nachtfalter, ich hatte noch nie so einen großen Falter gesehen.

»Ein Pappelschwärmer«, sagte Andreas ruhig. »Eigentlich nicht gerade selten. Aber das ist ein besonders großes Exemplar.«

Er schob vorsichtig seine Hand unter den Schmetterling, der flatterte auf und setzte sich auf die Manschette seines Flanellhemdes.

»Du redest wie mein Vater«, sagte ich. »Der ist Biologielehrer.«

»Ich bin auch Biologe.«

Er hielt mir seinen Unterarm hin, damit ich den Schmetterling im Schein der Terrassenlampe genauer betrachten konnte. Sein Gesicht mit den großen schwarzen Augen erinnerte an das eines klugen alten Mannes. Er bewegte einen der beiden Fühler, als ob er winken würde.

»Ich dachte, du bist Webdesigner«, sagte ich.

»Ja, das mache ich zurzeit hauptsächlich.«

Er hatte offenbar schon so einiges gemacht. Ich sah jetzt auch, dass er älter war, als er mir in der Dunkelheit des Nachtclubs vorgekommen war. Etwa dreißig.

Er war nicht sehr mitteilsam, es war also an mir, das Gespräch in Gang zu halten, bis Tessan und Pontus wiederkamen.

»Arbeitest du schon lange mit Pontus zusammen?«, fragte ich.

Er zuckte mit den Schultern.

»Ein paar Jahre.«

Dem Pappelschwärmer gefiel sein Schulterzucken nicht. Er breitete seine Flügel aus und flog ein wenig unsicher im Kreis. Dann hatte er offenbar seinen Kurs gefunden und flatterte in die Nacht hinaus wie ein kleines graues Gespenst.

Pontus und Tessan widmeten sich nun offenbar etwas weniger geräuschvollen Aktivitäten. Das Haus war ganz still. Ich hoffte, sie würden bald zurückkommen.

Ich ging wieder zum Tisch, schenkte Wein nach und machte einen neuen Versuch:

»Und wie hast du Pontus kennengelernt?«

Zum ersten Mal antwortete er in zusammenhängenden Sätzen. Sie hatten sich über gemeinsame Bekannte kennengelernt. Pontus brauchte eine Unterkunft, weil er von seiner Ex rausgeworfen worden war, und Andreas hatte ihm angeboten, bei ihm auf dem Sofa zu schlafen. Seither arbeiteten sie zusammen.

Andreas erzählte in trockenem und leicht distanziertem Ton, wie es lief:

»Pontus verkauft IT-Lösungen an kleinere Unternehmen. Er kann das eigentlich gar nicht, aber er beherrscht die Terminologie einigermaßen und kann so den Kunden imponieren. Er ist für die Vermarktung und die Kundenkontakte zuständig, das ist sein Ding.«

Die Programmierung machte ein anderer. Ein Nerd, der nie seine Wohnung in Blackeberg verließ. Man musste hinfahren, wenn man ihn treffen wollte. »Ein sehr spezieller Typ. Hat keine Ahnung von Geld. Wird von Pontus unverschämt schlecht bezahlt«, sagte Andreas mit einem kleinen Lächeln.

Er hatte ein ganz anderes Lächeln als Pontus. Scheu, fast unabsichtlich, und kaum hatte man es bemerkt, war es auch schon wieder verschwunden.

»Und du?«, fragte ich. »Was machst du?«

»Ich kümmere mich um die Verpackung, dass es gut aussieht. Bobo, der Programmierer, hat null Gefühl für so etwas, deshalb hat Pontus mich dazugeholt.«

Die Uhren im Kleinen Salon schlugen drei. Es klimperte und klingelte und gongte in allen möglichen Tonarten. Ich war so daran gewöhnt, dass ich es kaum hörte, aber Andreas machte ein überraschtes Gesicht.

»Meine Güte. Passiert das jede Stunde? Kann man da überhaupt schlafen?«

»Im Dienstbotentrakt hört man nichts«, sagte ich.

»Wie viele Uhren sind es denn?«

Ich ging mit ihm in den Kleinen Salon, damit er sich selbst ein Bild machen konnte. Er war fasziniert. Ich erzählte ihm, was für ein merkwürdiges Verhältnis Florence zur Zeit hatte und von meinen Problemen, einen Uhrmacher für die Bornholmer Uhr zu finden.

»Das ist wahrscheinlich gar nicht schwierig«, sagte Andreas mit einem Blick auf die Standuhr. »Solche mechanischen Apparate laufen ewig. Sie müssen nur ab und zu geölt werden. Darf ich nachschauen?«

Ich nickte und er zog vorsichtig die Uhr von der Wand weg, stieg auf einen Stuhl und bat mich, eine Taschenlampe zu holen.

»Genau, was ich mir gedacht habe«, sagte er und leuchtete in das mechanische Gehirn der Uhr. »Die Feder ist zu fest aufgezogen worden und hat sich verklemmt. Habt ihr irgendwo Nähmaschinenöl?«

Ich hatte keine Ahnung, aber ich nahm ihn mit zu einem kleinen Raum im Dienstbotentrakt, den Florence »Tobiassons Kammer« nannte. Da gab es jede Menge Werkzeug und Material und Andreas wühlte, bis er die richtige Dose gefunden hatte.

Wir gingen wieder in den Kleinen Salon.

»Jetzt wollen wir mal sehen, ob wir diese alte Schönheit wieder zum Leben erwecken können.«

Er kletterte wieder auf den Stuhl.

»Du scheinst viele Talente zu haben«, sagte ich. »Biologe, Webdesigner, Uhrmacher.«

Er nickte.

»Aber es scheint ja gut für euch zu laufen, was?«, sagte ich. Ich dachte an den BMW.

»Tja, eigentlich nicht«, sagte er und sprühte ein bisschen Öl in die Uhr und wischte dann mit einem Lappen nach. »Tatsache ist, dass er mich für die letzten Aufträge noch nicht bezahlt hat.«

»Was? Wie kann er sich dann ein Luxusauto leisten, wenn er nicht mal seine Mitarbeiter bezahlen kann?«

»Das ist ein Leasingauto. Er meint, es sei wichtig, nach Geld auszusehen, wenn man die Kunden besucht. Und ich bekomme mein Geld, wenn er wieder flüssig ist. So, jetzt wollen wir mal sehen.«

Er drehte die Uhrzeiger auf die richtige Zeit und schob das Pendel an. Sofort begann das Uhrwerk zu ticken, tief und gleichmäßig wie das Herz in einem hübschen Holzkörper.

»Phantastisch«, sagte ich. »Für diese Arbeit bekommst du auf jeden Fall Geld. Ich werde es gleich morgen Florence sagen.«

Andreas stieg vom Stuhl und wischte sich die Hände an einem sauberen Teil des Lappens ab.

»Keine Eile. Sie bleibt ja vielleicht wieder stehen. Aber wenigstens tickt sie jetzt wieder eine Weile. Solche Dinge wurden ja so hergestellt, dass sie möglichst lange halten.«

Wieder leuchtete das scheue Lächeln für eine halbe Sekunde auf.

Wir gingen wieder in den Großen Salon und kurz darauf kamen Pontus und Tessan. Sie hatte rote Wangen, ihre Frisur hatte sich aufgelöst und sie sah sehr zufrieden aus.

Pontus machte einen reservierten und gleichgültigen Eindruck. Er schlenderte im Großen Salon umher und schaute sich interessiert alles an.

»Andreas hat die Bornholmer Uhr repariert«, sagte ich.

»Super«, sagte Tessan, »da wird Florence sich freuen.«

»Es muss toll sein, hier zu wohnen«, sagte Pontus und betrachtete den großen Kronleuchter an der Decke. »Ist eine von euch mit der alten Dame verwandt?«

»Nein«, sagte Tessan. »Ich habe doch gesagt, dass wir für sie arbeiten. Ich bin das Hausmädchen und Martina ist die Sekretärin.«

»Und sie?« Pontus deutete auf Judit, die im Sessel eingeschlafen war. Die Beine hingen über die Armlehne und das gepunktete Kleid war bis zu den Oberschenkeln hochgerutscht.

Tessan zögerte etwas mit der Antwort, deshalb sagte ich:

»Wir sind Figuren im Leben von Florence.«

Er starrte mich an.

»In ihrem *phantasierten* Leben«, korrigierte ich mich.

»Phantasiefiguren?«, sagte Pontus. »Und das ist euer Job?«

Ich wusste nicht, was ich sagen sollte. Judit sah tatsächlich aus wie eine Phantasiefigur.

»Ja, und?«, sagte Tessan. »Hast du ein Problem damit?«

»Überhaupt nicht. Ich finde es wunderbar!«

Wir versuchten, den beiden zu erklären, wie das Ganze funktionierte, und nahmen sie mit in die Kleiderkammer.

»Und all diese Kleider dürft ihr anziehen? Und ihr wohnt umsonst«, sagte Andreas, während Tessan ein Kleidungsstück nach dem anderen hervorholte.

»Wir arbeiten natürlich auch. Es gibt viele Zimmer, die geputzt werden müssen. Die Kleider müssen von Hand gewaschen werden. Wir haben genug zu tun.«

»Und ist es wirklich wahr, dass ihr den Tisch für tote Gäste deckt?«, fuhr Andreas fort.

Er machte ein skeptisches Gesicht, aber Pontus strahlte.

»Das hier ist einfach super! Unglaublich super!«, lachte er. »Dieses Haus! Ihr Mädchen! Und dann diese alte Dame! Ich würde sie gerne kennenlernen.«

»Wir müssen morgen früh los, Pontus«, sagte Andreas.

»Ich weiß.« Pontus wandte sich an uns: »Wir fahren zum Sommerhaus von Andreas.«

»Dem Sommerhaus *meiner Eltern*«, korrigierte Andreas.

»Vielleicht ein anderes Mal? Dürfen wir wiederkommen?«

Pontus schaute Tessan an. Sie schaute mich an.

»Da müssen wir Florence fragen«, sagte ich.

Wir gingen wieder in den Großen Salon hinunter. Die Sonne ging schon auf und es wurde langsam Zeit, dass Tessan das Bad für Florence einließ. Wir zogen die Samtvorhänge zu und die beiden Männer verteilten sich auf zwei Sofas, um ein paar Stunden zu schlafen.

Als sie später wegfuhren, nahmen sie Tessan mit nach Uppsala. Damit sie ihr Auto holen konnte.

Ich dachte, wir würden sie nie wiedersehen.

17

Drei Tage später saßen sie im Garten und tranken Johannisbeersaft. Die Eiswürfel klirrten in den Gläsern.

Pontus und Tessan hatten versucht, per SMS Kontakt zu halten, solange die beiden Männer in Sandhamn waren. Es war eine merkwürdige, schlecht synchronisierte Kommunikation, weil der Empfang auf Glimmenäs so schlecht war. Manchmal – vor allem wenn man nicht im Haus war – fand das Handy plötzlich ein Netz und spielte ein Konzert von Plings, wenn alle aufgelaufenen Mitteilungen heruntergeladen und die eigenen Mitteilungen verschickt wurden. Das führte natürlich zu jeder Menge Missverständnisse und der Kontakt, den man mit der Außenwelt haben wollte, wurde dadurch eher beeinträchtigt als befördert. Aber seit Tessan Pontus kennengelernt hatte, war ihr Handy immer geladen, und sie hielt es auf der Jagd nach einem Netz vor sich her wie eine Wünschelrute.

»Sie kommen her!«, rief sie, sie stand ganz vorne am Steg, hier gab es den besten Empfang.

»Wann?«

Sie schaute auf das Display.

»Oh. Vor einer halben Stunde.«

Wir hatten es plötzlich eilig, vom See zum Haus zu kommen.

Und da saßen sie mit Judit am Gartentisch und tranken Saft.

Tessan umarmte Pontus fest, Andreas war etwas steif. Sie zischte Judit an: »Warum bist du nicht zum See gekommen und hast Bescheid gesagt?«

»Ich habe den Herrschaften Saft serviert«, sagte Judit hochnäsig. »Das ist eigentlich die Aufgabe des Hausmädchens. Du solltest lieber deinen Job machen, statt während der Arbeitszeit in der Sonne zu liegen.«

Tessan schien ein schlechtes Gewissen zu haben, denn sie fragte Pontus und Andreas, ob sie Hunger hätten. Andreas sagte nein und Pontus sagte ja, also lief Tessan in die Küche und kam kurz darauf mit einer Platte mit belegten Broten zurück.

Es war heiß und windstill.

»Ihr seid aber schön braun geworden«, sagte Tessan und strich Pontus sachte über den Arm.

»Mhm«, sagte Pontus abwesend und schaute auf sein Handy. Er stand auf. »Entschuldige, ich muss telefonieren.«

»Du kannst es ja versuchen. Unten am See geht es am besten, und manchmal klappt es auch vor dem Haupteingang«, sagte Tessan.

»Ist er schlecht gelaunt oder was?«, fragte sie, als Pontus weg war.

Andreas seufzte.

»Er hat den ganzen Weg von Sandhamn rumgemeckert, weil mein Vater mir keine Wohnung kaufen will.«

»Was geht ihn das an?«

»Er hat wohl gehofft, dass wir beide da wohnen können.«

»Ihr beide? Seid ihr zusammen?« Judit klang neugierig erfreut.

»Nein, nein«, sagte Andreas lachend. »Wir wohnen aus praktischen Gründen zusammen. Bis die Firma von Pontus richtig läuft. Im Moment quetschen wir uns in meine kleine Zweizimmerwohnung. Ich habe das Schlafzimmer und Pontus muss auf dem Sofa im Wohnzimmer schlafen. Aber er meint, mein Vater sollte mir eine Wohnung kaufen. Eine Dreizimmerwohnung. Damit wir jeder ein Zimmer haben. Ich habe ihm erklärt, dass mein Vater das nie machen wird. Aber Pontus war sich sicher, dass es ihm gelingen würde, ihn zu überreden. Er kennt meine

Eltern und weiß, dass sie ihn mögen. Aber mein Vater blieb steinhart. Er kauft mir keine Wohnung.«

Da kam Pontus zurück.

»Hier ist ja überhaupt kein Empfang. Alles tot. Ihr solltet euch darum kümmern, dass in der Nähe ein Mast aufgestellt wird«, sagte er gereizt und setzte sich wieder an den Gartentisch. »Ich hoffe, dein Vater denkt noch mal darüber nach«, sagte er dann zu Andreas. »Diese Wohnung ist ein Schnäppchen. Eine super Investition. Es erstaunt mich, dass er das nicht kapiert. Ich dachte, Ärzte sind schlau.«

»Er *ist* schlau«, sagte Andreas. »Und er hat Geld genug, um die Wohnung zu kaufen. Aber er findet, ich muss alleine zurechtkommen. Und das finde ich auch.« Er machte eine Pause und fuhr dann mit leiserer Stimme fort: »Er ist ziemlich sauer auf mich.«

Pontus starrte immer noch auf sein Handy.

»Dieser Kunde hat vielleicht versucht anzurufen und ist nicht durchgekommen«, murmelte er. »Aber eigentlich ist es ein Scheißkunde.« Er steckte das Handy in die Hosentasche. »Will immer den Preis drücken und beschwert sich ständig. Ich will gar nicht mit ihm reden.«

Tessan hielt ihm besänftigend den Teller mit den Broten hin. Er nahm ein Sandwich mit Serranoschinken und biss ein großes Stück davon ab.

An der Hausecke tauchte Florence auf, sie stützte sich auf einen Stock, den sie nur außerhalb des Hauses benützte, auf dem Kopf trug sie einen breitkrempigen Strohhut. Sie kam von ihrem gewohnten Nachmittagsspaziergang zurück – ein paar hundert Meter die Allee hinauf und wieder zurück.

Sie blieb nicht weit vom Tisch entfernt stehen, atmete dann tief durch und wedelte sich mit der flachen Hand Luft zu.

»Es ist unerträglich heiß. Der reine Wahnsinn, jetzt das Haus zu verlassen. Aber ich mache immer um zwanzig nach zwei meinen Spaziergang.« Und dann mit einem Nicken Richtung Tisch: »Wir haben Besuch, sehe ich.«

Die Männer standen auf und begrüßten sie. Ich zog einen Stuhl für Florence heran und fragte, ob sie ein Glas Saft wolle, aber sie lehnte ab und blieb vor uns stehen.

»Geht die Standuhr noch?«, fragte Andreas.

»Er hat die Bornholmer Uhr repariert«, erklärte ich.

»Aha, Sie waren das?« Florence betrachtete ihn mit neuem Interesse. »Oh ja. Sie geht auf die Sekunde richtig. Ich bin so froh, dass meine Sekretärin Sie erreicht hat, mitten im Sommer.«

Dann wandte sie sich an Pontus und sagte:

»Und wie steht es im Außenministerium? Ich habe gehört, Ihre Dienste werden dort sehr geschätzt. Schauen Sie nicht so erstaunt.« Sie zwinkerte ihm schelmisch zu. »Ich habe meine Quellen. Nein, nein, Sie können ganz ruhig sein. Wir stehen auf der gleichen Seite, Sie und ich. Kennen Sie vielleicht Carl Henrik Gyllenmård? Sie müssen ihn von mir grüßen. Ich habe ihn eine Weile nicht gesehen. Ja.« Sie machte eine Pause und fuhr dann fort: »Ich bin wirklich dankbar für Ihre Unterstützung. Mein Vater hat so viel Gutes über Sie erzählt. Wir haben eine große Aufgabe vor uns, aber mit Ihrer Hilfe werden wir sie erfolgreich lösen, davon bin ich überzeugt.«

»Das glaube ich auch«, sagte Pontus, lächelte auf seine spezielle Art und legte beschützend seinen Arm um Florences Schultern.

Sie erstarrte und zuckte ein wenig zurück. Man fasste Florence nicht so einfach an.

Pontus korrigierte seinen Fehler sofort. Er zog den Arm zurück, richtete sich auf und sagte:

»Auch ich habe viel Gutes über Sie gehört, Fräulein Wendman. Ich habe mich wirklich darauf gefreut, Sie kennenzulernen.«

18

Bereits am nächsten Tag hatte Florence die beiden Männer angestellt. Pontus als ihren Assistenten und Andreas als Hausmeister.

Sie hatten nichts dagegen, eine Zeitlang auf einem Gutshof zu leben, sie vermissten die kleine enge Wohnung von Andreas nicht. Pontus sagte, er könne seine Firma während des Sommers auch von Glimmenäs aus leiten. Ich erinnerte ihn daran, dass der mobile Empfang sehr schlecht war, aber er meinte, es würde schon irgendwie gehen. Er hätte im Moment sowieso nicht so viele Aufträge.

Ich war überrascht, wie leicht es Pontus fiel, die Rolle als Florences Assistent anzunehmen. Ich selbst hatte ein paar Wochen gebraucht, um in ihre eigenartige Welt der Zeitverschiebung, der Geheimniskrämerei und der unsinnigen Schriftstücke hineinzukommen, Pontus jedoch schien sich sofort mit allem zu arrangieren.

Judit nahm nicht mehr an den Arbeitssitzungen teil. Sie »durfte sich ausruhen und wieder zu Kräften kommen«, Florence schien sie nicht mehr zu brauchen.

Nun war Pontus ihr Favorit. Florence las laut aus ihren handschriftlichen Entwürfen vor oder sie diktierte aus dem Stegreif und wollte dann seine Meinung hören. Pontus hörte ernsthaft zu, ohne auch nur im mindesten zu verraten, was er dachte, er lobte und machte dann ganz vorsichtig ein paar editorische Vorschläge. Florence folgte immer seinem Rat. Oft ging es um sprachliche Details, dass ein »überaus« gegen ein »außerordentlich« ausgetauscht wurde.

Pontus schienen die Diskussionen mit Florence zu amüsieren. Anfangs war ich ja auch von ihrer Vorstellungswelt fasziniert gewesen. Jetzt ermüdete sie mich nur noch. Verrücktheit drückt sich oft durch Kreativität und Phantasie aus, die nach einer Weile aber sehr durchschaubar und langweilig ist. Es wird immer das gleiche Stück gespielt, wieder und wieder, mit kleinen Variationen, nach einem uralten Drehbuch.

Sie diskutierten, ich saß an meiner Schreibmaschine und wartete darauf, dass meine Dienste gebraucht wurden. Manchmal brauchte Florence ein »Dokument« aus einem ihrer Stapel und dann bat sie mich, es herauszusuchen. Komischerweise wusste sie ziemlich genau, wo in den meterhohen Stapeln ein bestimmtes Papier lag.

Während Pontus und ich mit Florence im Büro »arbeiteten«, kümmerte sich Andreas um alles, was im Haus repariert werden musste. Tessan hatte eine Liste von Dingen gemacht, die uns schon lange ärgerten, und er arbeitete sie eins nach dem anderen ab: eine schleifende Tür, ein tropfender Heizkörper, eine Steckdose, die ausgetauscht werden musste.

Florence schien mit seiner Arbeit zufrieden zu sein. Aber er war ein Dienstbote, genau wie Tessan, und sie fragte ihn nie nach seiner Meinung. Wir hatten alle unseren Platz in ihrer Hierarchie und sie behandelte uns entsprechend. Das Lustige war, dass Andreas, der aus der oberen Mittelschicht stammte, die Rolle des Hausmeisters bekommen hatte, und Pontus, der – wie Tessan mir anvertraut hatte – mit einer alleinerziehenden Alkoholikerin als Mutter in einem Vorort aufgewachsen war, als aufgehender Stern in der Welt der Diplomatie betrachtet wurde.

Dabei hatte Florence in all ihrer Verrücktheit die Charaktere genau richtig erfasst. Sie hatte den selbstsicheren Charme von Pontus erkannt und auch sein Talent, immer das zu bekommen, was er wollte, ohne dass sich jemand dadurch übervorteilt fühlte. Und sie hatte sofort Andreas' Geschicklichkeit erkannt und gesehen, wie liebevoll er sich um Dinge und Menschen kümmern konnte. So wie sie meine Ordnungsliebe, Judits Verlorenheit und Tessans Energie und Tüchtigkeit erkannt hatte.

Obwohl ich wusste, wie sinnlos es war, fuhr ich doch regelmäßig nach Uppsala zur Arbeitsvermittlung und schaute nach offenen Stellen. Bisher waren alle meine Bewerbungen mit Schweigen beantwortet worden.

Als ich durch den Raum ging und einen freien Bildschirm suchte, kam ich an einer Gestalt vorbei, die mir bekannt vorkam: kariertes Flanellhemd und ein rötlicher, einem Vogelnest ähnlicher Haarknoten. Ja, Andreas saß vor einem der Bildschirme. Ich beugte mich über seine Schulter und flüsterte:

»Suchst du Arbeit? Ich dachte, es gefällt dir als Hausmeister.«

Er zuckte zusammen und drehte sich um.

»Mensch, Martina, was machst du hier?«

Wir verließen das Arbeitsamt und gingen zu einem Café am Fluss. Dort, an einem der kleinen Tische im Schatten der Ulmen und dem modrig riechenden Fluss zu unseren Füßen, saßen wir lange und redeten.

Wie ich vermutet hatte, war Andreas genauso arbeitslos wie ich. Die Aufträge, die er von Pontus bekommen hatte, brachten nicht viel ein. Und in letzter Zeit war er von Pontus überhaupt nicht mehr bezahlt worden.

Ich erzählte meine Geschichte von der Arbeit im Hotel und von den vielen kleinen Gelegenheitsjobs, die ich gehabt hatte, seit ich mit der Schule fertig war.

Er erzählte, dass er sich schon immer für Tiere und die Natur interessiert hatte und deshalb Biologe geworden war. Nach seinem Examen folgte sofort die Arbeitslosigkeit. Er musste feststellen, dass er die falsche Ausbildung gewählt hatte. Der Rest stimmte mit meiner Geschichte überein. Er bewarb sich auf jeden Job: Putzen, Lagerarbeiten, Telefonverkauf. Mal hier ein paar Stunden, mal da ein paar Stunden. Wusste am einen Tag nicht, ob er am nächsten eine Arbeit hatte. Oft musste er seine Eltern um das Geld für die Miete bitten.

»Ich weiß, wie es ist«, sagte ich. »Aber du hast wenigstens eine Ausbildung. Ich bin auf Partys gegangen und habe gefeiert, statt meine Hausaufgaben zu machen.«

»Das war genau richtig«, sagte er. »Wenn du nicht die richtige Ausbildung hast, ist es besser, du hast überhaupt keine. Die Arbeitgeber wollen keine überqualifizierten Mitarbeiter.«

Er schaute über das Eisengeländer ins dunkle Wasser, das unter der Brücke durchfloss, und sagte dann in einem harten und bitteren Ton, wie ich ihn von ihm bisher nicht kannte:

»Ich bereue zutiefst, dass ich diese Biologieausbildung gemacht habe. So viel Zeit und Energie, wie ich darauf verwendet habe. Die vielen Nächte, die ich gelernt habe. Ich dachte, jetzt ist es vielleicht hart, aber bald werde ich mein Examen haben und eine Arbeit bekommen. Und schon auf dem Gymnasium: Ich habe wie ein Idiot gelernt, um in diesen Biologiezweig zu kommen. Wäre ich doch lieber auf Partys gegangen und hätte Spaß gehabt. Wie du. Alles, was ich davon habe, sind Schulden vom Studienkredit. Diese verdammten Zahlungsaufforderungen, die alle Vierteljahre kommen, ganz gleich ob man eine Arbeit hat oder nicht. Und kommt man mit den Zahlungen in Verzug, steht gleich der Gerichtsvollzieher vor der Tür.«

Er stand auf und ging noch einen Kaffee holen. In seinen Bewegungen war eine Empörung, die er nicht verbergen konnte.

Ich hatte immer gedacht, ich sei selber schuld an meiner Lage. Aber da war dieser junge Mann, der alles richtig gemacht hatte und sich in einer noch beschisseneren Lage befand.

Als er zurückkam, wirkte er wieder wie immer. Ruhig und beherrscht.

»Und jetzt bist du also Webdesigner?«, sagte ich.

Er nickte und lächelte vielsagend. Am Tisch neben uns warfen Kinder den Enten Kuchenkrümel zu, eine Schar chinesischer Touristen in Sonnenhüten kam über die Brücke geschlendert.

»Ja«, sagte er und tupfte ein wenig verschütteten Kaffee mit einer Serviette auf, »mir wurde natürlich klar, dass ich eine Zusatzausbildung brauchte, und das mit dem Webdesign war damals gerade in. Alle Unternehmen brauchten eine Webseite. Und die meisten Firmenseiten sahen damals gruselig aus.«

»Schlau gedacht.«

»Ja, nicht wahr? Und so schlau waren ganz viele. Als ich mit meiner zweiten Ausbildung fertig war, wimmelte es nur so von Webdesignern. Wieder die falsche Ausbildung. Und eine weitere konnte ich mir nicht leisten, ich bekam keinen Studienkredit mehr. Als ich Pontus kennenlernte, war meine Lage geradezu katastrophal. Ich war in Verzug mit der Miete und den Rückzahlungen des Studienkredits. Ich hatte kaum noch etwas zum Essen.«

»Hast du nie an Sozialhilfe gedacht?«, fragte ich.

»Als Unternehmer hast du keinen Anspruch. Und wenn ich meine Firma abmelde, dann bekomme ich überhaupt keine Aufträge mehr. Dann würde ich für immer aus dem Arbeitsmarkt rausfliegen. Dann wäre ich Sozialhilfeempfänger für den Rest meines Lebens. Nein, das war wirklich ein Glück, dass ich Pontus traf. Jemand, der die Miete mit mir teilte und mir Aufträge verschaffen konnte – perfekt.«

»Aber ihr habt noch nicht so viele Kunden?«

»Nein, noch nicht. Wir hatten kleinere Aufträge, aber noch nichts richtig Großes. Aber Pontus ist gut. Er strengt sich wirklich an. Und dieser Bobo ist eine Art Genie, wenn ich es richtig verstanden habe. Und ich ... ja, ich bin auch nicht schlecht. So ...« Er zuckte leicht mit den Schultern, ein scheues Lächeln huschte über sein Gesicht. »Es wird vielleicht noch.«

»Das glaube ich ganz bestimmt«, sagte ich. »Ich glaube, du wirst es schaffen.«

Er knüllte das Papierförmchen seiner Zimtschnecke zusammen und nickte nachdenklich.

»Ja. Vielleicht. Ich glaube, du wirst es auch schaffen, Martina. Wir werden es beide schaffen, nicht wahr?«

Wir schauten uns an. Ein stiller Moment von großem Ernst, der in Lachen umschlug.

»Aber während ich auf den großen Erfolg warte, bin ich gerne Hausmeister auf Glimmenäs«, sagte er munter. »Eigentlich ist es mein Traumjob.«

Der Wind bewegte die Kronen der Ulmen. Kleine flache Samenkapseln wirbelten durch die Luft und Andreas fing ein paar auf. Er öffnete die Hand, betrachtete die kleinen Blättchen und murmelte:

»Ulmus glabra.«

Das klang wie eine Zauberformel.

Von diesem Tag an waren Andreas und ich Freunde. Wir gingen zusammen am See entlang und streiften durch den Wald jenseits der Weizenfelder.

Ich hatte von meinem Vater viele Namen von Pflanzen und Vögeln gelernt, Kenntnisse, die die meisten meiner Freunde für unnötig hielten. Ich sagte schon lange nicht mehr Wiesenkerbel, Kuckuckslichtnelke und Steinbrech, weil ich wusste, dass es Tessan ärgerte. »Ja, ja, ja, *ich* nenne sie *Blumen*. Das reicht«, schnaubte sie, wenn sie meinen Strauß in eine Vase stellte.

Aber jetzt erlebte ich die Natur zusammen mit jemandem, der ganz selbstverständlich benennen konnte, was er sah, und der viel mehr wusste als ich.

Er ließ mich an seinem Wissen teilhaben, wie nebenbei, aber ich weiß noch alles.

Wenn ich im Frühjahr den Kleiber rufen höre, dann weiß ich, dass das der einzige Vogel ist, der kopfüber an einem Baum herunterlaufen kann. Ich kann keine Ulme sehen, ohne dass ich seine leise Stimme höre, mit der er den lateinischen Namen ausspricht. Ulmus glabra.

Und wenn ich über die Schafweide gehe und die schwarzen Beeren des Christophskrauts sehe, höre ich ganz deutlich: »Eine einzige Beere reicht aus, um ein Huhn zu töten.«

19

Die Anwesenheit von Pontus und Andreas im Haus belebte Florence merklich und auf einmal wollte sie jeden Abend Gäste zum Essen einladen.

Und es waren jetzt auch keine Gespensteressen mehr. Tessan und ich kochten richtiges Essen aus feinen Zutaten oder Pontus kaufte etwas in einem Delikatessengeschäft in Uppsala. Florence kontrollierte den gedeckten Tisch und verteilte ihre handgeschriebenen Tischkärtchen. Dann machte sie ihr »Nickerchen vor dem Essen« und wir sahen sie für den Rest des Abends nicht mehr.

Das Spiel mit den vierziger Jahren behielten wir bei. Tessan und ich hatten uns so sehr an Florences alte Kleider gewöhnt, dass wir nicht mehr das Gefühl hatten, uns zu verkleiden. Es waren ganz einfach unsere Kleider. Ich hatte die Jeans und Pullover, die ich von zu Hause mitgebracht hatte, nicht einmal ausgepackt.

Mit der Kleidung für die Männer war es nicht so einfach. In der Kleiderkammer hingen ein paar alte Herrenanzüge, die nach Mottenpulver rochen, und ein abgetragenes Jackett, das vermutlich einmal Florences Vater gehört hatte. Die Sachen waren ziemlich muffig und zudem zu klein für Andreas und Pontus. Aber Pontus fand, sie konnten bei den abendlichen Essen nicht in Jeans erscheinen. Andreas holte seinen guten Anzug und Pontus besaß tatsächlich einen Smoking aus dem Secondhand-Laden, der ihm wie angegossen passte.

Wir sorgten auch für passende Jazzmusik – Glenn Miller und

Billie Holiday –, die ganz leise aus den Lautsprechern kam, die Pontus an seinen Laptop angeschlossen hatte.

In meiner Erinnerung ist dieser Sommer unendlich lang. Als hätten wir einige Jahre auf Glimmenäs zusammengewohnt. Und in meiner Erinnerung war auch immer Sommer. Der Wind rauschte in den Kronen der Eichen, im Kleinen Salon schlugen die Uhren und am Abend versammelten wir uns im Speisezimmer und tranken kostbare Weine aus Florences Kristallgläsern, bis wir betrunken waren.

In Wirklichkeit ging alles sehr schnell. Die ganze Geschichte spielte sich im Lauf von ein paar Monaten ab. Meine verzerrte Zeitwahrnehmung kam sicher daher, dass wir so isoliert waren. Weder Internet noch Handynetz funktionierten auf Glimmenäs. In Florences Arbeitszimmer gab es ein Festnetztelefon, aber das benutzten wir nie. Wir hatten alles, was wir brauchten, und hatten keine Sehnsucht nach der Welt da draußen.

Hin und wieder hatten wir Dinge in Uppsala zu erledigen, und einmal fuhren Andreas und ich nach Stockholm und hinterließen unsere Lebensläufe bei möglichen Arbeitgebern.

Ich hatte beinahe vergessen, wie es war: der Verkehr, die Hetze, die Werbung, die von überall auf einen einstürmte.

Die Roma-Bettler mit ihren müden Gesichtern und den uns hingestreckten Pappbechern, die Jugendlichen, die uns mit verkrampftem Lächeln einen Handyvertrag verkaufen oder uns als monatliche Spender für irgendeine Wohltätigkeitsorganisation werben wollten. Verzweiflung: Gib mir was! Kauf mir was ab! Schenk mir deine Aufmerksamkeit! Und die Ablehnung der anderen: abgewandte Blicke, Kopfschütteln und rasche Schritte.

Vor kurzem war das noch mein Alltag gewesen. Ich war täglich, ohne darüber nachzudenken, auf dem Weg nach Hause vom Hotel an all den Leuten vorbeigekommen. Aber zweieinhalb Monate auf Glimmenäs hatten mich verändert, und was ich jetzt erlebte, brannte in mir wie eine Ohrfeige.

Ich hatte einen ganzen Packen mit Bewerbungen und Zeugnissen von früheren Arbeitgebern in sauberen Plastikhüllen dabei. Ich trug ein gut sitzendes geblümtes Kleid mit weißem Kragen, die Haare hatte ich hochgesteckt und marschierte in alle Geschäfte, Cafés und Hotels, an denen wir vorbeikamen. Ich lächelte mein nettestes Service-Lächeln und überreichte den Zuständigen meine Mappe. Als Antwort bekam ich meist nur ein müdes Nicken, außer einmal, da erntete ich einen bewundernden Blick und man fragte mich, woher ich dieses wunderbare Vintage-Kleid habe.

Andreas hatte eine andere Taktik. Er hatte sich schon vorher zwei Firmen ausgesucht, bei denen er sich eine Chance ausrechnete. Die eine hieß *Die Webkreateure*. Ich wartete unten auf der Straße, während er zu dem Büro in einem ausgebauten Dachstuhl hinaufging.

Er war schon nach fünf Minuten wieder da. Sie hatten kaum von ihren Bildschirmen aufgeblickt, hatten nur »okay« gesagt, als er seine Mappe und seinen USB-Stick auf den Schreibtisch legte.

Die andere Firma war eine Werbeagentur auf Söder. Andreas hatte gehört, dass sie expandierten, und als er mit ihnen telefonierte, hatten sie interessiert gewirkt.

»Ja?«, sagte eine weibliche Stimme in der Gegensprechanlage.

»Hier ist Andreas. Ich habe gestern angerufen. Ich habe mit einem Jonas gesprochen. Ich würde gerne hochkommen und mich vorstellen und zeigen, was ich bisher gemacht habe …«

»Hast du einen Termin vereinbart?«

»Nicht direkt. Aber ich habe mit Jonas gesprochen …«

Es rauschte im Lautsprecher der Gegensprechanlage, man hörte entfernt schwache Stimmen. Dann klickte es, das Brausen hörte auf und es wurde still. Andreas schaute mich gespannt an.

Wir warteten noch einen Moment. Dann drückte er noch einmal. Keine Antwort. Mit einem Schulterzucken gab er auf und wir gingen weiter.

»Man macht es nur für sich«, sagte ich. »Dass man es wenigstens versucht hat.«

Als wir am Hauptbahnhof in Stockholm in den Zug stiegen, stellte ich fest, dass es mir nichts ausmachte. Ich wollte gar nicht zurück in diese Welt.

Nach dem missglückten Ausflug nach Stockholm war es wunderbar, wieder in die großen, stillen Räume von Glimmenäs zurückzukehren, wo der Zeitplan von Florence den Rahmen für unser Leben bildete: 6:05 Bad, 8:30 Frühstück, 9:45 Arbeiten. Wir folgten ihr Punkt für Punkt durch den Tag wie den Perlen eines Rosenkranzes. Nach der letzten Perle ging es wieder von vorne los. Ein Tag nach dem anderen, immer im Kreis. Ich war noch nie zuvor so frei von jeglichem Zeitgefühl gewesen.

Deswegen kann ich nicht sagen, wann wir zum ersten Mal über Florences Testament sprachen. Aber es muss gegen Ende des Sommers gewesen sein.

Wir wollten ein Picknick veranstalten und die Männer trugen die zwei Körbe, die Tessan hergerichtet hatte. Wir gingen über die Schafweide und dann weiter durch ein Wäldchen. Der Efeu kletterte die Stämme der Eichen empor und es duftete nach Mädesüß.

Es musste am Klima oder an der Erde auf Glimmenäs liegen, hier wuchs alles wie im Dschungel. Nirgendwo sonst habe ich je so mächtige Baumstämme, so dicht wachsenden Efeu und so große Walderdbeeren gesehen.

Auch die Tiere waren größer als anderswo: die Amseln, die Insekten, die Katze des Bauern, die im Garten umherstrich. Und die braunroten, monsterähnlichen Raupen, die mit erstaunlicher Geschwindigkeit über den Waldweg krochen. Andreas bückte sich und nahm eine von ihnen auf die Handfläche. Sie war fast zehn Zentimeter lang und zwei Zentimeter dick, ein Drache in Braun und Orange, sie bäumte sich drohend auf und sonderte einen scharfen Geruch ab, dann fiel sie mit einem Plumps auf den Boden und setzte ihre Reise fort. Ein Märchentier – genau wie die Weinbergschnecken, die Frösche, die Ringelnattern und der Pappelschwärmer.

»Irgendwas stimmt nicht mit den Tieren«, sagte Judit. »Die sind alle mutiert.«

Wir hatten sie nie davon überzeugen können, dass das eine ganz normale Ringelnatter war, die ihr bei ihrer Ankunft über den Weg gelaufen war. Sie behauptete immer noch, dass es eine tropische Schlange war.

»Die Tiere sind verzaubert«, sagte ich jetzt. »Menschen im Tierpark.«

Die Raupe kroch in ein Loch im Baum und winkte uns mit dem Hinterteil zu, ehe sie ganz im Stamm verschwand. Das sei ein Weidenbohrer, hatte Andreas gesagt.

Der Wald wurde lichter, vor uns breitete sich ein großes Feld aus. In der Abendsonne changierte der reife Weizen in Apricot und Rosa. Wir ließen uns am Waldrand nieder und packten unseren Proviant aus. Nach dem Essen dösten wir in der Wärme. Man hörte nur das Surren von Insekten. Ich weiß nicht, ob es Bienen waren oder Hummeln oder Wespen. Ihr ständiges Surren verstärkte die einschläfernde Atmosphäre.

»Warum wird man nur so müde auf Glimmenäs«, sagte Tessan und gähnte.

»Magie«, sagte ich. »Glimmenäs ist ein Dornröschenschloss, Efeu und Büsche werden bald über es hinweggewachsen sein. Und die Diener des Schlosses …«, ich unterbrach, weil ich gähnen musste, »… schlafen einer nach dem anderen ein.«

»Setz bloß Judit keine Flausen in den Kopf«, sagte Pontus.

Aber Judit sagte nichts, und als wir nach ihr schauten, war sie eingeschlafen. Sie lag auf dem Rücken, atmete tief und gleichmäßig mit geöffnetem Mund. Wir lachten.

»Hm. Vielleicht hat die Müdigkeit auch etwas damit zu tun, dass wir jeden Tag Wein trinken?«, sagte Andreas.

»Glaub ich nicht«, murmelte Tessan schläfrig. »Ist noch was übrig?«

Pontus griff nach einer Flasche, und als er ihr Glas nachfüllte, fragte er wie nebenbei:

»Wer beerbt eigentlich Florence?«

Darauf konnten wir nicht antworten.

»Hat sie denn keine Verwandten?«

Tessan schüttelte den Kopf. Die Sonne blitzte im Kristall des Glases, als sie trank.

»Florence war nie verheiratet und hat keine Kinder.«

»Geschwister?«

»Nein, sie war das einzige Kind.«

Pontus trank den letzten Schluck aus der Flasche und legte dann wieder den Kopf in Tessans Schoß. In der einen Hand hielt sie das Glas, in der anderen einen Grashalm, mit dem sie ihm sachte übers Gesicht strich. Er schloss die Augen und murmelte:

»Sie hat also das ganze Gut selbst geführt?«

»Na ja«, sagte Tessan. »Landwirtschaft und so hat sie nie betrieben. Grund und Boden sind verpachtet. Und sie hatte die Tobiassons. Ein Ehepaar, das sich um das Haus und den Garten gekümmert hat. Die sind letzten Herbst in Rente gegangen.«

»Hat sie ein Testament verfasst?«

»Keine Ahnung«, sagte Tessan.

Andreas bedeutete uns mit einer Geste, dass wir still sein sollten, und zeigte auf zwei Rehe, die auf dem Acker standen. Das Getreide war so hoch, dass man nur die Köpfe sah. Wie Seehunde, die aus dem Wasser schauen, beobachteten sie uns mit ihren großen dunklen Augen. Wir schauten zurück, schweigend und ohne uns zu bewegen, so bestaunten wir uns gegenseitig, bis die Tiere genug hatten und in großen Sprüngen in den Wald zurückkehrten.

Am nächsten Tag rief Pontus aus der Stadt an und bat Tessan, ihn abzuholen, er hatte seinen BMW zurückgegeben. Er wollte sich später ein günstigeres Auto leasen. Bis dahin hoffte er, dass er Tessans Auto benutzen konnte, wenn er Kunden besuchen musste.

Aber Tessan lieh ihr Auto überhaupt nicht gern aus. Sie liebte ihren kleinen roten Toyota, und auch wenn sie von Glimmenäs nicht wegwollte, das Auto musste vor der Tür stehen. »Ich *muss* nicht jeden Tag in die Stadt fahren. Aber ich muss wissen, dass ich es *kann*, wenn ich will.«

Pontus und Andreas waren inzwischen auf Glimmenäs eingezogen, die Wohnung in Uppsala hatten sie gekündigt. Sie hatten jeder ein Zimmer im Dienstbotentrakt. Aber Pontus war nicht zufrieden damit. Genau wie Judit hatte er vom See aus den Balkon gesehen und das dazugehörige phantastische Zimmer. Er glaubte allen Ernstes, Florence überreden zu können, ihm das Zimmer zu geben. Er war schließlich ihr persönlicher Berater und hatte eine tolle diplomatische Karriere vor sich. Und wenn er einen Wohnsitz auf Glimmenäs hatte, dann passte es wohl kaum, dass er im Dienstbotentrakt wohnte, nicht wahr?

Wir erzählten ihm, dass es das Zimmer von Florences Vater war. Das orientalische, verschlossene, verbotene Zimmer. Wie wir mit Hilfe einer Leiter über den Balkon eingedrungen waren.

»Dieses Zimmer bedeutet ihr sehr viel«, sagte ich. »Sie scheint auch irgendwie Angst davor zu haben.«

»Es ist ein *böses Zimmer*«, sagte Judit mit ernster Stimme.

Pontus schnaubte.

»Es ist unsinnig, dass das schönste Zimmer im Haus nicht bewohnt wird. Der Schlüssel muss irgendwo sein.«

20

Irgendwann war es mit unserem spielerischen Leben auf Glimmenäs vorbei. Aber wann war das? Als Pontus und Andreas einzogen? Als Judit dazukam? Jetzt im Nachhinein fällt es mir schwer, genau auszumachen, an welchem Punkt der Weg in eine ganz andere Richtung ging. Ich glaube, das passierte schon die ganze Zeit, aber so sachte, dass wir es nicht merkten.

Wenn ich mich auf einen bestimmten Zeitpunkt festlegen müsste, dann war es vielleicht dieser Vormittag Anfang August. Es war einer der wenigen Tage, an denen es regnete. Ein kurzer, lauer Sommerregen, willkommen nach der langen Trockenheit. Ich erinnere mich, wie er gegen die Fensterscheiben prasselte und wie ungewohnt es klang. Wie üblich saß ich an der Schreibmaschine an einem der Schreibtische, Florence und Pontus saßen an einem anderen und diskutierten. Vor allem Florence sprach, aber ich hörte nicht zu. Ich schaute hinaus in den regennassen Garten, dachte an das Hotel und wer jetzt wohl Gull-Britt war.

Plötzlich ging Florence zu einem der Stapel auf dem Schreibtisch ganz hinten. Sie legte den Kopf schief, betrachtete den Stapel und zeigte dann auf eine Stelle in der Mitte.

»Kannst du mir helfen, diesen Busfahrplan herauszuholen?«, sagte sie in befehlerischem Ton zu Pontus.

»Selbstverständlich, Tante Florence.«

Sicher hatte sie gedacht, dass Pontus den oberen Teil abheben würde, damit sie an ihren Fahrplan für längst verschrottete Busse kam.

Aber Pontus griff nach dem Fahrplan und versuchte, ihn herauszuziehen. Der ganze Stapel wackelte und fiel schließlich vom Schreibtisch. Florence schrie, als wäre sie selbst umgefallen.

Pontus entschuldigte sich und begann, alles wieder aufzuheben und auf dem Schreibtisch zu stapeln. Ich stand auf und half ihm.

»Das kommt schnell wieder in Ordnung. Nichts passiert«, rief er fröhlich.

»Aber ihr stapelt alles ganz falsch! Ich finde nie wieder etwas!«, jammerte Florence verzweifelt.

Sie zitterte am ganzen Körper. Für sie war es offensichtlich eine Katastrophe. Pontus legte ihr tröstend den Arm um die Schultern und brachte sie zu ihrem Stuhl.

»Gleich ist alles wieder in Ordnung, Tante Florence.«

Der Boden unter dem Schreibtisch sah aus wie ein Müllberg: alte Broschüren von irgendwelchen Ämtern, Ansichtskarten, vergilbte Zeitungsausschnitte, die Bedienungsanleitung für ein Bügeleisen, ein Schulzeugnis, ein Stadtplan von einem Stockholm, das es so nicht mehr gibt, eine nicht ausgefüllte Steuererklärung, ein Notenheft, eine Stromrechnung, eine alte Ausgabe der Zeitung »Stimmen im Radio« mit Lennart Hyland mit einer Nikolausmütze auf dem Titelblatt. Und jede Menge linierte Blätter mit Florences zierlicher Handschrift.

Wir hoben ein Papier nach dem anderen auf, stapelten alles so gerade wie möglich auf dem Schreibtisch, damit der Stapel nicht wieder umfiel.

»Ich werde nie wieder etwas finden, ich werde nie wieder etwas finden«, jammerte Florence, dabei liefen ihr die Tränen übers Gesicht.

»Keine Angst. Wir legen alles wieder so hin, wie es war«, versicherte Pontus und streckte sich nach einem großen Umschlag, der unter einen Stuhl gerutscht war. Als er ihn in der Hand hatte, erstarrte er. Ich schaute von hinten auf den Umschlag: Ein Wort, geschrieben mit Tinte und in Florences Handschrift: *Testament.*

Pontus stand auf und schaute mich an. Ich nickte kurz, um ihm zu signalisieren, dass ich es auch gesehen hatte. Er legte den Umschlag auf den Stapel. Dann schaute er sich rasch um, nahm ein senfgelbes Informationsblatt, das den Schornsteinfeger für den 9. Oktober 1971 ankündigte, und legte es auf den Umschlag. Danach baute er weiter am Stapel. Als er fertig war, schaute das senfgelbe Papier ein klein wenig aus dem Stapel heraus.

»So. Das ging doch schnell«, sagte er zu Florence, als wir fertig waren. »Jetzt machen wir weiter. Wo waren wir?«

Er rieb sich die Hände und schaute Florence freundlich an. Sie wischte ihre Tränen ab und konzentrierte sich.

»Der Bus«, sagte sie mit zittriger Stimme. »Ich muss die Abfahrtszeiten herausfinden.«

Pontus starrte irritiert auf den Stapel. Dort steckte der Fahrplan jetzt wieder und er hatte natürlich keine Ahnung, wo. Ich hätte beinahe laut gelacht.

»Aber ich fürchte, ich kann nicht mehr«, sagte Florence plötzlich und öffnete ihr Medaillon. »In vierzig Minuten gibt es Kaffee und belegte Brote. Ich glaube, ich muss mich ein wenig ausruhen. Es war ein *schrecklicher* Vormittag.«

Wir brachten Florence in ihr Zimmer und halfen ihr, sich auf das Bett zu legen. Dann eilten wir zurück ins Arbeitszimmer.

Pontus beugte sich über den Stapel auf dem Schreibtisch und suchte das senfgelbe Papier. Dieses Mal war er vorsichtiger und hob den Papierstapel Blatt für Blatt ab, bis er bei dem Papier und dem Umschlag angekommen war.

»Stark!« Judits Augen blitzten, als sie das handgeschriebene Dokument anschaute. »Ich habe noch nie ein richtiges Testament gesehen!«

»Das ist kein richtiges Testament«, sagte Tessan bestimmt.

Wir saßen in windstiller Sommernacht auf der Terrasse. Der Garten war noch feucht vom Regen. Vor uns auf dem Tisch brannten Teelichte, über dem Apfelbaum konnte man die eigenartigen Bewegungen der Fledermäuse ahnen, ein willkürliches Zucken, als seien sie ferngesteuert. Florence schlief tief und fest mit Hilfe ihrer Schlaftabletten im Stockwerk über uns.

Zum vielleicht zehnten Mal machte das Papier die Runde. Immer wieder studierten wir den kurzen Text:

Es ist mein ausdrücklicher Wunsch, dass mein sehr guter Freund Carl Henrik Gyllenmård all meinen Besitz erbt. Sollte dieser nicht mehr am Leben sein, soll das gesamte Eigentum der Wendman'schen Gesellschaft zufallen, damit diese es so verwaltet und nutzt, wie es ihr richtig erscheint.

Das war alles. Die Datierung lag fünf Jahre zurück. Florences Unterschrift, die mir inzwischen wohlbekannt war, war von Nils Tobiasson und Margit Tobiasson, dem älteren Paar, das bei Florence angestellt gewesen war, bezeugt worden.

»Das ist ihre Handschrift, nicht wahr, Martina?«, sagte Pontus.

Ich nickte. Ich hatte ihre langen Aufstriche und zierlichen Schnörkel so oft gesehen, dass ich sie überall erkennen würde.

Und doch sah es ihr nicht ähnlich.

»Es ist erstaunlich kurz gefasst für Florence«, bemerkte ich.

»Aber eigentlich steht da alles, was nötig ist.« Pontus klopfte mit dem Zeigefinger aufs Papier. »Komplizierter braucht es nicht zu sein.«

Tessan lachte auf und ich verstand, was sie meinte.

»Florence kann keinen Einkaufszettel schreiben, ohne sich in umständlichen Formulierungen zu verlieren«, sagte ich. »Sie braucht zehn Sätze, um zu erklären, welchen Tee sie haben will. Sie vererbt keinen großen Landbesitz in zwei Sätzen. Das macht niemand und schon gar nicht Florence.«

»Oder vielleicht macht gerade Florence das«, sagte Andreas. »Ein Päckchen Tee: zehn Sätze. Einen Gutshof mit Land und Kapital: zwei Sätze.«

»Warum sollte sie mehr schreiben?«, sagte Pontus. »Es gibt schließlich zwanzig Sorten Tee, aber nur ein Glimmenäs. Sie will ihren gesamten Besitz diesem alten Herrn oder dieser Gesellschaft vermachen. Der gesamte Besitz ist der gesamte Besitz. Punkt. Schluss.«

Ich schaute das Papier noch einmal an.

»Ganz gleich wie, dieses Testament ist wertlos, weil weder Carl Henrik Gyllenmård noch die Wendman'sche Gesellschaft existieren«, sagte ich.

Pontus hob fragend die Augenbraue.

»Wirklich nicht? Bist du da sicher?«

Ich schaute Tessan an. Sie hatte ihre nackten Beine auf den Stuhl vor sich gelegt, nippte am Wein und schaute in die Dunkelheit. Ich sehe sie immer noch so vor mir. Ihr hübsches Gesicht im Schein der Teelichte. Die hochgesteckten Haare, die Locken, die sich an den Schläfen gelöst hatten. Der Garten roch nach Regen, die Nacht war still. Im Nachhinein wünschte ich, ich hätte diesen Moment in ein Glas stecken und es verschließen können.

»Alle Freunde von Florence sind tot«, sagte sie. »Diese alten Männer gehörten zur Generation ihres Vaters.«

»Und die Gesellschaft? Gibt es die noch?«, fragte Pontus. »Was war das eigentlich?«

Tessan zuckte mit den Schultern.

»Ich weiß nicht.«

»Sie muss sich sehr dafür engagiert haben, denn sie trägt schließlich ihren Namen«, sagte ich.

»Und sie bedenkt sie in ihrem Testament«, fügte Andreas hinzu.

»Wir können sie ja fragen«, schlug Tessan vor.

»Nein, um Gottes willen, bloß nicht«, sagte Pontus und steckte das Papier wieder in den Umschlag. »Wir sagen überhaupt nichts, verstanden?« Er schaute uns nacheinander streng an. »Wir bekommen das selbst heraus. Ich kümmere mich darum. Niemand sagt ein Wort zu Florence. Ist das klar?«

»Sie hat jede Menge Papiere in ihrem Arbeitszimmer«, begann Judit, aber Pontus unterbrach sie.

»Ich kümmere mich darum, habe ich gesagt. Okay?«

Es war noch früh, als Judit am nächsten Morgen in die Küche kam, munter und komplett angezogen. Sie schlief sonst bis weit in den Vormittag, deshalb waren wir etwas erstaunt.

Sie setzte sich nicht an den Tisch, an dem wir anderen frühstückten, sondern blieb mitten in der Küche stehen und lächelte uns an. Sie hatte sich ziemlich verändert seit ihrer Ankunft. Sie sah nicht mehr aus, als käme sie aus einem Konzentrationslager. Die Haare waren gewachsen und sie trug jetzt eine kurze, aber kleidsame Frisur, sie war braungebrannt und hatte ein paar Kilo zugenommen.

Sie stellte sich zu uns an den Tisch und sagte ganz ruhig:

»Ich weiß, was die Wendman'sche Gesellschaft ist.«

Pontus stellte seinen Kaffeebecher mit einem Knall auf den Tisch.

»Hast du also doch mit Florence gesprochen?«, sagte er wütend. »Wir hatten doch vereinbart, das nicht zu tun. Ich kümmere mich darum.«

»Ich habe das im Arbeitszimmer von Florence gefunden.«

Sie legte einen vergilbten Zeitungsausschnitt auf den Tisch.

Es war eine zweispaltige Nachricht mit einem Foto in Schwarzweiß. Das Bild zeigte eine schlanke Frau mittleren Alters, die in einem Sessel saß, umgeben von Herren, zwei saßen auf den Armlehnen, zwei standen hinter dem Sessel. Die Bluse unter ihrem gutgeschnittenen Kostüm war bis oben geknöpft, ihr Blick war stolz auf die Kamera gerichtet.

Das Foto war grob gerastert, wie Zeitungsbilder es früher waren, aber man erkannte sofort, dass die Frau Florence war. Die Männer waren erheblich älter als sie.

Gründung der Wendman'schen Gesellschaft

Letzten Donnerstag wurde auf Gut Glimmenäs die Wendman'sche Gesellschaft gegründet.

Die Gesellschaft soll im Geist von Ernst Wendman wirken und hat es sich zur Aufgabe gemacht, im Ausland stationierte Diplomaten und ihre Familien zu unterstützen, das Interesse von begabten jungen Menschen für den Beruf des Diplomaten zu wecken und die Friedensarbeit und die internationale Zusammenarbeit zu unterstützen.

Der Vorstand der Gesellschaft von links: Henry Lagerstedt, Hans Forsell, Fritz Boman, Florence Wendman und Carl Henrik Gyllenmård.

Mit Füller hatte sie »UNT 28/3 1974« an den Rand geschrieben.

»Hier sind sie ja, die alten Kerle!«, rief Tessan begeistert aus. »Mit denen wir immer anstoßen.«

»Und das ist der nette Carl Henrik«, sagte Pontus und zeigte auf einen Mann mit rundlichem Gesicht und schütteren grauen Haaren, der rechts von Florence auf der Armlehne saß. »Der große Charmeur.«

»Wenn Florence auf den scharf war, dann hatte sie einen ausgeprägten Vaterkomplex. Der muss ja mindestens dreißig Jahre älter gewesen sein«, sagte Tessan.

»Woher hast du diesen Zeitungsausschnitt?«, fragte ich Judit.

Wir schauten alle auf Judit, sie genoss die Aufmerksamkeit. »Florence hat ihn aus einem Stapel Papiere herausgezogen, als wir einen Brief schrieben. Ich habe gesehen, dass es irgendetwas mit der Wendman'schen Gesellschaft zu tun hatte. Ich meinte mich zu erinnern, wo sie ihn dann hingelegt hatte, aber ich habe mich falsch erinnert, er war nicht mehr dort, wo ich glaubte.«

Natürlich nicht. Nachdem gestern alles auf den Boden gerutscht war, lag nichts mehr da, wo es gelegen hatte.

»Aber ich habe alles durchsucht und ihn schließlich gefunden«, fügte sie zufrieden hinzu.

»Aber das sind ja Tausende von Dokumenten«, rief ich aus. »Hast du alles durchsucht?«

»Die Hälfte vielleicht.«

Mir wurde klar, dass Judit heute nicht unter die Frühaufsteher geraten war. Sie war überhaupt nicht ins Bett gegangen, sie war die ganze Nacht auf gewesen und hatte Florences Papierstapel durchsucht. Genau wie sie in der ersten Nacht wach geblieben war und sich ihre erfundene Identität, Judit Rosenbaum, angelesen hatte. Sie überraschte mich immer wieder.

Ich schaute auf das Zeitungsfoto und mir fiel auf, dass etwas fehlte.

»Das ist also Florence mit den Freunden ihres Vaters. Aber warum ist der Vater nicht dabei?«, fragte ich.

»Die Gesellschaft soll im *Geiste von Ernst Wendman* wirken«, zitierte Andreas und tauchte einen Beutel Kräutertee in seinen Becher. »Er war schon tot. Seine Freunde bilden diese Gesellschaft im Andenken an ihn.«

Das klang vernünftig.

»Das Interessante ist ja, dass keiner der Männer mehr am Leben ist«, sagte Pontus. »Ich glaube auch nicht, dass die Wendman'sche Gesellschaft besonders lebendig ist. Wahrscheinlich ist Florence das einzig noch lebende Mitglied.«

»Dann hat sie also überhaupt keine Erben«, sagte Tessan.

»Falls man die Gesellschaft nicht wieder zum Leben erweckt«, sagte Pontus nachdenklich. »Und neue Mitglieder findet.«

»Und wer könnte das sein?«, fragte ich.

Er schaute uns schweigend an. Er versuchte, keine Miene zu verziehen, aber dann gab er auf und ein Lächeln brach hervor, wie die Sonne aus einer Wolke.

»Wir!«

21

Am nächsten Tag saßen wir in der Mikrofilmabteilung der Universitätsbibliothek und durchsuchten alte Nummern der Uppsala Nya Tidning. Pontus, Andreas, Judit und ich, Tessan war zu Hause bei Florence geblieben.

Der Mikrofilmsaal war faszinierend. Die Technik war uralt, riesige Apparate, man legte die Filmrolle auf die Linse und kurbelte dann ganz mechanisch vorwärts, Seite um Seite, in chronologischer Folge. Es ratterte und knirschte, wenn man schnell kurbelte.

Die meisten Leute im Saal waren Rentner, die sich mit alten, nicht zu Ende gebrachten Forschungen beschäftigten oder aus reiner Nostalgie hier saßen. Genau wie Florence bewegten sie sich in der Vergangenheit, aber im Unterschied zu ihr war dieser Zustand bei ihnen auf ein paar Stunden am Tag beschränkt. Danach traten sie wieder in die Gegenwart ein.

Wir kurbelten uns Schritt für Schritt durch die Jahre nach der Gründung der Gesellschaft. Die Gegend um Uppsala scheint in den 1970er Jahren ein reges Vereinsleben besessen zu haben, die Zeitungen waren voll mit Notizen über Mitgliederversammlungen, Ausflüge, Weihnachtsfeiern und Jubiläen. Als die Bibliothek schloss, hatten wir nicht eine einzige Notiz über die Wendman'sche Gesellschaft gefunden, abgesehen von der Nachricht über die Gründung, die wir bei Florence gefunden hatten.

Carl Henrik Gyllenmård tauchte ein paar Mal auf. Er war Professor für Archäologie gewesen und hatte historische Exkursionen geleitet, wir sahen Bilder, wie er in Baskenmütze und Lederjacke vor einem Runenstein oder einem Grabhügel posierte. Er war ein zäher Bursche. Aus einem Nachruf erfuhr man, dass er 1988 in einem Altersheim in Strängnäs gestorben war, zwei Monate vor seinem neunzigsten Geburtstag.

Henrik Lagerstedt tauchte ein paar Mal als Mitglied der Volkspartei im Stadtrat auf. Fritz Boman hatte in einem Chor gesungen und war in mehreren Vereinen aktiv gewesen, in denen es um kulinarische Dinge ging, wie »Die Freunde der Fleischbällchen«, »Bacchi Ritter« und die »Punschbrüder«. Über Hans Forsell fanden wir gar nichts.

Es war ermüdend für die Augen, stundenlang dem vorbeirollenden Zeitungstext zu folgen, und als wir das schlossartige Gebäude verließen, hatte ich Kopfschmerzen. Ich war enttäuscht, dass wir trotz der langen Suche nichts über die Wendman'sche Gesellschaft gefunden hatten.

»Diese Gesellschaft scheint nicht sehr viel gemacht zu haben«, sagte ich, als wir zum Parkplatz gingen, wo Tessan mit dem Auto auf uns wartete.

»Es war wohl ein ziemlich geschlossener Kreis«, sagte Andreas. »Wahrscheinlich gab es außer dem Vorstand keine weiteren Mitglieder. Florence und die alten Herren. Vielleicht machten sie nichts anderes, als sich zu treffen und gut zu essen und zu trinken. Es gibt jede Menge Gesellschaften, die aus keinem anderen Grund zusammenkommen.«

»Aber Florence scheint doch irgendwie ein ernsthaftes Ziel verfolgt zu haben«, wandte ich ein.

Ich musste an die hochtrabende Formulierung über Friedensarbeit und internationale Beziehungen denken und an die Frau im Kostüm, die aufrecht sitzend in die Kamera des Fotografen geblickt hatte. Das war zweifellos ein wichtiger Moment für sie gewesen.

Pontus zuckte mit den Schultern und öffnete die Beifahrertür.

»Florence? Ja, bestimmt. Aber die alten Herren? Tja, die

wollten weiter ihre Abendessen genießen und sich den Zugang zum Weinkeller von Glimmenäs sichern, auch nachdem Ernst gestorben war.«

»Und dank Florences Kreativität konnten sie sogar nach ihrem Tod damit weitermachen«, fügte Andreas hinzu und stieg ins Auto.

Als Florence sich am Abend zurückgezogen hatte, versammelten wir uns alle im Großen Salon und Pontus erklärte uns seinen Plan: Es war an der Zeit, die Wendman'sche Gesellschaft wiederzubeleben. Mit Florence und uns im Vorstand.

»Wir behalten das ursprüngliche Profil: Friedensarbeit und internationale Beziehungen. Das ist heute so aktuell wie vor dreißig Jahren. Aber die neue Gesellschaft wird kein Club für feine Abendeinladungen sein. Mit den Einkünften von Florence kann man wirklich etwas anfangen. Wir können Jugendlager für den Frieden organisieren, multikulturelle Projekte, grenzüberschreitende Zusammenarbeit.«

»Können wir das?«, sagte Tessan skeptisch. »*Ich* habe keine Ahnung von so etwas.«

»Wir stellen Leute an. Junge Leute, die internationales Recht oder Menschenrechte studieren. Arbeitslose Jugendliche, die Stütze bekommen, Volontäre. Hauptsache ist, dass wir die richtigen Sachen machen und niemand die seriösen Absichten der Gesellschaft bezweifelt. Und dass es außer uns und Florence keine weiteren Mitglieder gibt. Wir ziehen andere für unsere Vorhaben hinzu, aber wir allein sind der Vorstand der Wendman'schen Gesellschaft.«

Er machte eine Pause und schaute uns an, als wollte er sich vergewissern, dass wir es verstanden hatten.

»Und wenn Florence stirbt, erben wir Glimmenäs?«, sagte Tessan.

Pontus hob streng einen Finger.

»Nicht wir erben. Die Wendman'sche Gesellschaft«, korrigierte er. »Was in der Praxis bedeutet: wir. Die Projekte werden weitergeführt. Die Gesellschaft bleibt sichtbar. Und wir können weiter hier wohnen und haben unser Auskommen.«

Er hielt inne, damit sich das alles erst einmal setzen konnte.

»Du meinst also, dass wir bis ans Ende unseres Lebens auf Glimmenäs wohnen können?«, sagte Andreas vorsichtig.

Wir schauten uns an. Vor uns tat sich eine ganz wunderbare Möglichkeit auf.

Pontus nickte.

»Ja, genau. Das ist der Witz. Wir machen gute Dinge mit dem Vermögen von Florence und gleichzeitig sind wir versorgt. Wir brauchen ja nicht alle zusammen im Hauptgebäude wohnen. Wer will, kann ein Stück Land abtrennen und sich ein Häuschen bauen.«

Judit hatte bisher nur mäßig interessiert zugehört, sie fläzte sich auf dem Rokokosofa, jederzeit bereit, sich die Stöpsel ihres MP3-Players in die Ohren zu stecken, aber nun setzte sie sich plötzlich auf und schaute sich mit leuchtenden Augen um.

»Wir könnten Glimmenäs in ein Live-Zentrum verwandeln!«, rief sie aus. »Es ist wie geschaffen dafür.«

»Natürlich könntest du hin und wieder ein Live-Spiel veranstalten«, sagte Pontus. »Aber nur, wenn es sich mit den Zielen der Wendman'schen Gesellschaft verbinden lässt. Aber das kann so schwer nicht sein. Wir werden die Satzung so formulieren, dass sie uns den größtmöglichen Handlungsspielraum bietet.«

»Wir könnten ein Flüchtlingslager auf der Schafweide einrichten. Es ist Krieg und jede Menge Flüchtlinge kommen nach Glimmenäs. Der Feind hat sein Lager auf der anderen Seite des Sees«, sagte Judit begeistert.

Tessan wollte die Scheune zu einem Stall umbauen und sich endlich ein Pferd zulegen.

Ich meinte, wir sollten etwas aus dem Garten machen. Ökologisches Gemüse anbauen. Ein Gartencafé betreiben. Andreas unterstützte mich.

»Glimmenäs eignet sich gut zum Anbau«, sagte er. »Hier herrscht ein sehr mildes Klima. Hier wächst alles, die Natur explodiert hier förmlich.«

»Wir können Stevia anbauen«, schlug Tessan vor. »Zucker ohne Kalorien. Das ist total in.«

»Und die Gebäude. Dieses Hauptgebäude. Wir müssten es sinnvoll nutzen«, sagte ich.

»Konferenzen?«, sagte Andreas.

Die Ideen flogen nur so hin und her. Pontus sagte nichts und hörte zu. Je eifriger wir wurden, desto stiller wurde er.

»Nichts ist unmöglich«, sagte er schließlich. »Im Unterschied zu anderen Vereinen hat dieser nämlich ein ansehnliches Kapital. Wir werden landwirtschaftlich genutzten Boden, Wald und Aktien haben. Das gibt uns die Freiheit, selbst zu entscheiden, was wir machen wollen, ohne die Überwachung, die staatliche Zuschüsse nach sich ziehen. Wir könnten sogar eine Stiftung gründen und hin und wieder Stipendien vergeben. Zum Beispiel, wenn jemand ins Ausland fahren will, um im Geiste von Ernst Wendman zu arbeiten. Wir werden natürlich auch selbst im Ausland unterwegs sein, das gehört zu unserem internationalen Profil. Wir werden nicht alles aus eigener Tasche bezahlen, sondern wir müssen uns Partner suchen, die unsere Projekte mitfinanzieren. Aber wir müssen immer darauf achten, frei zu bleiben. Wir sind die Gesellschaft und wir entscheiden.«

»Meinst du, dass wir das alles schaffen?«, sagte ich skeptisch.

»Warum denn nicht? Das ist wie eine Firma führen. Ich werde mich um die Administration, die Finanzen und die Vermarktung kümmern. Und ihr anderen habt auch eure Kenntnisse und Talente. Wir sind ein perfektes Team.«

Wir versuchten, das alles zu verdauen.

»Ich als Hausmeister werde wahrscheinlich viel zu tun haben«, sagte Andreas.

»Aber zuerst musst du eine tolle Webseite machen«, sagte Tessan bestimmt.

Ich stellte mir vor, wie es wäre, sich in einem der Dachböden eine kleine Wohnung einzurichten. Jeden Morgen in einem hübsch möblierten Zimmer aufzuwachen und zu wissen, dass man eine Wohnung hatte und versorgt war. Dass man von der schönen Natur umgeben war. Dass man seine Freunde um sich hatte und spannenden und sinnvollen Aufgaben nachgehen konnte.

»Die Frage ist nur, ob das Testament anerkannt wird«, sagte Andreas. »Florence ist ja nicht ganz … ja, wie sagt man … zurechnungsfähig.«

»Sie war völlig klar im Kopf, als sie das Testament schrieb. Das wird vom Ehepaar Tobiasson bestätigt«, sagte Pontus und zitierte: »Wir bestätigen, dass Florence Wendman am heutigen Tag bei vollem und gesundem Verstand ist und ebenso freiem Willen …« und so weiter.

»Aber jetzt? Alle, mit denen Florence zu tun hat, wissen doch, dass sie verrückt ist.«

»Und wer hat mit Florence zu tun? Niemand außer uns.«

Wir schwiegen eine Weile, jeder war in seine Gedanken versunken.

»Wir müssen auf jeden Fall die Abendeinladungen der Gesellschaft wieder einführen«, sagte Tessan schließlich.

»Unbedingt. Wir werden alle Traditionen bewahren«, sagte Pontus ernsthaft. »Aber das Wichtigste für den Moment ist, dass wir Florence von unserem Plan überzeugen. Dass sie uns in den Vorstand aufnimmt und zusammen mit uns die Wendman'sche Gesellschaft wieder zum Leben erweckt. Wenn sie nicht will, kippt der ganze Plan. Es ist auch wichtig, dass es unter uns bleibt. Wir sagen niemandem ein Wort über die Wendman'sche Gesellschaft oder das Testament. Sind wir uns da einig?«

Waren wir.

Und im Übrigen, mit wem sollten wir reden? Keiner von uns hatte Umgang mit jemandem außerhalb von Glimmenäs.

22

Ich weiß nicht, wie Pontus Florence in seinen Plan eingeweiht hat – es geschah, als die beiden allein im Arbeitszimmer beschäftigt waren –, aber als sie sich um 12:50 für ihren Kaffee in der Blumenecke niederließ, tat sie das mit der Haltung einer Königin: Gerader Rücken und gestreckter Hals, als ob sie nach etwas in der Ferne Ausschau halten würde. Erst nach einer Weile bemerkte sie, dass Tessan ihr eingeschenkt hatte, und wie im Traum ließ sie zwei Stück Zucker in die Tasse fallen und rührte sehr langsam um.

»Meine Mädchen«, flüsterte sie und schaute uns an. Sie hatte ein merkwürdiges Lächeln um die Mundwinkel, fast triumphierend. »Es wird etwas *geschehen.*«

Sie fixierte uns mit einem Blick, der so fest und brennend war, dass ich beinahe Angst bekam. Der Löffel klirrte gegen das Porzellan der Tasse und die Uhren tickten.

»Das geht uns alle an. Auch euch, meine Mädchen.«

»Aha?«, sagte Tessan abwartend.

»Pontus hat großartige Pläne für die Wendman'sche Gesellschaft. Wir werden phantastische Dinge auf den Weg bringen. Er wird euch heute Abend alles erklären.«

Noch am gleichen Abend hielten wir im Esszimmer die erste Hauptversammlung ab. Florence wurde zur Vorsitzenden gewählt, Pontus zum Kassenwart, ich zur Sekretärin (natürlich), Tessan und Judit zu Beisitzern und Andreas zum Kassenprüfer. Wir beschlossen die Satzung der Gesellschaft und einen Tätigkeitsplan, außerdem beantragten wir eine Organisationsnummer bei der Steuerbehörde. Alles sollte seine Richtigkeit haben, darauf legte Pontus großen Wert.

In den folgenden Tagen war Florence beinahe euphorisch.

Jetzt ging es in ihren Briefen nur noch um die Wendman'sche Gesellschaft und deren Tätigkeiten. Ihr großes geheimes Kontaktnetz sollte unterrichtet werden, Menschen würden Aufgaben bekommen, die Briefe wurden unterschrieben mit: »Wendman'sche Gesellschaft, vertreten durch Florence Wendman, Vorsitzende«.

Sie war so eifrig, dass sie sogar die Arbeitszeiten ausdehnte und Überstunden machte, was bisher noch nie passiert war. Pontus und ich hatten jede Menge Arbeit. Manchmal hatte ich fast das Gefühl, er bereute, was er da losgetreten hatte. Aber er kam folgsam ins Arbeitszimmer, wenn Florence ihn rufen ließ, und er behandelte sie immer mit Respekt und Freundlichkeit.

Florences Verwandlung war eigenartig. Als ob sie sich verjüngt hätte. Sie bewegte sich leichter und rascher, sie atmete schneller und lachte lauter. Ihre Haut hatte mehr Farbe, ja, manchmal wurde sie während der Arbeit ganz rot und ihr Gesicht glänzte, vor Hitze oder vor körperlicher Anstrengung. Sie schien nie mehr müde zu werden und zu unserem großen Erstaunen vergaß sie öfter ihre heiligen Uhrzeiten. Wenn die Uhren im Kleinen Salon schlugen, schaute sie ganz erstaunt von ihren Papieren auf. Aber im nächsten Moment war sie wieder in ihrer zeitlosen Welt, in die keine Uhr vordringen konnte.

»Wir müssen arbeiten, meine Freunde«, sagte sie mit ihrer neuen, eigenartig hellen und keuchenden Stimme und schrieb in rasender Geschwindigkeit einen neuen Brief.

Sie saß auch nachmittags und abends am Schreibtisch. Oft wollte sie mich dabeihaben und am liebsten auch Pontus. Wenn der sich entschuldigen wollte und dabei höflich auf seine anderen Verpflichtungen verwies, wurde Florence wütend, beschuldigte ihn der Feigheit und der Treulosigkeit und drohte damit, uns beide zu entlassen und durch zuverlässigere Mitarbeiter zu ersetzen. Pontus kehrte dann folgsam an seinen Platz zurück.

Ihre Schreiben wurden immer unverständlicher. Sie machte nur selten einen Punkt. Die Anmerkungen am Rand wurden immer länger und schlängelten sich um das ganze Papier herum, sie flochten sich in den Text wie Drachenornamente auf einem Runenstein. Ich konnte ihr fast nicht mehr folgen. Sie schien jedoch nicht zu merken, dass nur ein Bruchteil ihrer Konzepte ins Reine geschrieben wurde.

Florence hatte über eine Woche dieses intensive Arbeitstempo durchgehalten, als sie plötzlich eines Abends vom Schreibtisch aufstand und sagte, sie wolle einen Spaziergang machen. Es war kurz nach acht. Sie hatte noch nie um diese Zeit spazieren gehen wollen. Es wurde schon ein wenig dämmrig, aber sie wollte unbedingt hinausgehen. Sie sagte, sie brauche frische Luft.

Pontus ergriff die Gelegenheit, verbeugte sich und verließ das Zimmer.

Ich fand es ein wenig beunruhigend und wollte Florence nicht allein in der Dunkelheit spazieren gehen lassen und bot deshalb an, mitzukommen, obwohl ich zu diesem Zeitpunkt ihr überdrehtes Geplapper ziemlich satthatte.

Florence wollte zum See hinunter, wir gingen durch die Schafweide und dann den Weg am Ufer entlang. Die Schafe lagen unter den Bäumen, still und unbeweglich wie Steine in der Dämmerung. Vom See her wehte ein Wind und es fiel ein leichter Regen. Florence ging mit raschen, ein wenig wackeligen Schritten, ihr Mantel flatterte und sie redete unaufhörlich. Ich hielt sie unter dem Arm und spürte ihren dünnen Körper dicht an meinem. Ich war erstaunt, wie warm er war. Eine spröde, erhitzte Hülle mit einem rasenden Motor im Inneren.

Ich versuchte vergeblich, das Tempo zu drosseln, schließlich führte ich sie in einem großen Bogen zurück. Ich glaube, sie merkte gar nicht, dass wir wieder heimwärts gingen.

Als wir in den Garten kamen, war es dunkel geworden. Florence sprach gerade über die Spionagetätigkeit der Deutschen, als sie plötzlich innehielt und meinen Arm drückte. Sie schaute zum Haus hinauf, und als ich ihrem Blick folgte, sah ich, dass im ersten Stock im verschlossenen Zimmer Licht brannte.

Im nächsten Moment ging die Balkontür auf. Florence schrie auf, kurz und schrill, ihre Nägel bohrten sich in meinen Arm. Dann löste sich ihr Griff, ihr Körper wurde weich und sie sank zu meinen Füßen ins Gras.

Ich habe später versucht mir vorzustellen, was sie da oben gesehen hatte: Ein Mann tritt aus dem Zimmer ihres Vaters auf den Balkon. Er ist nur eine Silhouette, ein Umriss gegen das Licht, das hinter ihm aus dem Zimmer strömt.

Ich selbst sah zudem noch die Leiter, ich sah Tessan, die die Leiter hielt, und Pontus, dem es endlich gelungen war, in das verschlossene Zimmer zu kommen, auch wenn er den gleichen umständlichen Weg wie wir hatte nehmen müssen.

Wenn die alten Augen von Florence die Möglichkeit gehabt hätten, sich auf die Lichtverhältnisse auf dem Balkon einzustellen, dann hätte sie das auch gesehen. Aber da hatte sie schon das Bewusstsein verloren.

23

»Kann ich euch als die nächsten Angehörigen notieren?«, fragte die Krankenschwester.

Tessan und ich schauten uns kurz an. Wir saßen in der Aufnahme des Akademischen Krankenhauses. Wir hatten Florence im Krankenwagen begleitet.

Ich nickte und wir gaben ihr unsere Namen und Adressen auf Glimmenäs.

»Seid ihr verwandt?«

»Nein, wir … kümmern uns um sie«, sagte ich.

Wir gingen wieder in das kleine Wartezimmer am Ende des Flurs.

Florence war in ihrem Bett in einen anderen Trakt gerollt worden, wo sie allen möglichen Untersuchungen unterzogen wurde. Das alles dauerte sehr lange.

Auf einem Fernsehschirm lief ohne Ton eine amerikanische Serie. Merkwürdigerweise spielte sie in einem Krankenhaus, wir sahen also Korridore und weiße Kittel in doppelter Ausführung. Pontus rief immer wieder an, aber wir konnten nur antworten, dass wir noch nichts wussten.

Schließlich wurden wir zu einer Ärztin gerufen, die sagte, dass Florence zur Weiterbehandlung im Krankenhaus bleiben musste. Eine Prognose konnte sie noch nicht abgeben. Aber wir sollten die Hoffnung nicht aufgeben. Es kam vor, dass auch Patienten in einem so hohen Alter wie Florence sich nach einem Schlaganfall wieder ganz erholten. Die Ärztin erzählte von einem Patienten, einem zähen Neunzigjährigen, der drei Mal nach einem Schlaganfall seine Lähmung überwunden hatte und wieder auf die Beine gekommen war.

»Es hängt eigentlich mehr von der physischen und psychischen Kondition als vom Alter ab«, sagte sie. »Aber es dauert natürlich. Es ist schon eine große Anstrengung für den Körper.«

Tessan fragte, ob wir Florence sehen könnten, bevor wir nach Hause fuhren, aber die Ärztin schüttelte den Kopf.

»Sie wird euch nicht wahrnehmen. Wir haben sie schon auf Station gebracht und sie bekommt alles, was sie braucht. Fahrt nach Hause und ruht euch aus.«

Pontus holte uns mit Tessans Auto ab. Wir hatten die ganze Nacht im Krankenhaus zugebracht, es war fast fünf. Eigenartigerweise war ich nicht müde. Im Gegenteil. Mein Gehirn war ganz klar, als wäre es mit kaltem Wasser durchgespült worden.

Wir sprachen nichts im Auto. Die Stimmung war so intensiv, dass ich sie fast auf der Haut spüren konnte. Nebelschwaden lagen über den Senken und hinter der schwarzen Silhouette des Waldes verfärbte sich der Himmel in Violetttönen. Langhaarige Kühe mit riesigen Hörnern standen dicht aneinandergedrängt auf einer Wiese und starrten uns durch den Morgennebel an, grimmig und uralt, als bewegten wir uns durch eine vorgeschichtliche Zeit.

Alles war so schnell gegangen. Vor ein paar Wochen hatte Pontus das Testament gefunden und uns seine Idee präsentiert. Und jetzt lag Florence im Sterben.

Oder würde sie wieder gesund werden, wie dieser alte Mann, von dem die Ärztin erzählt hatte?

Ich wusste nicht so recht, was ich hoffen sollte.

Die folgenden Tage verbrachten wir in einer Art Zwischenwelt.

Wir saßen im Großen Salon, spielten Karten und schauten uns das Nachmittagsprogramm im Fernsehen an, außerdem tranken wir viel Wein aus staubigen Flaschen. Wir riefen bei Schwester Tuula an, unserem Kontakt zu Florence, und sie berichtete ruhig, dass es keine Neuigkeiten gab. Florence war nicht ansprechbar.

Ich rief den Zahnarzt von Florence an und sagte ihren Termin für die Woche darauf ab.

Jetzt wo Florence weg war, entstand eine eigenartige Leere. Für mich und Tessan war Florence die natürliche Nabe unseres Lebens gewesen. Wir hatten zwar viel freie Zeit gehabt, aber das Leben war von ihren Zeiten und Gewohnheiten bestimmt. Tessan wachte immer noch im Morgengrauen auf. Wenn ihr einfiel, dass sie kein Bad für Florence einlassen musste, tappte sie wieder zurück ins Bett. Sie schlief wieder bei mir in der »Mädchenkammer«, nicht mehr bei Pontus.

Hin und wieder machten wir einen Spaziergang am See entlang oder fuhren in die Stadt, um Besorgungen zu machen. Wenn wir zusammensaßen, war die ständige Frage: »Habt ihr etwas aus dem Krankenhaus gehört? Weiß jemand, wie es Florence geht?«

Und immer wieder die Antwort: »Nichts Neues. Nicht besser und nicht schlechter.«

Tessan erzählte mir, wie Pontus ins verschlossene Zimmer gelangt war. Er hatte die Gelegenheit genutzt, als ich mit Florence unterwegs war, und Tessan gebeten, die Leiter in der Scheune zu holen und sie zu halten, während er hinaufkletterte. Das Zimmer hatte ihn begeistert. Dass er ausgerechnet in dem Moment auf den Balkon trat, als Florence und ich zurückkamen, war Zufall. Florence muss ihn für ihren Vater gehalten haben und das hatte sie – buchstäblich – zu Tode erschreckt.

»Man sollte meinen, sie würde sich freuen, ihn zu sehen«, sagte Tessan.

Niemand erwähnte die Wendman'sche Gesellschaft mit einem Wort. Aber ich bin überzeugt, dass alle darüber nachdachten. Wenn Florence starb, würde die Gesellschaft erben.

Vorausgesetzt, das Testament war gültig.

Vorausgesetzt, niemand zog die Zurechnungsfähigkeit von Florence in Zweifel.

Vorausgesetzt, die Wendman'sche Gesellschaft wurde als seriös angesehen.

Vorausgesetzt, es gab kein weiteres Testament, das wir nicht kannten.

Pontus hatte gesagt, wir sollten diese Fragen ihm überlassen, wenn es so weit wäre. Als er das sagte, war das alles wirklich weit weg und unwirklich gewesen, wie eine von Florences Phantasien, an denen wir spaßeshalber teilnahmen. Und auf einmal war es gar nicht mehr weit weg.

»Wenn es so weit wäre«, das konnte jederzeit sein.

TEIL II

24

Vor dem offenen Fenster zirpt eine Heuschrecke. Es klingt, als würde jemand mit einer kleinen, elektrischen Schere schneiden. »Schneider der Elfen«, sagte Florence einmal, als ich sie bei einem Spaziergang durch die Schafweide auf die Grillen aufmerksam machte. Sie selbst hörte diese hochfrequenten Töne nicht mehr. »Das ist der Schneider der Elfen, er schneidert ihnen Kleider aus Tau und Dunst.«

Das hatte ihr eines ihrer Kindermädchen erzählt, als sie noch klein war und das Zirpen der Grillen zum ersten Mal hörte. »Ich habe ihr natürlich geglaubt«, sagte Florence mit einem trockenen Lachen. »Noch lange dachte ich beim Zirpen der Grillen an einen kleinen Schneider, der mit seiner Schere im Gras saß. Auch als ich längst wusste, dass es Grillen waren. Hörst du die kleine Schere?«

»Ja«, sagte ich.

Und seither hat sich dieses Bild auch bei mir festgesetzt.

Eigentlich sind es ja keine Grillen. In Schweden kommen Grillen nur ganz selten vor, habe ich von Andreas gelernt. Man hört Grashüpfer oder Warzenbeißer. Aber das klingt nicht so gut. »Die Warzenbeißer spielen.« Stattdessen sagte ich:

»Ich glaube, das Kindermädchen hatte recht. Anderswo sind es vielleicht Grillen. Aber hier sind es die Schneider der Elfen.«

Ich hatte nämlich genau dieses Gefühl, wenn ich durch den verwilderten Garten, die Schafweide oder den Wald mit den riesigen Eichen und den Haselbüschen ging. Dass es hier Dinge gab, die es sonst nirgends gibt. Dass jederzeit etwas Unerwartetes auftauchen konnte.

Auf Glimmenäs flogen wie aus dem Nichts Vögel von einer glatten Wasseroberfläche auf, Schwärme von perlmuttschimmernden Schmetterlingen erfüllten die Luft und waren im nächsten Moment verschwunden, Steine verwandelten sich in Schafe und dann wieder in Steine.

Aber das war alles nichts gegen die Erscheinung, mit der wir konfrontiert wurden, als Florence bewusstlos im Krankenhaus lag.

Am Abend zuvor hatten wir bis spät in die Nacht zusammengesessen, und als ich am nächsten Tag gegen Mittag in den Großen Salon kam, standen Gläser und leere Flaschen auf dem Tisch. Die anderen schliefen noch.

Ich ging herum und sammelte die Reste des nächtlichen Feierns ein. Aus dem Kleinen Salon hörte man das Ticken der Uhren und ich meinte zu hören, dass jemand eine Zeitung umblätterte. Ich erstarrte, denn es klang, als würde Florence in der Blumenecke sitzen und die Zeitung lesen.

Ich ging in den Kleinen Salon. Was ich sah, überraschte mich so sehr, dass ich beinahe die Gläser fallen ließ, die ich in der Hand hatte.

In der Blumenecke war niemand, aber auf einem Sessel in der Mitte des Zimmers saß ein junger Mann in einem moosgrünen Jackett, das Haar sauber gescheitelt, und las die Zeitung. Ein Seidentuch mit Paisleymuster schaute aus dem offenen Hemdkragen. Ein Bein hatte er über das andere geschlagen, aus dem hochgerutschten Hosenbein schaute ein kräftig tomatenroter Strumpf hervor.

»Wer zum Teufel sind Sie?«, rief ich aus.

Ich fluche sonst eigentlich nie, ich muss also ziemlich schockiert gewesen sein. Meine Stimme klang schrill und fremd.

Der junge Mann schaute auf, hob die Augenbrauen und sagte in einem höflichen, doch kühlen Tonfall, wie Menschen aus der Oberschicht ihn lieben:

»Guten Tag. Findest du nicht, du solltest dich zuerst einmal vorstellen?«

»Wie sind Sie hereingekommen?«, fragte ich.

Eigentlich wollte ich das gar nicht wissen. Es gab nicht genug Schlüssel für alle, deshalb schlossen wir nur selten ab.

Er faltete in aller Ruhe die Zeitung zusammen, legte sie auf dem kleinen Tisch ab und schaute mich an.

»Ich könnte dich das Gleiche fragen.«

»Ich arbeite hier.«

Seine Miene hellte sich auf.

»Das ist ja ausgezeichnet. Da könntest du ein kleines Mittagessen für mich richten. Ich bin um Viertel vor fünf heute Morgen aufgestanden, ich habe allmählich richtig Hunger. Wie war gleich wieder dein Name?«

»Martina. Und deiner?«

Er hätte es nicht zu sagen brauchen. Ich wusste, wer er war. Er sah genauso aus wie der Mann auf dem Bild hinter ihm. Erst jetzt sah ich, wie geschickt der Künstler die Züge des langen schmalen Gesichts und die elegante Form der Nase eingefangen hatte.

»Oh«, sagte er. »Die Sekretärin? Ich heiße Carl Henrik Gyllenmård.«

»Das glaube ich nicht«, sagte Tessan, als ich sie weckte.

»Doch, es ist wahr. Er sitzt im Kleinen Salon. Er will zu Mittag essen.«

Sie setzte sich im Bett auf.

»Mach keine Scherze! Tatsächlich habe ich heute Nacht ein Auto gehört. Oder heute Morgen. Aber ich dachte, das war ein Traum.«

Ich klopfte bei Pontus und Andreas an die Türen und ging dann in Judits Kammer und schüttelte sie wach. Keiner wollte mir glauben, und als wir gemeinsam den Kleinen Salon betraten, dachte ich für einen kurzen Moment, dass ich jetzt schon genauso verrückt wie Florence war und mir alles nur eingebildet hatte.

Aber der junge Mann saß immer noch im Sessel und las.

»Ausgezeichnet«, sagte er und senkte die Zeitung ein wenig, damit er uns genau anschauen konnte, verschlafen, verkatert und verwirrt wie wir waren. »Dass Tante Florence so viel Personal angestellt hat. Ich habe es ihr die ganze Zeit gesagt. Man braucht tüchtige Dienstboten für einen Ort wie Glimmenäs.«

Er faltete die Zeitung zusammen, stand auf und begrüßte uns nacheinander in strammer Haltung. Seine Gesten und die Art zu sprechen waren die eines alten Mannes, aber in Wirklichkeit war er nicht viel älter als wir. Fünfundzwanzig, höchstens dreißig, schätzte ich.

Eigenartigerweise schien er zu wissen, wer wir waren.

»Der Hausmeister?«, sagte er, als Andreas sich vorstellte. »Leute wie du sind heute nicht mehr leicht zu finden. Aber Tante Florence besitzt ein ganz ausgezeichnetes Händchen bei der Wahl von Dienstboten.«

»Vielleicht könntest du uns erklären, wer du bist und was du hier machst«, sagte Andreas.

»Selbstverständlich. Ich bin ein *sehr* guter Freund von Tante Florence. Ich bin sicher, sie hat über mich gesprochen, oder etwa nicht?«

Er wandte sich plötzlich an Pontus, der nichts sagte und völlig unbeteiligt schaute.

»Sie sprach von einem Carl Henrik Gyllenmård«, sagte ich. »Aber wir dachten, dass es ihn nicht wirklich gibt.«

Der junge Mann lachte. Sogar sein Lachen klang wie das eines älteren Menschen.

»Wisst ihr, meine Freunde.« Er schaute uns eindringlich an

und hob den Finger. »Ehrlich gesagt, ich war mir nicht sicher, ob es *euch* wirklich gibt. Tante Florence hat mir erzählt, dass sie einige Leute eingestellt hat, aber ... ihr kennt sie ja, Tante Florence.«

Er schaute uns mit einem freundlichen Lächeln an, das gleich wieder verschwunden war. Er hatte Tränen in den Augen. Er blinzelte, schaute zur Decke und holte tief und bebend Luft.

»Ich komme gerade aus dem Akademischen Krankenhaus. Tante Florence ... oh, mein Gott.«

Er hielt sich die Hand vor den Mund. Irgendwie faszinierte er mich. Seine Art zu reden und sich zu bewegen erinnerte an die Schwarz-Weiß-Filme mit Hasse Ekman, die vormittags im Fernsehen laufen. Einen Moment lang sah es so aus, als würde er weinend zusammenbrechen. Aber er fasste sich wieder und redete weiter.

»Sie so zu sehen. Mit Schläuchen und Apparaten. Aber ich glaube nicht, dass sie leidet. Zumindest nicht im Moment. Ich habe ihre Hand gehalten und ich glaube, sie hat gespürt, dass ich da war. Ich *weiß*, dass sie es gespürt hat.«

Er nickte kurz und heftig und musste anschließend mit ein paar Handbewegungen sein Frisur wieder in Ordnung bringen.

»Und jetzt brauche ich ein anständiges Mittagessen«, entschied er. »Und dann können die Mädchen mein Zimmer herrichten.«

»Er blufft«, sagte Pontus.

Wir hatten uns in der Küche versammelt. Der junge Mann saß allein an dem großen Tisch im Speisezimmer und aß eine Portion frisch gekochte Spaghetti mit aufgewärmter Hackfleischsoße vom Vortrag, die Tessan ihm serviert hatte.

»Aber woher kennt er dann die ganzen Geschichten über Florence? Und über uns?«, sagte Andreas.

Pontus schaute uns nacheinander streng an.

»Ja, woher?«, sagte er. »Wir sind übereingekommen, niemandem etwas über Florence und das Testament zu erzählen, nicht wahr?«

»*Ich* habe nichts gesagt«, sagte Tessan beleidigt.

Wir anderen beteuerten ebenfalls, nichts gesagt zu haben.

»Hallo!«, kam es aus dem Speisezimmer und eine Gabel wurde auffordernd gegen ein Glas geschlagen. Der junge Mann, der sich Carl Henrik Gyllenmård nannte, verlangte unsere Aufmerksamkeit. Ich ging zu ihm.

»Ein wenig Parmesan wäre gut zur Pasta«, sagte er. »Und nimm um Gottes willen diese Ketchupflasche weg. Kein zivilisierter Mensch isst Spaghetti Bolognese mit Ketchup. Hast du das nicht bei Tante Florence gelernt?«

Als er aufgegessen hatte, fragte er nach einem kleinen Nachtisch. »Was Einfaches. Ein wenig Kompott. Oder etwas frisches Obst.«

Im Großen Salon stand eine Schale mit Pflaumen aus dem Garten, Tessan brachte sie ihm.

Er wollte ein Tellerchen und ein Obstmesser. Als Tessan einen Augenblick zögerte, gab er ihr Anweisungen:

»Im rechten Porzellanschrank, auf einem der unteren Bretter. Die netten kleinen Amanitateller mit den Punkten.«

Sie brachte ihm besagten Teller und ein Obstmesser.

»Was sollen wir machen? Sollen wir ihn rausschmeißen?«, sagte Tessan, als wir wieder in der Küche waren.

»Ich finde ihn ziemlich cool«, sagte Judit.

»Ich nicht. Nach dem Essen muss er wieder gehen. Das werde ich ihm gleich sagen.«

»Nur nicht so voreilig«, sagte Pontus und packte Tessan, die gerade die Küche verlassen wollte, am Arm. Sie wollte sich wütend losreißen, aber Pontus hielt sie fest und zischte:

»Cool bleiben, Tessan. Wir müssen herausfinden, was los ist.«

»Das hast du doch angeblich getan. Du hast gesagt, Carl Henrik Gyllenmård ist tot.«

»Das ist er auch. Aber wir müssen wissen, wer der Typ ist und was er will.«

»Er passt sehr gut auf die Beschreibung von Florence, nicht wahr?«, sagte ich. »Wohlerzogen und altmodisch.«

Tessan schnaubte

»Wohlerzogen? Er ist die Pest.«

»Er sieht genauso aus wie der Mann auf dem alten Bild«, sagte Judit.

»Oder er hat sich dem Bild angepasst«, sagte Pontus.

»Und warum?«

»Genau das müssen wir herausfinden.«

Rasche Schritte näherten sich, und der Mann, der sich Carl Henrik Gyllenmård nannte, kam in die Küche.

»Die ganze Dienstbotenschar versammelt, sehe ich. Schaut nicht so erschrocken drein. Ich komme normalerweise nicht in die Küche. Ich möchte mich nur für einen ausgezeichneten Lunch bedanken.«

An Tessan gewandt fuhr er in spitzem Ton fort:

»Aber es ist üblich, dass das Hausmädchen in der Nähe bleibt, bis die Herrschaft fertig gegessen hat. Es ist nicht angenehm, wenn man schreien muss, damit man bemerkt wird, nicht wahr? Nun ja. Dann könnt ihr jetzt mein Zimmer richten.«

»Machst du Scherze?«, sagte Tessan. »Hast du wirklich vor, hier zu wohnen?«

»Das hast du richtig verstanden. Ich werde nicht von Tante Florences Seite weichen, bis sie wieder gesund ist. Und ich werde wohl kaum jeden Tag zwischen Karlstad und Uppsala hin- und herfahren können, nicht wahr? Ich werde bis auf weiteres hier bleiben.«

Tessan wollte etwas darauf erwidern, aber Pontus kam ihr zuvor und sagte ganz ruhig.

»Es gibt im Moment leider kein freies Zimmer. Du kannst dir vielleicht in Uppsala ein Hotelzimmer nehmen?«

Der junge Mann lachte.

»Ich soll im Hotel wohnen, wenn ich Tante Florence besuche? Sie wäre entsetzt, wenn sie das hören würde. Jetzt muss ich mich ein wenig aufs Ohr legen. Ich bin heute Morgen unanständig früh aufgestanden. Holt Bettwäsche und folgt mir, Mädchen. Sauber machen könnt ihr später.«

Ohne eine Antwort abzuwarten, ging er zur Halle und von dort die Treppe hinauf. Er ging sehr gerade und bewegte sich eigenartig, die Arme ganz eng am Körper, irgendwie steif und zugleich gelenkig wie ein Roboter. Tessan und ich folgten ihm, nicht weil wir seinem Befehl nachkamen, sondern weil wir sehen wollten, was er vorhatte.

Im oberen Flur öffnete er den großen Eichenschrank, holte gemangelte Bettwäsche heraus und gab sie Tessan. Dann ging er weiter und blieb vor dem Zimmer von Florences Vater stehen.

»Dieses Zimmer ist abgeschlossen«, erklärte ich.

»Ja, zum Glück.« Er suchte in der Innentasche seines Jacketts. »So können die Dienstboten nicht einfach hineingehen und herumschnüffeln. Sehr vernünftig von Tante Florence.«

Er holte einen Schlüssel hervor. Im Flur war es dunkel, er musste ein wenig nach dem Schlüsselloch suchen, aber als er es gefunden hatte, ließ der Schlüssel sich problemlos drehen. Er öffnete die Tür und ging hinein.

Ich drehte mich um und schaute Tessan an. Unten an der Treppe sah ich die verschwommenen Silhouetten von Pontus, Andreas und Judit im Gegenlicht.

»Hier sollte man ein wenig lüften, nicht wahr?«

Er ging quer durchs Zimmer, zog die Vorhänge beiseite und machte die Balkontüren auf.

Im Tageslicht war es ein ganz anderes Zimmer. Erst jetzt sah ich, wie groß es war, und nun konnte man auch die Farben der Textilien erkennen, die ich bei unserem nächtlichen Besuch nicht hatte sehen können: Karmesinrot, Erbsengrün und Safrangelb.

»Würdest du bitte so nett sein und das Bett machen, Therese? Und du«, damit meinte er mich, »sagst dem Hausmeister, dass er mein Gepäck hochtragen soll. Es steht an der Treppe. Dann könnt ihr mich eine Weile in Ruhe lassen.«

Er ließ sich in den Sessel fallen, legte die Füße auf den Fußschemel und lehnte sich mit einem wohligen Seufzer zurück, ohne von mir und Tessan, die jetzt mit den anderen in der Tür stand, Notiz zu nehmen.

Tessan schaute Pontus fragend an und der nickte leicht. Zögernd nahm sie den Überwurf vom prächtigen Himmelbett und breitete das Laken auf der Matratze aus.

Ich ließ sie allein und ging mit den anderen wieder nach unten. Andreas öffnete die Haustür. Auf dem Treppenabsatz standen vier riesige Koffer, Carl Henrik Gyllenmård hatte ganz offensichtlich vor, länger zu bleiben.

Der junge Mann, der sich Carl Henrik Gyllenmård nannte, blieb den größten Teil des Tages in seinem Zimmer. Ich hörte oben die Toilettenspülung. Er benutzte also Florences Badezimmer, auf die Idee wäre niemand von uns gekommen, nicht einmal jetzt, wo sie nicht da war.

Gegen sechs tauchte er bei Tessan in der Küche auf und verlangte, das Essen auf sein Zimmer gebracht zu bekommen, und gegen acht hörten wir, wie er die Haustür zuschlug und sich zu einem Spaziergang aufmachte.

Durch die Fenster des Großen Salons sahen wir, wie er raschen Schritts den Pfad zum See hinunterging.

»Was für ein Scheißkerl«, zischte Tessan.

Der junge Mann war inzwischen verschwunden, aber Pontus stand immer noch am Fenster.

»Er war einfach vor uns da«, sagte er ganz ruhig. »Er hat Florence gefunden und ist vor uns in ihre Welt eingetreten. Ich möchte wissen, wann er hier war.«

»Ich habe ihn hier noch nie gesehen«, sagte Tessan. »Florence bekommt überhaupt nie Besuch. Sie ist ein sehr einsamer Mensch.«

»Und seit wann bist du hier?«, fragte Andreas.

»Seit Januar.«

»Also ein gutes halbes Jahr. Das ist keine sehr lange Zeit«, sagte Andreas nachdenklich. »Wer weiß. Florence ist vielleicht doch nicht so einsam, wie wir dachten?«

25

Florence lag in einem Einzelzimmer. Ihr Bett erinnerte an ein hochtechnisiertes Fahrzeug. Ein angenehmes Halbdunkel umgab sie, nur an den Fußleisten leuchteten kleine blaue Lämpchen und eine zur Seite gedrehte Bettlampe verbreitete einen schwachen Schein. Das blaue Licht und die vielen Apparaturen ließen mich an einen Science-Fiction-Film denken. Florence sah aus wie ein Astronaut, der narkotisiert in seiner Kapsel lag, bereit, auf eine jahrelange Reise zu einem anderen Planeten geschickt zu werden.

Tessan sagte ihren Namen, aber Florences Gesicht blieb unbeweglich wie eine Totenmaske.

Weil das Zimmer so dunkel war, dauerte es einen Moment, bis ich bemerkte, dass Tessan und ich nicht die einzigen Besucher waren.

In einer Ecke, ein paar Meter vom Bett entfernt, saß eine ältere Frau und strickte. Ihre dunkelgrauen Haare waren zu einer kurzen Pagenfrisur geschnitten.

»Entschuldigung«, murmelte ich überrascht, »wir wussten nicht, dass Tante Florence Besuch hat.«

»Hier ist genug Platz für uns alle. Setzt euch, meine Lieben.« Die Frau deutete auf die Wand gegenüber, an der zwei weitere Stühle standen.

Wir setzten uns. Im Zimmer lag ein schwerer Geruch von parfümierter Krankenhausseife, dazu kam ein schwacher, aber nicht zu verkennender Geruch nach Urin und Kot. Ich versuchte, nicht allzu tief zu atmen.

»Ich heiße Kerstin Beck«, sagte die Frau und schaute uns aus munteren braunen Augen an, die Stricknadeln in ihren Händen klapperten weiter.

Tessan und ich stellten uns vor. Wir erzählten, dass wir bei Florence arbeiteten.

»Das ist gut. Florence braucht Gesellschaft«, sagte die Frau. Dann schaute sie zum Bett und seufzte leicht. »Obwohl ich nicht weiß, ob sie noch jemals etwas brauchen wird.«

Ich wollte ein wenig Hoffnung verbreiten und sagte deshalb in einem übertrieben forschen Ton:

»Auch hochbetagte Patienten können sich nach einem Schlaganfall wieder ganz erholen. Hat die Ärztin gesagt.«

»Ja, ja«, sagte die Frau. »Wir werden sehen, wie es weitergeht. Florence ist stark. Sie hat schon viel durchgemacht. Vielleicht schafft sie auch das.«

Wir schwiegen eine Weile. Man hörte nur den dumpfen Ton eines Ventilators und das Klappern von Kerstins Stricknadeln. Sie arbeitete offenbar an einem komplizierten Muster.

»Siehst du denn genug bei diesem schlechten Licht?«, fragte Tessan.

»Ich kann sogar im Schlaf stricken«, sagte Kerstin Beck. Sie demonstrierte das, indem sie die Augen schloss und schnarchend den Kopf auf die Schulter legte und weiterstrickte.

Wir lachten und die Stimmung löste sich.

»Kennst du Florence schon lange?«, fragte ich vorsichtig.

»Fast mein ganzes Leben. Wir sind zusammen in die Mädchenschule gegangen.«

»Oh«, sagte ich. »Dann kennst du Florence wohl sehr gut?«

Sie nickte.

»Ja. Weiß Gott.«

»Wie war sie früher? Als ihr zusammen in der Schule wart?«, fragte Tessan schließlich.

Ich warf Florence einen schnellen Blick zu, um sicherzugehen, dass sie wirklich schlief. Vielleicht fand Kerstin es ungehörig, über Florence zu sprechen, wenn sie dabei war?

Aber das Gegenteil war der Fall. Die Worte sprudelten nur so aus ihr heraus:

»Florence war eine wunderbare Freundin! Munter, herzlich und treu. Sehr begabt, sie konnte gut Französisch. Ich fand, sie sollte Sprachlehrerin werden. Das war ja der Beruf, der uns Mädchen offenstand: Lehrerin. War man begabt, konnte man Lehrerin werden. Krankenschwester konnte man natürlich auch werden, aber dafür musste man praktisch veranlagt und geduldig sein, Florence war weder praktisch veranlagt noch geduldig.«

»Wie war sie denn?«

Kerstin ließ die Nadeln sinken und schien nach den richtigen Worten zu suchen.

»Eifrig«, sagte sie schließlich. »Leidenschaftlich. Unglaublich idealistisch. Sie wollte Gutes tun. Sie wollte Sprachen studieren, aber sie konnte sich nicht vorstellen, an einer Mädchenschule zu unterrichten und so zu leben wie unsere Lehrerinnen. Sie hatte Visionen.«

»Was für Visionen?«, fragte Tessan neugierig.

Kerstin Beck warf in einer dramatischen Geste den Kopf zurück.

»Die ganze Welt! Es war ja eine unruhige Zeit, und weil ihr Vater im Außenministerium arbeitete, wusste sie besser als wir anderen, was da draußen passierte. Der Rest der Klasse wusste nichts. In der Schule lernten wir alles über die Kriege längst vergangener Zeiten. Über das, was gerade geschah, sprach niemand mit uns.«

»Sie bewunderte ihren Vater, nicht wahr?«

»O ja! Ihre Mutter starb sehr früh, sie war das einzige Kind, sie hatte ja nur ihn. Sie schrieb ihm beinahe übermenschliche Fähigkeiten zu und glaubte, er habe die Macht, alle großen politischen Probleme zu lösen. Er arbeitete im Ausland, und sie sah ihn deshalb nur selten. Aber sie schrieben sich Briefe und hielten so Kontakt. Ich erinnere mich, dass sie die Briefe mit in die Schule nahm und sie mir im Vertrauen zeigte. Ich durfte von dem, was ich da las, nichts erzählen, weil es vielleicht ›politisch delikat‹ war. Ich erinnere mich, dass es hauptsächlich um die vielen Wehwehchen ihres Vaters ging und die Streiche, die einer seiner Hunde sich einfallen ließ. Triviale Dinge, aber Florence behandelte diese Briefe, als wären es Staatsgeheimnisse. Sie hatte sich sogar spezielle Innentaschen in ihre Kleider genäht, damit sie diese Briefe am Körper tragen konnte.«

Das klang nach der Florence, wie wir sie kannten.

»Sie war also schon damals ein wenig eigen?«, sagte ich.

»Nein, nein. Überhaupt nicht.« Kerstin Beck schüttelte heftig den Kopf. »Ich glaube nicht, dass sie so viel anders war als wir anderen. Diese Schwärmerei gehörte irgendwie in die Zeit. Wir hatten alle große Ideale. Christliche. Nationalistische. Sozialistische. Aber alle *glaubten* an etwas, die einen an dies, die anderen an das. Nach dem Krieg war das anders. Nein, ihre Schwärmerei und Bewunderung war nichts Besonderes. Auch nicht die Geheimniskrämerei. Das gehörte auch dazu. Es gab so viele Dinge, über die man nicht reden konnte: Menstruation, Schwangerschaft, Krankheiten, Konkurse. Ein ständiges Tuscheln und Flüstern. Gefaltete Zettel, die zwischen den Bänken weitergereicht wurden. Heimliche Blicke. Man könnte sagen, Geheimniskrämerei war für uns etwas ganz Normales. Florence war nur ... *etwas mehr*. Etwas leidenschaftlicher, etwas idealistischer, etwas verschwörerischer. Das kam von ihrer Persönlichkeit. Manche Menschen sind einfach so. So wie manche Fernseher: lauter, heller, farbiger.«

»Wer kümmerte sich um Florence, wenn ihr Vater im Ausland war?«

»Für die praktischen Dinge gab es Dienstboten. Einen Chauffeur, der sie jeden Tag in die Schule fuhr. Das fanden wir sehr schick. Aber von Erziehung konnte nicht die Rede sein. Sie wusste, dass es bei uns anderen zu Hause Regeln gab und dass wir streng überwacht wurden. Sie machte sich ihre Regeln selbst: Wie lange sie Hausaufgaben machen, wann sie ins Bett gehen und wie oft sie die Kleider wechseln musste. Sie war sehr streng. Wenn sie gegen ihre Regeln verstieß, bestrafte sie sich selbst.«

»Wie denn?«

»Ausgehverbot. Ohne Abendessen ins Bett. Strafen, die sie von anderen kannte.«

Wir rückten mit unseren Stühle näher an Kerstin Beck heran. Wir hatten fast vergessen, dass Florence bei uns war. Die wachsähnliche, schlafende Gestalt entsprach so gar nicht der Florence, die Kerstin Beck uns beschrieb.

»War ihr Vater nie zu Hause?«, fragte ich.

»Doch, er kam schon manchmal nach Hause. Zu Weihnachten und Mittsommer und so. Aber ich glaube, dann kümmerte er sich mehr um seine Freunde als um Florence.«

»Henry Lagerstedt, Hans Forsell und Fritz Boman«, sagte ich.

»Und Carl Henrik Gyllenmård«, fügte Tessan hinzu.

»Ach ja, ihr kennt sie? Ja, ihr Vater war viel mit ihnen zusammen, wenn er zu Hause war. Und auch Florence. Das war vielleicht nicht so passend für ein junges Mädchen. Ich meine, bei diesen Zusammenkünften wurde ja ziemlich viel getrunken. Aber das war wohl die einzige Möglichkeit, mit ihrem Vater zusammen zu sein. Für sie war es normal. Sie war die Tochter ihres Vaters. Ich glaube, er war stolz auf sie. Sie war intelligent und hübsch und wusste sich zu benehmen. Er führte sie gerne seinen Freunden vor.«

Die Tür wurde geöffnet. Eine Schwester kam herein und wechselte den Tropfbeutel. Wir schwiegen und ich wartete ungeduldig, bis sie damit fertig war.

»Es gibt einen Kaffeeautomaten direkt vor der Tür zur Station«, sagte sie.

»Ein Kaffee wäre nicht schlecht«, sagte Kerstin Beck. »Könntet ihr mir einen Becher holen? Bringt euch selbst auch welchen mit.«

Sie gab uns ein paar Münzen, die sie aus ihrer Handtasche gekramt hatte, und wir gingen los. Als wir mit dem Kaffee zurückkamen, war die Schwester gegangen.

»Was für ein Diplomat war denn Florences Vater? War er Botschafter?«

Kerstin Beck wedelte abwehrend mit der Hand.

»Ernst Wendman? Botschafter? Oh nein, nein, nein. Er war ein ganz normaler Beamter. Als junger Mann ein Hoffnungsträger, aber dann kam der Alkohol ins Spiel und machte alle Chancen auf eine Karriere zunichte. Am Schluss ging es richtig schief. Es gab alle möglichen Gerüchte, was genau passierte, weiß ich nicht. Einflussreiche Freunde retteten ihn vor der Entlassung. Man gab ihm einen Posten, auf dem er keinen Schaden anrichten konnte, er war ein unbedeutender Gehilfe in der schwedischen Botschaft in Kairo. Viel wird er nicht getan haben, er verbrachte seine Zeit vor allem mit Saufen, Roulettespielen und Bordellbesuchen.«

Wir starrten Kerstin Beck verblüfft an.

»Er hatte also keine geheimen Aufträge?«, fragte Tessan. »Er kümmerte sich nicht um Flüchtlinge?«

Kerstin Beck lachte.

»Ach du mein Gott. Er konnte sich ja nicht mal um sich selbst kümmern.«

Ein neues Bild von Ernst Wendman.

»Aber er repräsentierte doch auf Glimmenäs, wenn er zu Hause war? Mit Botschaftern und Staatssekretären?«, sagte ich.

Kerstin Beck war mit ihrem Strickzeug an einer komplizierten Stelle angekommen, die ihre ganze Aufmerksamkeit erforderte. Sie zählte stumm die Maschen.

»Ihr meint die Gäste, die zu den ›Abendeinladungen‹ bei Florence kamen?«, sagte sie abwesend. »Tja.« Sie strickte jetzt wieder munter weiter und schaute uns an. »Einladungen gab es und neben den üblichen Saufkumpanen kamen auch ein paar Gäste mit vornehmen Titeln. Mal ein paar Ausländer. Aber ich bezweifle doch sehr, dass es sich dabei um Botschafter und Staatssekretäre handelte. Das war nicht das Niveau, auf dem Ernst Wendman sich bewegte. Für Florence in ihrer isolierten Situation waren wohl alle diese Gäste imponierende Gestalten aus der großen weiten Welt.«

Drüben im Bett machte Florence einen tiefen, schnarchenden Atemzug, der uns zusammenzucken ließ.

Kerstin Beck stand mühsam auf, ging zu ihrer Freundin hinüber und griff nach ihrer Hand. Ich schaute zu den beiden Frauen. Kerstin, klein und gebeugt, und Florence, die wie eine Königin auf den Kissen ruhte. Ich konnte es kaum fassen, dass das Florence sein sollte, und ich wusste auch, was fehlte: ihr Blick. Der durchdringende blaue Blick. Ihre geschlossenen Augen sahen aus wie Walnüsse.

»Meine Liebe«, sagte Kerstin und streichelte Florences Hand. »Meine liebe, liebe Freundin.«

»Das muss schwer für dich sein, sie so zu sehen«, sagte ich, nachdem sie sich wieder gesetzt hatte.

»Ich weiß nicht«, sagte Kerstin Beck. »Irgendwie ist es auch gut, sie so zu sehen. So friedlich. Und ich glaube, dass sie in diesem tiefen Schlaf gesünder ist als seit langem.«

»Wie lange hat sie denn in ihrer eigenen Welt gelebt?«, fragte ich.

»Florence wurde krank, als sie neunzehn Jahre alt war. Am Weihnachtsabend 1943.«

»Urplötzlich?«

Kerstin Beck nickte.

»Ich hatte sie ein paar Tage vorher noch gesehen. Da ging es ihr ausgezeichnet. Ich bin nach Glimmenäs gefahren, um frohe Weihnachten zu wünschen und ihr ein kleines Geschenk zu bringen. Sie hat mir ein Paar Handschuhe aus weichem Schweinsleder geschenkt. Das war ein viel zu teures Geschenk und ich schämte mich, weil meines so einfach war. Aber Florence dachte nicht so. Sie hatte kein Verhältnis zu Geld. Sie war an diesem Tag so gut gelaunt. Ihr Vater würde nach Hause kommen, wie immer zu Weihnachten, sie hatte den Baum und das ganze Haus geschmückt. Ich weiß noch, dass auf den Bäumen der Allee Reif lag und der See zugefroren war. Alles war so schön.«

Kerstin Beck ließ die Hände sinken und legte das Strickzeug in den Schoß.

»Wir sahen uns nicht mehr so oft wie in der Zeit, als wir noch in die Mädchenschule gingen. Ich weiß noch, wie gut sie aussah. Zuvor war Florence mager und ein wenig unscheinbar gewesen. Aber im letzten Jahr war sie aufgeblüht und hatte an den richtigen Stellen ein paar Kilo zugenommen. Männer begannen sich für sie zu interessieren und sie hatte mir etwas verlegen gestanden, dass sie ein paar Verehrer hatte. Sie zeigte mir das Kleid, das sie hatte nähen lassen und das sie am Weihnachtsabend tragen wollte. Es war aus dunkelroter Seide und schulterfrei. Sie zog es an und ich war … ja, beinahe geschockt. Sie war unglaublich schön, versteht ihr! Der glänzende rote Stoff, der sich an ihren Körper schmiegte und ihre Formen betonte. Ich glaube nicht, dass sie wusste, was für eine Wirkung das Kleid hatte. ›Wenn man das sieht, denkt man doch an Weihnachten, nicht?‹, sagte sie. ›Es ist unglaublich schön‹, sagte ich. ›Aber an Weihnachten denkt man nicht unbedingt.‹«

Der Vater kam am Weihnachtsabend. Sie waren nur zu zweit, sie hatten Weihnachten nie Gäste, das Personal hatte frei bekommen. Der Tisch im Speisezimmer war schon gedeckt, als ich sie besuchte. Sie freute sich so sehr darauf, ihren Vater zu sehen, er war ein ganzes Jahr nicht zu Hause gewesen. Sie aßen zusammen und Ernst Wendman trank natürlich einige Schnäpse zum Essen und dann Cognac zum Kaffee und danach trank er weiter, wie er es gewohnt war.

Was dann passierte, war, davon bin ich überzeugt, ein Versehen. Ernst hat sich ganz einfach geirrt. Ihr müsst verstehen, das war ein Mann, der schon mal in einen Schrank pinkelte, weil er dachte, es sei die Toilette, und der Blumenwasser trank, weil er es mit einem Drink verwechselte. Für solche Vorkommnisse gibt es Zeugen. Es ist also nicht ausgeschlossen, dass er im Rausch Florence für eine der Prostituierten hielt, die er regelmäßig besuchte. Sie hatte sich seit seinem letzten Besuch zu Hause sehr verändert. Und dann dieses Kleid! Vielleicht begann es mit Zärtlichkeiten, die sie nicht rechtzeitig zurückwies. Er war schließlich ihr geliebter, bewunderter Vater, nach dem sie sich so lange gesehnt hatte. Und irgendwann war jeder Widerstand zwecklos. Ernst Wendman war stark wie ein Stier, auch wenn er betrunken war.«

»Du meinst, er hat sie vergewaltigt?«, rief Tessan aus. »Seine eigene Tochter?«

Kerstin Beck nickte.

»Dieses Schwein!«

»Hat Florence es dir erzählt?«, fragte ich.

»Nein. Sie hat nie darüber gesprochen. Ich weiß nicht einmal, ob sie sich daran erinnert. Doktor Lagerstedt, Ernsts Freund und Saufbruder, wurde spät am Weihnachtsabend angerufen. Ernst lallte etwas von einem Unfall und Lagerstedt fuhr hin. Florence lag verletzt und bewusstlos im Garten. Sie war vom Balkon gesprungen.«

»Ein Selbstmordversuch?«

»Vielleicht. Oder ein verzweifelter Versuch zu fliehen.«

»Aus dem Zimmer des Vaters? Das ist das einzige Zimmer

mit einem Balkon«, bemerkte ich. »Hat er sie dort vergewaltigt?«

»Auf jeden Fall ist sie von dort gesprungen. Wenn er zu Hause war, saß er dort oft an seinem Schreibtisch und diktierte ihr Briefe. Er machte sie glauben, dass er mit sehr wichtigen politischen und geheimen Angelegenheiten betraut war, und sie hatte so das Gefühl, daran teilzuhaben. Tatsächlich wäre niemand auf den Gedanken gekommen, Ernst Wendman mit solchen Aufgaben zu betrauen. Gleichwie, sie sprang also von diesem Balkon. Und statt nach einem Krankenwagen zu telefonieren, rief Ernst also seinen Freund Henry Lagerstedt an, der nicht richtig verstand, worum es ging, sich dann aber mit dem Auto auf den Weg nach Glimmenäs machte und seine Familie unterm Weihnachtsbaum zurückließ. Vermutlich war auch er nicht mehr nüchtern. Er erkannte wenigstens den Ernst der Lage und rief einen Krankenwagen. Er fuhr selbst mit und übernahm das Kommando, als sie im Akademischen Krankenhaus ankamen. Er war ja Oberarzt dort.«

Als sollte ihr Bericht noch akustisch untermalt werden, hörte man von draußen das Martinshorn.

»War sie schwer verletzt?«, fragte ich.

»Ja. Erstaunlicherweise trug sie keine bleibenden körperlichen Schäden davon. Aber ihr psychischer Zustand war schlecht. Sie musste monatelang im Krankenhaus bleiben. Dann war die Rede von einer Psychiatrie, aber das wollte ihr Vater nicht. Er kündigte seinen Job in Kairo und zog wieder nach Hause. »Um seine Tochter zu pflegen«, wie es hieß. Aber es war eher so, dass sie ihn pflegen musste.

Ich besuchte sie immer wieder. Es war wirklich tragisch. Ein alter Trunkenbold, der sich allmählich zu Tode trank, und seine schöne, begabte Tochter, die in einer Traumwelt lebte. Es war eigentlich ein Fluch, dass sie so viel Geld hatten. Dienstboten und Handwerker kümmerten sich um die praktischen Dinge.

Sie konnten sich alles nach Hause schicken lassen und brauchten Glimmenäs eigentlich nie zu verlassen.«

»Woher kam das Geld?«

»Von Florences Mutter. Ernst hatte auf Glimmenäs eingeheiratet. Damals war er noch ein vielversprechender junger Mann. Den Job im Außenministerium hatte er seinem Schwiegervater zu verdanken, vermute ich.«

»Entschuldige, aber ich muss das fragen. Wie kannst du so sicher sein, dass Florence wirklich vergewaltigt wurde?«, fragte Tessan. »Sie selbst hat ja keinerlei Erinnerungen an das, was passiert ist.«

Kerstin Beck ließ das Strickzeug wieder sinken. Sie seufzte tief.

»Zunächst wusste ich natürlich überhaupt nichts darüber. Es war mir ein Rätsel, wieso sie, die am Tag zuvor fröhlich wie eine Lerche war, sich am nächsten vom Balkon stürzen konnte. Nervenzusammenbruch, hieß es. Was immer das sein mag. Wenn wir uns trafen, sprachen wir öfter von ihrer Zeit im Krankenhaus, sie schien nicht richtig verstanden zu haben, warum sie dort war. Später half ich ihr, Einsicht in ihre Krankenakte zu bekommen. Einige ihrer Verletzungen führte man auf eine brutale Vergewaltigung zurück. Und genau solche Gerüchte hatten ja auch zur Versetzung von Ernst Wendman geführt. Er soll eine Putzfrau vergewaltigt und misshandelt haben. Damals hatte es keine polizeiliche Untersuchung gegeben. Und jetzt auch nicht. Doktor Lagerstedt schützte natürlich seinen Freund. Ernst kam mal wieder glimpflich davon.«

»Diese Kerle sind ja richtig widerlich!«

Tessan sagte das so laut, dass ich schon fürchtete, sie könnte Florence wecken.

»Hat Florence ihre Krankenakte gelesen?«

»Ja. Aber sie wehrte alles ab und behauptete, ich hätte eine falsche Akte bekommen. Nach ihrer Erinnerung hatte sie am besagten Abend mit ihrem Vater ein wunderbares Weihnachtsessen eingenommen und war danach mit ihm in sein Zimmer gegangen, wo er ihr wichtige Papiere gezeigt hatte. Und das war's. Sie liebte und achtete ihren Vater, solange er lebte. Und als er starb, weigerte sie sich, seinen Tod zu akzeptieren, und sagte allen Leuten, er sei in der Botschaft in Kairo und arbeite. Ernsts Freunde richteten die Beerdigung aus, Florence nahm daran teil, aber es schien ihr nicht klar zu sein, dass es sich um die Beerdigung ihres Vaters handelte. Sie entschuldigte ihren Vater bei den anderen. Er wäre gerne gekommen, aber er habe wichtige Aufgaben zu erledigen und könne nicht reisen.«

Kerstin Beck schwieg und schüttelte traurig den Kopf.

Ich hatte schon die ganze Zeit über etwas nachgedacht und stellte schließlich meine Frage:

»Weißt du etwas über eine Wendman'sche Gesellschaft?«

»Oh ja.« Ihre Augen blitzten. »Hat Florence euch davon erzählt?«

»Sie hat sie erwähnt.«

»Ja, Ernsts Freunde gründeten sie nach seinem Tod zusammen mit Florence. Die Gesellschaft erlaubte es ihnen, auch nach seinem Tod noch prunkvolle Abendessen auf Glimmenäs zu veranstalten. Florence bezahlte natürlich alles.«

»Hatten sie sonst noch irgendwelche Aufgaben?«, fragte ich.

Kerstin hob die Schultern und schaute skeptisch:

»Soweit ich weiß, haben sie außer zu schlemmen und zu trinken nicht viel gemacht. Vielleicht mal eine Partie Bridge.«

Andreas und Pontus hatten also richtig vermutet.

»Ich nehme an, man sprach auch über Ernst Wendmans große Verdienste. Die Freunde im Imperfekt und Florence im Präsens. Ich glaube nicht, dass jemand sie korrigiert hat.«

»Die arme Florence«, sagte ich.

Ich musste an die alten Männer denken, die auf Glimmenäs um den Esstisch saßen und zusammen mit der verwirrten Florence Jahrgangsweine in sich hineinschütteten. Und ich musste daran denken, wie wir, in der neuen Wendman'schen Gesellschaft – Tessan, Judit, Pontus, Andreas und ich – um den gleichen Esstisch gesessen, Florences Wein getrunken und Pläne geschmiedet hatten, was wir mit ihrem Vermögen machen könnten. Ich spürte einen trockenen, brennenden Schmerz in der Brust.

»Ja, die arme Florence«, sagte Kerstin Beck leise.

»Der Weihnachtsabend 1943 war ihr letzter gesunder Tag. Dann blieb ihre Uhr stehen. Ganz gleich wie viele Wanduhren, Standuhren und Tischuhren sie um sich versammelt hat. Ihre innere Uhr ist an diesem Abend stehengeblieben.«

Sie schwieg und weder Tessan noch ich wussten darauf etwas zu sagen.

Ich schaute zur schlafenden Florence hinüber. Das hochtechnisierte Bett hatte keine Beine, es ruhte wie ein Trampolin auf einem Sockel. In der Dunkelheit sah es aus, als würde es schweben.

»*Aber*«, sagte Kerstin Beck in einem ganz anderen Ton und ihre schwarzen Augen blitzten unter dem grauen Pony. »Ich glaube, mit diesem Schlaganfall ist etwas mit Florence passiert. Was soll ich sagen: Kurz bevor ihr gekommen seid, war sie einen Augeblick wach!«

»Was!«, rief Tessan aus.

»Ich streichelte ihr über die Stirn und plötzlich schaute sie mich mit ihren blauen Augen an. In diesem Blick war etwas, das ich seit vielen, vielen Jahren nicht mehr bei ihr gesehen habe. Etwas Klares und Gesundes. Sie *erwiderte* meinen Blick. Sie schaute nicht nur durch mich hindurch, mit ihrem überlegenen kleinen Lächeln, ihr wisst schon.«

Ich wusste genau, was Kerstin Beck meinte.

»Sie sah *mich*! Sie war zutiefst traurig. Ich klingelte nach der Schwester, nahm ihre Hand und sprach beruhigend auf sie ein.

Als die Schwester kam, hatte Florence die Augen wieder geschlossen. Die Schwester meinte, es sei nur ein Reflex, Florence öffne manchmal die Augen, wenn man sie berühre. Das bedeute nicht, dass sie wach sei. Aber ich bin überzeugt davon, dass sie mich gesehen hat. Und auch wenn sie jetzt schläft, in ihrem Schlaf ist sie ganz gesund.«

Tessan schaute erschrocken.

»Du meinst, wenn sie aufwacht ...«

»Dann werdet ihr eine ganz andere Florence kennenlernen«, sagte Kerstin Beck bestimmt. »Eine Florence, wie ihr sie noch nie gesehen habt.«

Sie verstaute ihr Strickzeug in einem Stoffbeutel.

»Ich glaube, für mich wird es langsam Zeit, zum Bahnhof zu kommen. Ich werde die Schwester bitten, mir ein Taxi zu rufen. Übrigens: diese Kleider, die ihr anhabt. Stammen sie aus dem Schrank von Florence? Sie hatte eine Unmenge von Kleidern, das weiß ich noch.«

»Ja, das sind ihre«, gab ich ein wenig verschämt zu. »Sie möchte, dass wir sie tragen.«

»Und sie sind doch auch schön, nicht?«, sagte Tessan und strich mit der Hand über ihre Schulterpolster. »Ich liebe die Mode der vierziger Jahre. Die Kleider waren damals so elegant geschnitten. Ich fühle mich wie Katharine Hepburn oder Vivian Leigh.«

»Wirklich?« Kerstin Beck rümpfte die Nase. »Ich kann die Mode jener Zeit nicht ausstehen. Krieg und Rationierung und Mangel. Daran muss *ich* denken.«

26

»Wir können dich zum Bahnhof fahren«, sagte Tessan.

Während der kurzen Autofahrt sprachen wir nichts, ich musste die Geschichte, die Kerstin Beck uns erzählt hatte, erst einmal verdauen. Ich hatte jetzt ein anderes Bild von Florence.

Aber Kerstin hielt noch weitere Überraschungen für uns bereit.

Als wir am Bahnhof angekommen waren, stellte sich heraus, dass ihr Zug gerade abgefahren war und sie fünfzig Minuten auf den nächsten warten musste.

»Wir haben es nicht eilig«, sagte Tessan. »Wir warten gerne mit dir und schauen, dass du in den richtigen Zug kommst.«

»Danke, aber ich glaube, das schaffe ich auch allein«, antwortete Kerstin Beck. »So gebrechlich bin ich noch nicht. Aber ich kenne mich in diesem neuen Bahnhof nicht aus. Es scheint keinen richtigen Wartesaal mehr zu geben.«

Wir gingen zu einem Café, das sich neben der Rolltreppe befand. »Dieses Mal laden wir dich ein«, sagte Tessan und machte sich auf den Weg zur Theke.

»Wie hast du von Florences Schlaganfall erfahren?«, fragte ich Kerstin.

»Irgendjemand hat es mir erzählt. Wer war das nur?« Kerstin dachte nach. »Ach ja, es war Torsten Furell, er hat mich angerufen.«

Florences Zahnarzt. Wir hatten den Termin mit dem Hinweis auf ihren Schlaganfall storniert.

»Ihr kennt euch also?«

»Was heißt schon kennen. Uppsala war früher eine kleine Stadt. Nicht wie jetzt.«

Sie nickte in Richtung der Rolltreppe, die einen ständigen Strom von Reisenden beförderte.

»Ich war seine Patientin, als ich noch hier gewohnt habe. Er weiß ja, dass ich mit Florence befreundet bin, und dann dachte er sich wohl, dass ich wissen sollte, dass sie krank ist. Ja, das war nett von ihm, dass er mich angerufen hat. Aber ich habe erst jetzt kommen können. Meine Hüfte macht Probleme. Letzte Woche konnte ich kaum aufstehen. Aber Tobias ist ja gleich hingefahren. Er hat sich große Sorgen gemacht, als er hörte, was passiert ist. Er wird auf Glimmenäs bleiben, bis Florence wieder gesund ist, sagt er. Ja, ja. Ist er sehr anstrengend? Carl Henrik, meine ich. Macht er seine Späße mit euch?«

Ich war mir nicht sicher, ob ich richtig gehört hatte, und schaute Tessan, die gerade mit Kaffee und Blaubeermuffins zurückkam, fragend an. Sie stellte das Tablett so heftig ab, dass der Kaffee überschwappte.

»Carl Henrik? Hast du Carl Henrik gesagt?«, sagte sie. »Kennst du ihn?«

Es war beinahe gespenstisch. Kerstin Beck schien jeden Menschen zu kennen, den wir in der letzten Zeit getroffen hatten.

»Ja, *ihn* kenne ich sehr gut«, antwortete Kerstin Beck mit einem breiten Lächeln und nahm die Tasse, die Tessan ihr reichte. Den verschütteten Kaffee tupfte sie vorsichtig mit einer Serviette auf. »Er ist mein Enkelsohn, müsst ihr wissen. Mein einziges Enkelkind. Er ist ein wenig eigen, nicht wahr? Ihr findet ihn sicher unerträglich?«

Als wir noch über eine diplomatische Antwort nachdachten, fuhr sie schon fort:

»Ihr findet ihn unerträglich. Viele tun das. Aber er kann nichts dafür. Jungen wie er haben es nicht leicht. Er war schon immer ein Sonderling und wurde in der Schule gnadenlos gehänselt. In seiner Klasse gab es nicht viele, die Karl XII. als Idol hatten.«

»Nein. Das ist nicht sehr üblich«, murmelte Tessan.

»Er war völlig verrückt nach Karl XII. Las alles, was er finden konnte.«

»Heißt er wirklich Carl Henrik Gyllenmård?«, fragte ich.

»Ja, jetzt heißt er so. Eigentlich heißt er Tobias Beck, aber sobald er volljährig war, nahm er den Familiennamen Gyllenmård an, nach dem Großvater seiner Mutter. Ein berühmtes Original aus Uppsala, Professor für Archäologie.«

»Und Mitglied der Wendman'schen Gesellschaft?«, fragte ich.

»Genau. Er gehörte auch dazu. Tobias liebte es, wenn ich ihm von früher erzählte, und von den Geschichten über seinen exzentrischen Urgroßvater konnte er nie genug kriegen. Carl Henrik war sein zweiter Vorname und in der Schule unterschrieb er seine Aufsätze mit Carl Henrik Gyllenmård. Er fand, es sei ein Skandal, dass der vornehme Name Gyllenmård aus der Familie verschwunden war.«

»Und jetzt heißt er also wirklich so?«

»Ja, weil es ein alter Familienname war, konnte er ihn annehmen. Er fand, für einen Antiquitätenhändler sei es ein passender Name, und er hatte seinen richtigen Namen nie gemocht. Es klänge nach einem jungen Kerl und er hatte nie ein junger Kerl sein wollen. Er ist als Herr mittleren Alters auf die Welt gekommen.« Kerstin Beck lachte. »Oder etwa nicht? Ihr habt ihn doch kennengelernt.«

»Ja, er ist ein wenig altmodisch«, gab Tessan zu.

Kerstin Beck wurde wieder ernst.

»Er hat es nicht leicht gehabt, müsst ihr wissen. Als Kind hatte er nie Freunde. Als er zehn, elf Jahre alt war, kam ich auf die Idee, ihn mit zu Florence zu nehmen. Ich dachte, sie könnten gut zusammenpassen, sie lebten ja beide nicht richtig in der

Gegenwart. Und Florence hatte ja keine Kinder. Ich hatte recht, wie sich herausstellte. Sie waren sofort voneinander begeistert. Manchmal war ich fast ein wenig eifersüchtig. »Hallo«, sagte ich dann. »Ich bin deine Großmutter, Tobias.« Als er älter war, fuhr er alleine hin. Jetzt wohnt er in Karlstad und handelt mit Antiquitäten. Er fährt auf Märkte und Auktionen und kauft alte Gegenstände und Möbel. Obwohl er noch so jung ist, hat er viel Erfahrung und ein Händchen für sein Geschäft. Er ist richtig erfolgreich. Ja, das sage ich nicht nur, weil ich seine Großmutter bin. Er ist wirklich tüchtig, in ein paar Jahren will er sich selbständig machen. Aber er muss natürlich hart arbeiten. Weder ich noch Florence haben ihn im letzten Jahr viel gesehen. Früher ist er, so oft er konnte, nach Glimmenäs gefahren. Florence hat ihn immer wie einen Prinzen behandelt. Sie hat ihn schrecklich verwöhnt.«

Kerstin Beck lächelte vor sich hin.

»Es war phantastisch, die beiden zusammen zu sehen. Sie haben sich wirklich gut verstanden. Tobias hat sich richtig Sorgen gemacht, als ich ihm von Florences Schlaganfall erzählte. Er ist sofort hingefahren. Ja, ich nenne ihn immer noch Tobias, wie seine Eltern. Aber Florence nennt ihn immer Carl Henrik.«

Im Lautsprecher wurde Kerstins Zug angekündigt. Wir brachten sie auf den Bahnsteig und halfen ihr in den Zug.

»Vielen Dank.«

»Wir haben zu danken. Es war sehr nett, dich kennenzulernen«, sagte Tessan. »Wir melden uns, wenn es etwas Neues zu Florence gibt.«

»Das ist nicht nötig. Carl Henrik wird mich auf dem Laufenden halten. Und erzählt ihm nichts von meinem Strickzeug.«

Sie klopfte auf die Stofftasche:

»Der Pullunder. Der ist eine Überraschung. Zu seinem Geburtstag.«

Als der Zug abgefahren war, blieben wir auf dem Bahnsteig stehen und starrten uns an. Mir war fast schwindelig von all den Dingen, die Kerstin Beck uns erzählt hatte, und Tessan ging es genauso.

27

»Ich habe den alten Carl Henrik Gyllenmård gefunden, der ist in Strängnäs gestorben. Ich konnte doch nicht wissen, dass es noch einen gibt«, sagte Pontus ärgerlich.

»Du hast es doch überprüft, hast du gesagt.«

»Er war nicht im Telefonbuch.«

»Mein Gott, du solltest doch wissen, dass viele Leute eine Geheimnummer haben und da gar nicht verzeichnet sind«, sagte Tessan.

Wir waren unten am Steg, wo wir gebadet hatten. Launische Winde zogen über die Bucht und bildeten feine Muster auf der Wasserfläche des Sees.

»Ich habe den Namen gegoogelt und keinen Treffer bekommen. Der Kerl existiert nicht.«

»Ganz offensichtlich tut er es doch«, sagte Tessan, drückte etwas Sonnencreme auf die Handfläche und cremte ihre kugelrunden Brüste ein.

»Nicht alle hinterlassen Spuren im Netz«, sagte ich.

Judit hatte sich in einen riesigen Bademantel gekuschelt, den sie in der Kleiderkammer gefunden hatte. Wie immer nach dem Baden fror sie und zitterte, dass die Zähne klapperten.

»Mei ... meint ihr, dass er das Te ... stament kennt?«, kam es abgehackt aus der Kapuze.

»Selbstverständlich«, sagte Pontus. »Deswegen ist er hier. Er will seine Interessen anmelden.«

Ich musste an den einsamen Jungen denken, von dem Kerstin Beck erzählt hatte.

»Er ist vielleicht hier, weil er sich Sorgen um Florence macht. Sie ist wie eine Großmutter für ihn«, sagte ich.

Tessan schnaubte.

»Und warum haben wir ihn dann nicht schon früher hier gesehen? Warum kommt er erst, wenn sie bewusstlos ist? Martina, kannst du mir den Rücken eincremen?«

Sie reichte mir die Flasche. Ich verteilte die Lotion auf ihrem schmalen Rücken und verstrich sie mit der Handfläche. Der süßliche Kokosduft löste Bilder von exotischen Stränden aus, die ich nie besucht hatte.

»Ich verstehe nicht, wieso das Ehepaar Tobiasson bezeugen konnte, dass Florence im Vollbesitz ihrer Kräfte war«, fuhr Tessan fort. »Laut Kerstin Beck war sie psychisch krank, seit sie neunzehn war.«

»Aber überleg doch mal«, sagte Andreas. »Wenn jemand, den du gut kennst und von dem du abhängig bist, dich bitten würde, ein Testament zu bezeugen – würdest du dich da weigern und sagen ›Tut mir leid, das kann ich nicht, du bist nicht bei Verstand‹? Das wäre doch sehr dumm.«

»Oder die Tobiassons hatten sich inzwischen an die Macken von Florence gewöhnt, für sie war sie nicht verrückt«, sagte ich und dachte daran, wie schnell ich mich an ihre Welt angepasst hatte. »Auf jeden Fall waren sie es gewohnt, ihr zu Diensten zu sein. Und wenn sie diesen Satz schrieb und dann sagte ›unterschreib hier‹, dann haben sie das wohl auch gemacht.«

»Und muss in einem Testament kein Geburtsdatum stehen? Reicht da Carl Henriks Name?«, sagte Tessan.

Sie wollte sich gerade auf den Bauch legen, als ihr einfiel, dass dies mit ihren Silikonbrüsten nicht ging. Sie zog eine Grimasse und rollte sich auf die Seite.

»Der Name genügt. Ich habe das überprüft«, sagte Pontus. »In diesem Fall ist völlig klar, um wen es geht, denn es gibt nur eine Person dieses Namens.«

»Dieses Ekel erbt also Glimmenäs?« Tessan setzte sich wieder auf. »Dann verbrenne ich lieber das Testament, dann geht alles an den Staat.«

»Er hat vielleicht eine Kopie«, sagte Andreas.

Judit legte den Finger auf den Mund.

»Er ist da«, sagte sie mit einem Nicken Richtung Ufer.

Ohne dass wir es bemerkt hatten, war Carl Henrik zum See heruntergekommen. Über die Rispen des Schilfs hinweg konnten wir sehen, wie er sorgsam sein Hemd faltete und auf einen Stein legte. Dann setzte er sich in einen Liegestuhl, den er aus dem Garten zum See getragen hatte, und blätterte in einer Zeitschrift. Sein Körper war völlig weiß, den Kopf schützte er mit einem Panamahut.

»Hallo!«, rief Judit.

Carl Henrik schaute auf.

»Ich habe mich gerade gefragt, wo ihr seid. Macht ihr Pause?«, fragte er.

»Sollen wir ihn vom Steg in den See werfen?«, flüsterte Tessan.

»Wir sollten uns vielleicht mit ihm anfreunden«, sagte ich. »Wenn Glimmenäs ihm gehört, lässt er uns vielleicht hier wohnen. Er hat ja nichts gegen Dienstboten.«

»Nie im Leben mache ich das Dienstmädchen für ihn«, zischte Tessan.

»Ich bin lieber Dienstmädchen auf Glimmenäs als arbeitslos«, sagte ich.

Ein Windstoß vom See brachte die Seiten von Carl Henriks Zeitschrift zum Flattern. Er stand auf und spazierte langsam am Ufer entlang, die Hände auf dem Rücken und den Blick gesenkt, als ob er etwas Interessantes im Wasser entdeckt hätte.

Ich legte mich neben Tessan, schloss die Augen und lauschte dem Rascheln des Schilfs und dem Glucksen der Wellen unter dem Steg. Ich war fast eingeschlafen, als Tessan laut auflachte.

»Ha, ha, sein Hut ist weggeflogen«, sagte sie schadenfroh.

Carl Henrik stand mit den Füßen im flachen Wasser und schaute seinem Panamahut hinterher, der schaukelnd davonschwamm.

Ein Windstoß trieb den Hut noch weiter hinaus. Wir verfolgten das Geschehen interessiert vom Steg aus.

»Aufgepasst! Ich glaube, er schwimmt in eure Richtung!«, rief Carl Henrik aufgeregt.

Eigensinnig, als hätte er ein eigenes Leben, bewegte der Hut sich auf dem Wasser. Einmal flog er fast, dann lag er wieder auf dem Wasser und rotierte friedlich auf der Stelle. Dann ließ er sich von den Wellen brav wieder Richtung Ufer treiben, schoss noch einmal davon und glitt schließlich gemächlich neben uns an der Badetreppe vorbei. Wenn einer von uns im richtigen Moment die Treppe hinuntergeklettert wäre, hätte er ihn zu fassen bekommen. Aber niemand tat etwas.

»Aber so fasst ihn doch! Fasst ihn!«, rief Carl Henrik. Er stand bis zur Taille im Wasser und patschte verzweifelt und sinnlos aufs Wasser, dass es nur so spritzte. »Er ist handgemacht! Aus Ecuador!«

Andreas machte Anstalten, die Leiter hinunterzuklettern, aber Pontus legte ihm die Hand auf den Arm.

Der Hut glitt vorbei und damit auch der richtige Moment. Ein wenig später war er weit draußen in der Bucht.

»Das war gemein«, murmelte ich. »Wir hätten ihn holen sollen.«

Erst jetzt warf Pontus sein Badetuch ab und sprang ins Wasser. Mit schnellen, gezielten Kraulzügen schwamm er zum Hut. Er griff nach ihm, setzte ihn auf und schwamm langsam ans Ufer zurück. Er nahm den klatschnassen Hut ab und drückte ihn Carl Henrik auf den Kopf.

»Bitte sehr«, grinste er.

Von der Krempe tropfte das Wasser auf Carl Henriks bleiche Schultern. Er sah so jämmerlich aus, dass einem das Herz weh tat. Auf einmal sah ich den gehänselten Schuljungen. Ich ging zu ihm.

Sorgfältig und langsam drückte Carl Henrik das Wasser aus dem Hut.

»Ich hoffe, er ist nicht ruiniert«, sagte ich dumm.

»Oh, das macht ihm nichts. Der ist von bester Qualität.«

In seiner Stimme lag eine kühle Würde, schmerzlich und ein bisschen zum Fürchten.

Ich wollte etwas Freundliches sagen, etwas Versöhnliches. Er schaute mich feindselig an. Ich zuckte zusammen und lächelte verkrampft und hörte mich sagen:

»Wir wollen heute Abend ein bisschen feiern. Willst du dazukommen?«

Hatte er richtig gehört?

»Hier auf Glimmenäs?«

»Ja.«

Ich bereute meine Einladung bereits.

»Wer kommt denn alles?«

»Niemand. Nur wir.«

Sein Gesicht drückte Verwirrung aus. Er machte eine fragende Geste zum Steg hin.

»Genau«, bekräftigte ich. »Wir.«

»In der Küche?«

»Nein. Im Speisesaal. Florence liebte Feste. Aber meistens schlief sie ein, bevor es anfing.«

Vielleicht irrte ich mich, aber ich glaube, er lächelte ein bisschen.

»Ja«, sagte er. »Das stimmt.«

Er formte seinen Hut mit routinierten Bewegungen, hielt ihn prüfend hoch.

»Ein Fest?«, sagte er nachdenklich. »Ja, ich glaube, Tante Florence hätte nichts dagegen. Ich glaube, es würde ihr sogar gefallen. Gibt es auch etwas zu essen?«

Ich nickte.

»Um acht? Aperitif im Großen Salon um halb acht?«

Ich nickte.

Er wedelte mit dem Hut, um ihn vollends zu trocknen, und setzte ihn dann auf. Er hatte nun wieder seine ursprüngliche Form.

»Ausgezeichnet«, sagte er. »Abgemacht.«

28

Wir standen mit unseren Gläsern vor dem großen, goldgerahmten Spiegel, aber die rotgeflammte Schicht auf dem Glas machte das Bild dunkel und unscharf, wie ein nachlässig fixiertes Foto.

Ich fand, wir sahen hinreißend aus. Tessan hatte die Schürze und die Haube in der Küche gelassen und trug das weinrote, schmale Kleid, das viel besser zu ihrem wohlgeformten Körper passte als zu meinem. Ich trug ein giftgrünes plissiertes Kleid mit einem kleinen Kragen. Die Männer hatten ihre Anzüge an und sogar Judit hatte etwas Elegantes aus cremefarbener Seide gefunden. Sie war jetzt schlank und nicht mehr ausgemergelt, die Jeanne-d'Arc-Frisur stand ihr gut.

Als Letzter tauchte Carl Henrik auf, in einem großkarierten Anzug mit Weste und Uhrkette. Tessan reichte ihm einen Drink. Die Stimmung war leicht angespannt.

»Tja, dann also Prosit, nicht wahr?«, sagte Tessan. »Ich weiß nicht, wer hier wen willkommen heißt, jetzt trinken wir einfach.« Sie erhob ihr Glas, nickte allen zu und trank. »Warum stehen wir? Wir können uns auch setzen.«

Aber niemand setzte sich.

»Das schmeckt gut«, sagte Andreas. »Was ist das?«

»Orange Blossom. Sehr beliebt in den schwarzen Clubs in Amerika während der Prohibition. Seid ihr sehr hungrig? Das Essen steht im Ofen und ist bald fertig.«

Es entstand eine Pause, wir suchten ein Gesprächsthema. Carl Henrik brach die Stille und sagte:

»Ich könnte euch inzwischen das Haus zeigen.« Er merkte,

dass wir zusammenzuckten, und fuhr fort: »Ja, ich weiß, dass ihr seit einiger Zeit hier wohnt und euch gut auskennt. Aber ich glaube nicht, dass Tante Florence euch all die wunderbaren Sachen gezeigt hat, die es hier gibt. Man wird so leicht betriebsblind. Wie wäre es vor dem Essen mit einer kleinen Führung durch die schwedische Kulturgeschichte? Ihr könnt ja die Drinks mitnehmen.«

Pontus zuckte mit den Schultern und sagte wenig begeistert: »Warum nicht?«

Carl Henrik führte uns von einem Zimmer ins nächste und erzählte uns Geschichten über die Möbel, die Teppiche, die Uhren, das Treppengeländer und sogar über die Tapeten. Ich hatte keine Ahnung, wie viele Geschichten in diesem Haus, das mir inzwischen so vertraut war, steckten. Und Carl Henrik kannte sie alle. Erstaunlich, wie viel er über eine Verzierung in der Tür oder über die Rückenlehnen der Stühle am Esstisch zu erzählen wusste.

Tessan war nicht so beeindruckt. Sie unterdrückte ein Gähnen und ging in die Küche, um den Braten aus dem Ofen zu holen. Als sie zurückkam, standen wir zwischen den Uhren und Porträts im Kleinen Salon. Jetzt wurde auch Tessan neugierig.

»Was weißt du über dieses Bild?«, fragte Andreas und zeigte auf das Porträt des jungen Mannes mit dem gelben Pullunder.

Carl Henrik drehte sich zum Gemälde um.

»Ah, das! Da gibt es wohl keinen Zweifel, wen es darstellt?« Er zwinkerte uns zu. »Das ist ein Geschenk von mir an Tante Florence.«

»Aber ... es ist doch alt?«, sagte Judit verwirrt.

Carl Henrik lächelte. »Und warum glaubst du das? Weil es alt aussieht? Tatsache ist, dass ich es vor vier Jahren habe malen lassen. Es wurde einfach nur im alten Stil gemalt, von einem Porträtkünstler, der die alten Techniken beherrscht.«

Ich schaute mir das Bild aus der Nähe an.

»Ich hätte ohne weiteres auf 1920 oder 1930 getippt«, sagte ich. »Es ist gut.«

»Unglaublich gut. Der Künstler ist sehr beliebt. Und seine Porträts haben ihren Preis. In anderen künstlerischen Zusammenhängen mögen die Leute kühne Experimente, aber wenn es um Porträts geht, sind die meisten erstaunlich konservativ.«

Er ging zu den anderen Gemälden.

»Die Menschen haben früher anders geschaut«, behauptete er und studierte ein kleines Aquarell aus der Nähe.

Er machte ein paar Schritte zurück und forderte uns auf, es ganz genau anzuschauen.

»Versteht ihr, was ich meine? Sie haben die *kleinen* Unterschiede sehen können. Glanz, Licht, Schatten und Tiefe.«

Er klopfte leicht mit der Handfläche auf die gewölbte Walnusskommode unter dem Bild.

»Schwedisches Rokoko. Um 1740. Hervorragendes Handwerk bis ins kleinste Detail. Der Schöpfer dieses Möbels wollte etwas machen, das noch lange über seinen Tod hinaus Bestand hat. Es sollten sich noch viele Generationen daran freuen können. Er wurde vermutlich nicht reich mit seiner Arbeit. Aber er verspürte handwerklichen Stolz, ein Gefühl, das den Möbelmachern von heute völlig abgeht.«

Er hatte mit einer solchen Entschiedenheit und Hingabe gesprochen, dass wir anderen verstummten und ihn nur noch anstarrten.

»Tante Florence hat schon gewusst, warum sie in der Vergangenheit lebte. Unsere Zeit ist nicht viel wert«, fuhr er fort und ging aufgeregt im Zimmer hin und her. Er schien nicht gemerkt zu haben, dass er im Imperfekt über Florence gesprochen hatte. »Die Leute kommen zu mir, ich soll ihre antiken Gegenstände bewerten, und alles, was sie wissen wollen, ist: Was ist es wert? Und damit meinen sie: Was ist es in *Geld* wert? Das ist der einzige Wert, den sie kennen.«

Er schaute uns der Reihe nach an, wir fühlten uns unwohl, wie ertappt.

Damit war die Vorlesung zu Ende. Er wandte sich an Tessan: »Wie weit ist das Essen?«

Was hatte ich erwartet, als ich Carl Henrik zu einem gemeinsamen Essen einlud? Vermutlich dachte ich, dass wir uns gut mit ihm stellen sollten.

Judit hatte vorgeschlagen, ihn in die wiederbelebte Wendman'sche Gesellschaft einzubinden: »Dann können wir alle die Sachen machen, die wir uns ausgedacht haben. Es ist doch egal, ob ihm Glimmenäs gehört, Hauptsache, er macht mit und lässt uns hier wohnen.«

»Du sagst kein Wort über die Gesellschaft«, hatte Pontus geantwortet. »Das ist im Moment nicht interessant.«

»Aber wie sollen wir uns ihm gegenüber verhalten?«

»Ganz normal. Wir sind einfach nett und freundlich.«

Das Essen bestand aus einem Kalbsbraten mit Kartoffeln, Soße und Erbsen aus der Dose. Es stellte sich heraus, dass Carl Henrik Erbsen aus der Dose liebte, er fand sie viel besser als die tiefgekühlten.

»Ich weiß nicht, was beim Konservieren passiert, aber es scheint ein Prozess zu sein, der den Geschmack vorteilhaft beeinflusst. Tiefgekühlte Erbsen schmecken im Prinzip nach nichts. Außerdem haben sie eine unappetitliche Farbe: Knallgrün. Wie Plastik«, sagte er bestimmt. »Frau Tobiasson hat immer Dosenerbsen serviert, wenn ich als Kind bei Tante Florence war.«

Pontus, dem daran lag, dass die gute Stimmung erhalten blieb, dankte Carl Henrik, dass er uns das Haus gezeigt hatte.

»Ich glaube, wir haben gar nicht gewusst, was für ein phantastischer Ort das hier ist«, sagte er begeistert. »Ich hoffe wirklich, dass der nächste Besitzer das zu schätzen weiß und sorgsam damit umgeht.«

»Noch besitzt es Tante Florence«, bemerkte Carl Henrik mit einer gewissen Schärfe in der Stimme. »Sie hat sich bisher in hervorragender Weise darum gekümmert, finde ich.«

»An manchen Stellen braucht es aber schon eine Renovierung«, sagte Andreas vorsichtig.

Carl Henrik legte das Besteck ab und setzte sich gerade hin.

»Bei einem so gediegenen Haus ist es besser, alles so zu lassen, wie es ist, statt etwas anzufangen, was zu irreparablen Schäden führen könnte. Ich kenne genug abschreckende Beispiele dafür. Neue Besitzer, die das ganze Haus ausräumen, um ›den ursprünglichen Zustand wiederherzustellen‹. Der in ihren Augen aus einer wirren Mischung aus unbehandelten Dachbalken, Kachelöfen und Laura-Ashley-Tapeten besteht.«

Pontus schloss die Augen und hob schaudernd die Schultern.

»Huh!«, sagte er anbiedernd.

Ich selbst wurde rot, denn genau so würde ich Glimmenäs einrichten wollen.

»Der richtige Stil ist unglaublich wichtig«, fuhr Pontus fort. »Aber kostspielig. Man muss modern und wirtschaftlich denken, wenn man das Alte erhalten will.«

Carl Henrik schnitt ein Stück vom Kalbsbraten ab und kaute nachdenklich.

»Apropos«, sagte er. »Ich habe in Tante Florences Arbeitszimmer eine Rechnung über Möbel gefunden, die jemand in ihrem Namen bestellt hat. Der Laden heißt Sweet Home Design. Das scheint mir kein Geschäft nach dem Geschmack von Tante Florence zu sein. Und ich habe – zum Glück – auch keine neuen Möbel gesehen. Es ist ein Mysterium.«

Er schwieg und schaute uns an, als wartete er auf eine Antwort.

»Das ist gar kein Mysterium«, sagte Pontus mit seinem schönsten Lächeln. »Die sind in meinem Zimmer. Als ich einzog, stand da nur ein altes ausgeleiertes Eisenbett, Florence war der Meinung, dass man das eine oder andere neu kaufen musste, um das Zimmer bewohnbar zu machen.«

Carl Henrik hob die Augenbrauen.

»War sie der Meinung?«

»Ja, und ich glaube, du wärst derselben Meinung gewesen, wenn du dieses Bett gesehen hättest. Und du selbst, Carl Henrik. Du wohnst im Zimmer ihres verstorbenen Vaters. Wie bist du an den Schlüssel gekommen?«

Carl Henrik ließ sich Zeit mit seiner Antwort. Er schien unsere Neugier zu genießen.

»Meine Großmutter wusste, wo er war. Sie hat das Zimmer mal gründlich sauber gemacht, als sie vor einigen Jahren hier war. Sie meinte, es wäre gut, wenn man das Zimmer ab und zu lüften und abstauben würde.«

»Und Florence war damit einverstanden?«, sagte ich erstaunt.

»Sie war damit einverstanden, dass es sauber gemacht wurde, aber dann schloss sie es wieder ab und versteckte den Schlüssel.«

»Wo denn?«, fragte Judit und beugte sich vor. Sie hatte bisher nichts gesagt und im Essen herumgestochert, aber das Wort »Schlüssel« machte sie munter.

Carl Henrik lächelte.

»Das habe ich mir gedacht, dass einer von euch das fragen würde. In der Bornholmer Uhr. An einem Nagel hinter dem Gewicht.«

Andreas seufzte. Warum hatten wir nicht daran gedacht? Das war ja ein perfekter Ort. Im Bauch der alten Uhr. In der Zeit. Es war besonders ärgerlich, weil Andreas ja tatsächlich die Klappe öffnen musste, als er die Uhr reparierte. Pontus und Judit schauten ihn erstaunt an.

Carl Henrik freute sich über unser Staunen.

»Großmutter fand es nicht richtig, dass Florence das Zimmer

verschlossen hielt«, fuhr er fort. »Sie meinte, ich sollte Florence bitten, mich in dem Zimmer wohnen zu lassen, wenn ich zu Besuch war.«

»Das hat sie dir wirklich erlaubt?«

»Wenn sie es jemandem erlauben würde, dann mir«, sagte Carl Henrik arrogant. »Aber«, fügte er hinzu, »ich hatte keine Gelegenheit, sie zu fragen. Ich konnte in letzter Zeit nicht herkommen.«

»Und jetzt kann sie nicht protestieren«, sagte Pontus spitz.

Ein unangenehmes Schweigen breitete sich um den Tisch aus. Dann sagte Carl Henrik:

»Ich habe noch nicht richtig verstanden, was du eigentlich hier machst, Pontus?«

»Ich habe Florence bei der Verwaltung geholfen.«

»Und wovon lebst du?«

»Ich habe eine Beraterfirma in der IT-Branche.«

»Interessant. Und wann machst du das? Ich habe dich nicht arbeiten sehen, seit ich hier bin.«

Pontus lächelte.

»Das klingt, als wärst du schon sehr lange hier. Es ist immer noch Sommer, Carl Henrik, und ich habe Ferien.«

Carl Henrik nickte nachdenklich.

»Ich verstehe. Der Verlobte der Haushälterin ist auf Urlaub hier. Wann fängst du wieder an zu arbeiten?«

»In ein paar Wochen. Und *du*?«

»Wenn es Tante Florence bessergeht. Wie heißt deine Firma gleich wieder?«

Pontus lächelte immer noch.

Carl Henrik zuckte mit den Schultern.

»Ich bin einfach erstaunt, dass du ausgerechnet jetzt Ferien machst. Ich habe Erkundigungen eingezogen, es gibt eine Firma auf deinen Namen. Du bist nicht kreditwürdig und die Firma hat hohe Steuerschulden. Wenn ich du wäre, würde ich die Ferien so schnell wie möglich beenden und die Probleme anpacken.«

Die Verwandlung von Pontus vollzog sich so unerwartet und total, dass es beinahe übernatürlich wirkte. Die blauen Augen waren plötzlich schwarz, die Gesichtsmuskeln zuckten und die Nasenlöcher weiteten sich wie bei einem gereizten Tier. Schweigend führte er das Weinglas zum Mund, es war jedoch leer. Er stellte es mit einem Knall auf den Tisch.

»Noch etwas Wein?«, sagte Tessan und sprang von ihrem Stuhl auf.

Sie ging mit der Weinflasche um den Tisch und füllte die Gläser.

Als sie zu Carl Henrik kam, beugte er sich vor und prüfte das Etikett der Flasche.

»Was trinken wir denn?«

»Etwas Französisches, glaube ich«, sagte Tessan. »Schmeckt gut, nicht wahr?«

Er schaute sie scharf an.

»Stammt die Flasche aus dem Weinkeller von Tante Florence?«

»Ja«, gab sie zu.

»Wie viel Wein habt ihr schon geklaut?«

»Ein paar Flaschen vielleicht«, sagte Tessan unbestimmt. »Aber wir haben ihn nicht geklaut. Finde ich.« Sie schaute uns andere hilfesuchend an. »Florence hat es uns erlaubt.«

»Florence ist bewusstlos«, sagte Carl Henrik.

Er nahm die Leinenserviette aus dem Kragen, legte sie neben seinen Teller und stand auf.

»Es gibt noch einen Nachtisch«, sagte Tessan leise.

»Danke. Ich möchte nichts mehr.« Carl Henrik schob sorgfältig seinen Stuhl an den Tisch. »Ich werde jetzt den Weinkeller in Augenschein nehmen und mir einen Überblick verschaffen, wie viel gestohlen worden ist.«

Als er gegangen war, starrten wir anderen uns schweigend an.

»Oh«, sagte Tessan. »Das ist ja prima gelaufen.«

29

Weitere gemeinsame Abendessen fanden nicht statt. Carl Henrik aß allein im Speisesaal. Tessan und ich kochten das Essen und Tessan bediente ihn in Schürze und Häubchen. Als ich sie fragte, warum sie die Sachen immer noch trug, sagte sie, dass Carl Henrik sie darum gebeten habe.

Wir wären gerne nach Hause gefahren. Aber wir hatten kein anderes Zuhause als Glimmenäs. Und keiner hatte eine andere Arbeit als die bei Florence. Unsere »Löhne« kamen regelmäßig auf unsere Bankkonten und daran würde sich auch nichts ändern, solange Florence lebte, auch wenn wir nicht mehr auf Glimmenäs waren. Aber es wäre nicht anständig, das Geld zu nehmen, wenn wir uns nicht mehr um das Haus kümmerten. Und weil wir Kost und Logis frei hatten, war die Summe entsprechend. Es war ein großzügiges Taschengeld, aber zum Leben reichte es nicht. Und wie gesagt – wo sollten wir hin?

Wir blieben also, hielten so gut wir konnten das große Haus in Ordnung und warteten auf das, was geschehen würde. Wenn Florence starb – was jeden Tag passieren konnte –, würde Carl Henrik Glimmenäs erben, und wir glaubten nicht mehr daran, dass er uns als Dienstboten behalten würde. Wenn Florence wieder so gesund würde, dass sie nach Hause kommen könnte, würde unser gemütliches Als-ob-Leben mit ihr vielleicht noch ein paar Jahre weitergehen. Wir könnten sie möglicherweise überreden, ein neues Testament zu schreiben, in dem wir bedacht wurden, und wir könnten womöglich einen nicht so pingeligen

Juristen dazu bringen, Florence einen gesunden Verstand zu attestieren. Aber wir wären natürlich unter der Aufsicht von Carl Henrik.

Ich fragte Andreas, ob er gewusst hatte, wie es um Pontus' Firma stand, und er sagte, er habe so etwas geahnt. Aber er sei vollauf mit seinen eigenen Geldproblemen beschäftigt. Er hatte seinen Studienkredit nicht bezahlen können und auch keinen Aufschub bekommen, die Sache war also jetzt beim Gerichtsvollzieher. Das Ganze hatte ein Ausmaß angenommen, dass er am besten gar nicht erst darüber nachdachte.

»Ich bin am Ende«, sagte er finster. »Ich werde nie wieder eine Wohnung bekommen. Ich bekomme nicht mal mehr einen Handyvertrag.«

Am Morgen nach dem missglückten Abendessen fuhr Carl Henrik nach Hause nach Karlstad, um etwas zu erledigen. Aber schon am nächsten Tag war er wieder da. Und da habe ich gesehen, wie er Tessan in den Po kniff. Ich wollte meinen Augen nicht trauen.

Weil es keine Sekretariatsarbeiten mehr für mich gab, machten Tessan und ich den Haushalt jetzt gemeinsam. Wir putzten den Kleinen Salon. Ich saugte und Tessan goss die Blumen am Fenster. Sie hatte sich gerade über die großen Töpfe auf dem Boden gebeugt, als Carl Henrik das Zimmer betrat. Er ging zum Tisch, auf den wir immer die Zeitung legten, nahm sie und ging wieder Richtung Tür. Als er an Tessan vorbeikam, kniff er sie in den Po. Ich hatte das bestimmt nicht sehen sollen, aber ich drehte mich genau im richtigen Moment um.

»Jetzt knallt es«, dachte ich. Ich wusste genau, wie Tessan in solchen Fällen zu reagieren pflegte.

Sie schrie auf und schlug Carl Henrik auf den Arm. Aber ihre Wut war nur gespielt und mit weicher, einladender Stimme sagte sie:

»Hallo! Das macht man nicht!«

Sie war nicht böse. Sie mochte es! Carl Henrik verzog den Mund zu einem ungezogenen Grinsen. Im nächsten Augenblick hatte er das Zimmer verlassen und Tessan goss weiter ihre Topfpflanzen.

Ich stand wie angewurzelt da, die Düse des brummenden Staubsaugers immer noch auf den gleichen Fleck gerichtet. Habe ich das wirklich gesehen? Der kontrollierte, vortreffliche Carl Henrik? Die selbstständige, jähzornige Tessan? Im Nachhinein ging mir auf, dass mich am meisten die Selbstverständlichkeit erstaunte, mit der Tessan reagiert hatte. Als ob Carl Henriks Benehmen sie überhaupt nicht überrascht hätte. Es war vielleicht nicht das erste Mal!

Ich beschloss, nicht mehr darüber nachzudenken. Aber am Abend traf ich Tessan, als sie gerade mit einem Silbertablett auf dem Weg zur Treppe war, darauf stand ein Glas.

»Was ist das denn?«, fragte ich.

»Ein Drink. Cognac mit Limonade. Er mag es.«

Wir sagten fast nie mehr Carl Henrik. Es genügte, wenn man »er« sagte, alle wussten, wer gemeint war.

Ich konnte mich nicht beherrschen und kam auf den Vorfall im Kleinen Salon zu sprechen. Ich sagte auch, wie entsetzt und erstaunt ich war.

»Er ist ein Schwein«, sagte ich.

Tessan blieb auf der untersten Treppenstufe stehen und drehte sich um.

»Ach was«, sagte sie. »Er weiß nur nicht, wie man sich Frauen gegenüber verhält. Mit mir ist es einfacher für ihn, ich gehöre zu den Dienstboten. Da fühlt er sich überlegen. Ansonsten glaube ich, dass er Angst vor Frauen hat. Ich glaube nicht, dass er schon mal eine Freundin hatte.«

Sie ging mit dem Drink nach oben. Ich dachte, dass sie zurückkommen würde, damit wir unser Gespräch fortsetzen konnten, aber sie kam nicht. Ich ging nach oben, schlich über den Teppich bis zur Tür und lauschte. Ich hörte gedämpftes Geplauder und Tessans entzücktes Lachen. Was zum Teufel machte sie? War das ihre neue Strategie?

»Das wird nicht funktionieren«, sagte ich zu ihr, als sie spät am Abend in unsere Mädchenkammer kam. Ich lag schon im Bett.

»Was denn«, fragte sie unschuldig und zog die Haarnadeln aus den Haaren.

»Was du da machst. Die heiraten nie das Dienstmädchen.«

Sie schüttelte ihre Mähne und lachte.

»Und wer hat behauptet, dass ich heiraten will? Ich kann die Geliebte oder so was sein. Ich glaube, er mag mich.«

»Weiß Pontus, was du da machst?«

Sie schloss die Augen und stöhnte:

»Aber Martina. *Hör doch auf.*«

Auch am nächsten Abend ging Tessan wieder mit einem Drink nach oben und dieses Mal kam sie überhaupt nicht mehr zurück. Ich lag bis weit in die Nacht wach und wartete auf sie. Ich dachte, vielleicht ist sie heruntergekommen, ohne dass ich es gemerkt habe, und zu Pontus gegangen. Aber als ich in die Küche ging, um mir ein wenig Milch warm zu machen, saß Pontus mit einem belegten Knäckebrot am Tisch und blätterte in einer Wirtschaftszeitung, die er immer wieder kaufte – vielleicht wollte er wenigstens vor sich selbst die Fassade eines erfolgreichen Unternehmers aufrechterhalten.

»Ist Tessan bei dir?«, fragte ich.

Er schüttelte den Kopf.

»In der Mädchenkammer ist sie auch nicht.«

»So, so.«

Ich goss Milch in einen Topf und stellte sie auf den Herd.

»Ich glaube, sie ist oben bei Carl Henrik«, fuhr ich nach einer

Weile fort. Ich drehte mich um, weil ich sehen wollte, wie er reagierte.

»Ja, schon möglich.«

Er biss knirschend in sein Knäckebrot und blätterte in seiner Zeitung. Falls er eifersüchtig war, konnte er es gut verbergen.

Vielleicht war er einverstanden? Vielleicht war es sogar seine Idee?

30

Carl Henrik schloss sein Zimmer immer ab, wenn er es verließ. Aber jetzt hatte er es nicht abgeschlossen, Tessan sollte es putzen, solange er Tante Florence im Krankenhaus besuchte.

Judit und ich saßen am Gartentisch und spielten Karten. Sie war in den letzten Wochen ein wenig umgänglicher geworden. Sie glaubte immer noch, dass Carl Henrik uns nach Florences Tod weiter auf Glimmenäs wohnen lassen würde, und sie hatte auch ihre Träume von einem zukünftigen Live-Zentrum nicht aufgegeben. Sie sprach in aller Ausführlichkeit über ihre Pläne und ich hatte längst eingesehen, dass es hoffnungslos war, ihr die Lage zu erklären.

Wir saßen also im Garten und spielten, da rief Tessan von Carl Henriks Balkon herunter.

»Könnt ihr mal kurz raufkommen?«

Ich nahm an, dass ich ihr beim Putzen helfen sollte. Ich half ihr sonst immer, aber dieses Mal hatte ich es bewusst nicht getan. Wenn sie für Carl Henrik putzen wollte, dann sollte sie es allein machen.

»Wir spielen Karten«, rief ich und hob den Stapel hoch.

»Ich möchte euch etwas zeigen«, erwiderte sie.

Judit war schon unterwegs durch die offene Terrassentür, ich legte also die Karten weg und folgte ihr ins Haus und hinauf in Carl Henriks Zimmer. Tessan sah ziemlich ernst aus.

Sie stand vor dem großen Schreibtisch von Ernst Wendman.

»Das habe ich in der Schreibtischschublade gefunden«, sagte

sie und zeigte auf eine flache Holzschachtel. Darin lag eingebettet eine Schusswaffe.

»Shit!«, rief Judit. Ihre Augen leuchteten.

»Es gibt auch Kugeln.«

Tessan zog die Schublade auf und zeigte auf eine kleine rote Pappschachtel, die ganz unschuldig aussah, aber sie hatte sie offenbar geöffnet und geschaut, was drin war.

Judit holte vorsichtig die Waffe aus dem Futteral und untersuchte sie. Die Uhren im Kleinen Salon schlugen und klimperten und die Standuhr im oberen Flur stimmte mit ein. Als sie wieder schwieg, sagte Tessan:

»Das ist ein Revolver, nicht wahr? Mit so einem kann man russisches Roulette spielen?«

Judit wog die Waffe in beiden Händen.

»Wie schwer der ist«, flüsterte sie ehrfürchtig. »Ob er wohl funktioniert?«

»Leg ihn zurück, Judit«, sagte ich.

Aber sie hielt weiter wie gebannt den Revolver in den Händen.

»Doch, der funktioniert.«

Die unerwartete Stimme ließ uns zusammenzucken. Carl Henrik lehnte am Türrahmen. Das Konzert der Uhren hatte seine Schritte übertönt.

»Er ist alt. Aber er funktioniert ausgezeichnet.«

Er ging zu Judit, nahm ihr den Revolver weg und sagte trocken:

»Man kann also nicht einmal für ein paar Stunden sein Zimmer verlassen, ohne abzuschließen.«

Er hob den Revolver und betrachtete ihn misstrauisch von allen Seiten, als hätte ihn Judit allein durchs Anfassen beschädigt.

»Ist er geladen?«, fragte Judit vorsichtig.

»Im Moment nicht. Aber es hätte gut sein können. Es gibt eine gute Regel: Fasse niemals die Waffe von anderen Leuten an.

Eine weitere gute Regel« –. Er wandte sich an Tessan: »Schnüffle nicht in anderer Leute Schreibtischschubladen herum.«

Sie schien sich überhaupt nicht zu schämen.

»Woher hast du die?«, fragte sie.

»Sie lag in der Schublade. Das ist Ernst Wendmans Revolver.« Er blies leicht auf die Waffe, als wolle er ein paar Staubkörner entfernen. »Ich weiß nicht, was er damit vorhatte. Vielleicht sich erschießen? Aber die alte Saufnase hatte wohl kaum die ruhige Hand, die man zum Schießen braucht.«

»Woher weißt du, dass er funktioniert? Hast du ihn getestet?«, fragte Tessan.

»Ja.«

Er setzte sich in den Ohrensessel und legte die Füße auf den ägyptischen Fußschemel, den Revolver hatte er immer noch in der Hand. Hinter ihm sah ich das große Himmelbett, das Tessan gerade frisch bezogen hatte. Frische weiße Bettwäsche mit deutlich sichtbaren Mangelfalten. In einem Haufen auf dem Boden lag die gebrauchte Bettwäsche, die sie noch nicht in die Waschküche gebracht hatte.

Tessan betrachtete ihn interessiert.

»Woher hast du die Munition?«

»Ich habe sie in dem Jagdgeschäft gekauft, in dem meine Jägerfreunde sich eindecken.«

»Warum?«

Carl Henrik zuckte die Schultern.

»Kann nützlich sein, wenn man sich verteidigen muss. Hier in der Gegend soll es ja viele gewalttätige Menschen geben.«

Ich musste lachen.

»Das glaube ich nicht. Hier draußen auf dem Land ist es ruhig und friedlich.«

»Nicht wenn man den Zeitungen glaubt. Wurde hier in der Nähe nicht jemand beinahe ermordet?«

»Davon habe ich nichts gehört.«

»Nein.« Judit schüttelte heftig den Kopf,

»Eigenartig. Das kommt vielleicht daher, dass ihr nicht mit vielen Leuten redet. Aber ihr lest doch die Zeitung?«

Das taten wir nicht. Die Zeitung aus Stockholm holten wir jeden Tag aus dem Briefkasten und legten sie aus Gewohnheit auf den Tisch im Kleinen Salon und später auf den Zeitungsstapel in der Küche. Aber wir lasen sie nie. Florence, die in der Vergangenheit lebte, hatte jeden Morgen die Zeitung gelesen und war immer informiert über alles. Aber *wir* hatten keine Ahnung mehr.

»Es gab sogar einen Bericht im Fernsehen«, erinnerte sich Carl Henrik. »Ein Pfleger in einem Wohnheim für psychisch Kranke. Ein paar Kilometer von hier weg. Jemand stach ihm in den Bauch und hat ihn schwer verletzt. Er hatte Glück, dass er es überlebt hat.«

Während er sprach, schaute er Judit direkt an, die war leichenblass.

»Wer macht so etwas?«, fragte Tessan.

»Irgendein Psycho. Es war sogar ein Mädchen. Sie hat dann ein Auto gestohlen und es ganz in der Nähe von Glimmenäs zu Schrott gefahren. Dann ist sie verschwunden. Soweit ich weiß, hat man sie immer noch nicht erwischt.«

Tessan und ich wandten uns zu Judit um, die gerade das Zimmer verließ. Dann hörten wir ihre Schritte auf der Treppe. Carl Henrik wirkte völlig unbeteiligt.

»Es ist nicht sehr angenehm, wenn solche Wahnsinnigen frei rumlaufen«, fuhr er fort. »Aber mit der fühle ich mich sicher.«

Er tätschelte den Revolver auf seinem Schoß.

31

Judit war den ganzen Nachmittag verschwunden. Wir suchten sie im Haus und im Garten, gegen Abend weiteten wir die Suche auf die Schafweide, den Wald und die Kuhweide aus.

Tessan hatte Pontus erzählt, was in Carl Henriks Zimmer vorgefallen war, und er und Andreas gingen mit uns auf die Suche.

Als es dämmrig wurde, fanden wir sie in einem Wäldchen auf der Kuhweide. Sie saß auf einem Stein, die Kopfhörer in den Ohren und stocherte mit einem Stöckchen im Boden.

Tessan hockte sich vor sie hin und konnte sie schließlich dazu bringen, die Kopfhörer herauszunehmen und mit uns zu reden.

Sie sagte, sie habe Angst vor Carl Henrik. Sie war sicher, dass er sie erschießen würde. Ich versicherte, das mit dem Revolver sei nur eine Drohgebärde gewesen.

»Er will seine Macht zeigen«, sagte ich. »Aber du musst uns die Wahrheit sagen. Was war eigentlich los, bevor du den Autounfall hattest?«

»Das habe ich doch gesagt«, murmelte Judit und hackte mit ihrem Stöckchen einen Pilz kaputt. »Er hat mich eingesperrt und ich habe ihm in den Bauch gestochen.«

»Wer hat dich eingesperrt?«

»Patrick. Dieses Schwein.«

»War das der Pfleger in der Geschlossenen?«

Sie nickte.

»Er wollte mich dauernd anfassen, er hat so eklig gerochen. Alter Schweiß, den er mit viel Rasierwasser überdecken wollte.

Er hat immer gesagt, er würde mich zurück in die Psychiatrie bringen, wenn ich nicht tat, was er sagte. Und die Psychiatrie war die reinste Hölle. Da haben sie mich mit einem Schlauch zwangsernährt. Lieber sterbe ich, als dass ich dahin zurückgehe.«

»Hast du ihn wirklich in den Bauch gestochen?«, fragte Andreas.

»Ja!« Sie richtete sich auf und sah plötzlich ganz stolz aus. »Habe ich. Er kam ins Badezimmer, als ich unter der Dusche stand. Die Badezimmertür hatte kein richtiges Schloss, weil wir nicht abschließen durften. Man konnte nur drehen, dann wurde es draußen rot oder grün, aber die Tür blieb offen. Man konnte abschließen, aber so einen Schlüssel hatte nur das Personal.«

Judit stocherte so heftig mit ihrem Stöckchen, dass die Pilzstücke durch die Luft flogen.

»Ein männlicher Pfleger ist also ins Bad gegangen, als du in der Dusche warst?«, fragte Tessan empört. »Pfui Teufel.«

Judit nickte.

»Er stand da und glotzte mich an und sagte, ich sei zu mager und müsse wieder in die Psychiatrie. Er schaute mich an, als wäre ich das Ekligste, was er je gesehen hatte. Ich habe mir das Badetuch gepackt und vor mich hin gehalten. Ich wollte nur weg. Aber dann hat er abgeschlossen. Er sagte, ich hätte ihn hinters Licht geführt mit meinen weiten Kleidern. Er sagte, ich soll das Badetuch runternehmen, damit er verdammt noch mal sehen kann, wie mager ich bin. Ich habe ihn angeschrien, dass er die Tür aufschließen soll, da hat er gesagt, das macht er, wenn ich das Handtuch runternehme. Und da habe ich die Schere gesehen.«

Judit lächelte genüsslich in sich hinein.

»Es war eine Friseurschere, die eines der Mädchen hier liegengelassen hatte, sie schnitt gerne den anderen die Haare. Sie lag auf einem Regal, so als würde sie zum Spiel gehören. Und dann nur schwoff!«

Judit stieß das Stöckchen in die Erde.

»Alles ging so schnell. Ich stieß die Schere direkt in seinen ekligen fetten Bauch, ich riss ihm den Schlüssel aus der Hand, schloss auf und rannte weg. Und als ich auf den Hof kam, stand da sein Auto mit dem Schlüssel im Zündschloss. Das gehörte auch irgendwie zum Spiel. Ich musste nur einsteigen und losfahren. Es war ein Automatik, also kein Problem.«

Sie lachte auf, dann hielt sie inne und schaute uns ernst an.

»Er hat also überlebt?«

»Ja, nach dem, was Carl Henrik sagte, hat er überlebt«, sagte ich.

Sie nickte nachdenklich.

»Darf ich dableiben? Ich meine, ich habe ja eigentlich niemanden getötet.«

»Wir können das nicht entscheiden. Es ist Florences Haus.«

»Aber ihr ruft nicht die Polizei?«

Wir schauten uns an.

»Nein«, sagte Pontus. »Wir rufen nirgends an. Komm jetzt, Judit, wir gehen nach Hause. Es wird kühl.«

Er nahm sie am Arm, sie stand auf und folgte uns.

Als wir uns der Schafweide näherten, blieb sie plötzlich stehen und sagte:

»Aber dieser Carl Henrik wird anrufen, nicht wahr?«

»Kaum«, sagte Pontus. »Das hätte er sonst schon längst getan.«

»Aber er könnte es tun. Er hat mich in der Hand. Scheiß auf Carl Henrik. Können wir ihn nicht irgendwie loswerden? Dass es ihn nur noch auf dem Bild gibt, so wie es früher war, und die Wendman'sche Gesellschaft erbt Glimmenäs und wir können ein Live-Zentrum aufbauen.«

»Es ist nicht so leicht, einen Menschen loszuwerden«, sagte Andreas.

»Stimmt nicht. Es ist lächerlich einfach. Ich habe zum Beispiel fast meinen Pfleger umgebracht. Und dabei hatte ich es gar nicht vor.«

»Aber hinterher war es auch nicht so leicht für dich«, bemerkte Andreas. »Du hast doch große Probleme bekommen. Oder?«

»Und das ist nichts gegen die Probleme, die du bekommen hättest, wenn er gestorben wäre«, sagte Tessan. »Dann würdest du jetzt wegen Mordes gesucht.«

Judit schnaubte.

»Das ist nur so gekommen, weil ich keine Zeit zum Nachdenken hatte. Wenn ich nachgedacht hätte, dann hätte ich es anders gemacht.«

»Wie denn?«, fragte Pontus. Er klang aufrichtig interessiert.

Judit bückte sich und pflückte etwas im Gebüsch, in der Dämmerung konnte ich nicht sehen, was es war.

»Ich hätte ihm vielleicht ein paar davon ins Essen getan«, sagte sie und hielt eine kleine Traube mit schwarzen, matt glänzenden Beeren in die Höhe.

Andreas und ich wussten, was es war. Judit wusste es auch.

»Christophskraut«, sagte sie triumphierend.

Sie wusste sogar noch den Namen. Ich hatte ihr erzählt, dass ich als Kind einmal solche Beeren im Garten meiner Eltern gefunden hatte. Sie hatten sich von selbst ausgesät und meine Eltern wussten gar nicht, dass sie da wuchsen. Ich fand, sie waren die perfekten Weintrauben für die Puppenstube und pflückte sie. Mein Vater bekam einen riesen Schreck, als er die giftigen Beeren sah, und grub sämtliche Pflanzen aus.

»Die sind tödlich giftig«, erklärte Judit.

Pontus lachte. Aber Andreas gab ihr recht.

»Zumindest für Hühner«, sagte er.

»Für *Hühner*?«

»Eine einzige Beere reicht aus, um ein Huhn zu töten, steht im

Pflanzenbuch von Linné. Ich weiß nicht, warum ich mich daran erinnere.«

»Wie viel wiegt ein Huhn?«, fragte Pontus. Er hatte Judit die Beerentraube abgenommen und hielt sie zwischen Daumen und Zeigefinger in die Höhe. »Zwei Kilo?«

»Eineinhalb«, sagte Tessan. »Die bestehen ja fast nur aus Federn.«

»Und was wiegt Carl Henrik?«, fuhr Pontus fort. »Achtzig Kilo? Da würde man über fünfzig Beeren brauchen. So viel kriegen wir nicht in ihn rein. Schade.«

Pontus warf die Beeren ins Gebüsch.

»Könnte man nicht eine gute Marmelade kochen? Wir finden vielleicht ein Rezept im Prinzessinnen-Kochbuch«, schlug Tessan vor.

Ich fand den Scherz geschmacklos. Und die verwirrte Judit nahm ihn vielleicht noch ernst.

Als wir ins Haus zurückkamen, ging Pontus hinauf zu Carl Henrik und sprach ihn auf den Revolver an. Er fand es kindisch, Judit damit zu erschrecken, und er zweifelte daran, dass er überhaupt funktionierte.

Carl Henrik hatte ihm versichert, dass der Revolver prima funktionierte, und versprochen, am nächsten Tag mit ihm in den Wald zu gehen und es zu demonstrieren.

Als Pontus uns von seinem Gespräch mit Carl Henrik erzählte, reagierte ich ärgerlich. Statt Carl Henrik zu beruhigen, hatte er ihn provoziert. Ich war total dagegen, dass sie zusammen zu irgendwelchen Schießübungen gingen.

Den restlichen Abend verbrachten wir im Großen Salon mit Karten spielen. Carl Henrik kam gegen zehn herunter und fragte, ob er mitmachen dürfe. Er war gut gelaunt und nach ein paar Runden Chicago-Poker wollte er uns Bridge beibringen. Ich nahm an, dass die Schießübung vergessen war.

Aber früh am nächsten Morgen wachte ich von Pistolenschüssen auf, es war ein brutales und hartes Geräusch, ich war zu Tode erschrocken.

Tessan saß aufrecht im Bett.

»Sie haben es also doch gemacht«, sagte sie.

Die drei Männer waren losgezogen, ohne uns etwas zu sagen.

Eine Stunde später hörten wir sie vor der Tür: Füße, die Erde und Tannennadeln abstampften, und männliches Prusten und Lachen. Ihre Wangen waren rosig und sie wechselten geheimnisvolle Blicke, als hätten sie zusammen Drogen genommen.

»Er funktioniert also«, fragte Tessan.

»Und wie«, sagte Pontus.

Irgendwie schien der Revolver sie vereint zu haben.

32

Der September war in diesem Jahr ungewöhnlich warm. Man konnte sich bis weit in die Nacht im Sommerkleid im Freien aufhalten. Erst gegen Morgen wurde es kühl. Dann lag Nebel in der Luft und Tau auf den Pflanzen, und wenn die Morgensonne aufging, tropfte und dampfte es in dem wildwachsenden Garten wie in einem Dschungel. Es war eine merkwürdige Jahreszeit.

Aber am eigenartigsten war die Stille. Die Vögel schienen ganz verschwunden zu sein, die Luft wurde jetzt von stummen und uralten Geschöpfen beherrscht: Libellen, Fledermäusen und flaumigen Nachtfaltern.

Auch Andreas schienen die Männlichkeitsriten im Wald belebt zu haben, aber ich hatte doch das Gefühl, dass ihm das Ganze auch unangenehm war. Sowohl die Geschichte mit dem Revolver als auch das, was Judit in diesem Heim getan hatte. Das Schauspiel, das während des Sommers auf der Bühne von Glimmenäs gegeben worden war – die lustige Farce mit der alten Dame, dem Hausmädchen und den anderen verkleideten Gestalten –, war allmählich in ein ganz anderes Drama übergegangen und weder er noch ich wussten, welche Rollen wir jetzt spielten. Und wir wussten schon gar nicht, wie es enden würde.

Andreas und ich machten später am Tag einen Spaziergang, und da erzählte er, dass er beschlossen habe, Glimmenäs zu verlassen und zu seinen Eltern zurückzugehen.

»Glimmenäs ist phantastisch. Aber das Ganze war doch ein Traum, oder? Dass wir alles erben würden und etwas Eigenes daraus machen könnten. Das wird so nicht passieren.«

»Du willst also wieder zu deinen Eltern ziehen?«, fragte ich.

Er seufzte tief.

»Was soll ich denn sonst machen?«

Am nächsten Morgen brachte Tessan ihn zum Bahnhof. Ich umarmte ihn fest und sagte, er würde mir fehlen. Als das Auto die Allee hinauffuhr, wurde mir klar, dass Andreas mir näher stand als alle anderen auf Glimmenäs. Von Tessan war ich enttäuscht, ich konnte ihr nicht mehr vertrauen. Obwohl, hatte ich das jemals getan?

Ich überlegte, ob ich seinem Beispiel folgen und nach Hause zu meinen Eltern ziehen sollte. Sie würden sich nicht besonders freuen, das war mir klar.

Aber noch am gleichen Abend rief er vom Bahnhof in Uppsala an und wollte abgeholt werden.

Er ging direkt in sein Zimmer, ohne mit uns zu sprechen, und auch am nächsten Tag war er verschlossen und schweigsam.

Als ich sah, dass er sich zu einem Abendspaziergang aufmachen wollte, lief ich ihm hinterher, auf der Schafweide sah ich gerade noch seinen militärgrünen Pullover hinter einer Weißdornhecke verschwinden.

Er lief mit langen, zielgerichteten Schritten am Seeufer entlang und tat so, als würde er mich nicht bemerken.

Die Baumkronen über uns waren immer noch grün, aber auf der Wasserfläche schwammen gelbe Blätter, sie mussten aus anderen, herbstlicheren Gegenden hergeflogen sein.

Nach einer Weile blieb er stehen und wartete auf mich. Er hatte sich wohl damit abgefunden, dass ich ihm gefolgt war. Dann begann er zu erzählen, was bei seinen Eltern vorgefallen war.

Als er ihnen geschildert hatte, wie es um ihn stand, fing seine Mutter beim Wort »Gerichtsvollzieher« zu weinen an. Und sein Vater hatte eiskalt gesagt: »Wenn du Mist gebaut hast, musst du es selbst wieder in Ordnung bringen.« Warum sollte er Andreas unterstützen, wenn sein Bruder alleine zurechtkam? Wäre das nicht ungerecht, dem Bruder gegenüber?

Sein Vater meinte, wer arbeiten wolle, würde auch Arbeit finden. Warum zum Beispiel karrte man Leute vom anderen Ende der Welt hierher, um sie im Wald Beeren pflücken zu lassen? Ja, weil die Schweden zu bequem waren für solche Arbeiten. Andreas hatte geantwortet, dass die Löhne für Beerenpflücker nicht an die schwedischen Lebenshaltungskosten angepasst waren. Außerdem war die Beerensaison höchstens ein, zwei Monate lang und was sollte er den Rest des Jahres machen?

Der Vater hatte ihm vorgeschlagen, einen Job in einer Fabrik anzunehmen, und ihm dann lang und breit ausgemalt, wie er selbst als Neunzehnjähriger ein halbes Jahr in einer Fabrik für Plastikteile geschuftet habe und um fünf Uhr morgens aufgestanden sei, um eine Arbeit zu machen, die »hart, monoton und nicht ganz ungefährlich« war.

Andreas fand es sinnlos, darauf hinzuweisen, dass sein Vater damals noch zu Hause bei seinen Eltern gewohnt hatte und dass er sich in der Fabrik das Geld für eine USA-Reise verdienen wollte, und nicht etwa seinen Lebensunterhalt. Er sagte stattdessen, dass man heute in der Industrie Prozesstechniker mit mehrjähriger Ausbildung suchte und dass es solche »harten, monotonen und nicht ganz ungefährlichen« Arbeiten eigentlich nicht mehr gab.

Der Vater, der inzwischen ziemlich ärgerlich reagierte, weil das für ihn nur Ausreden waren, hatte dann ironisch gefragt, ob vielleicht die Arbeit der Putzhilfe inzwischen auch von ausgebildeten Prozesstechnikern erledigt würde?

Andreas hatte geantwortet, dass er sich auf jede Menge von Stellen bei Putzfirmen beworben habe, aber nicht ein einziges Mal auch nur zu einem Vorstellungsgespräch eigeladen worden sei. Er nahm an, sein Lebenslauf war das Problem. Die Putzfirmen wollten keine Leute mit zweifachem Hochschulabschluss.

»Dann«, hatte der Vater mit einem resignierten Seufzer gesagt, »sehe ich keinen anderen Rat, als dass du zum Arbeitsamt gehst und dort um Hilfe bittest. Du hast ja wohl ein Anrecht auf Arbeitslosengeld?«

Andreas hatte versucht ihm zu erklären, dass seine Zeitverträge ihn nicht zu Arbeitslosengeld berechtigten.

Da hatte der Vater die Geduld verloren und ihn ganz einfach hinausgeworfen. Er hatte auf die Tür gezeigt und geschrien, er habe das Gejammer und das Selbstmitleid satt. Und Andreas war gegangen.

»Er hat mir einfach nicht geglaubt. Er und Mutter sitzen da in ihrem Haus und glauben, dass die Welt immer noch so ist wie in ihrer Jugend. Sie wissen schon, dass die Dinge sich verändert haben, aber sie wissen eigentlich nicht wie sehr. ›Das kann doch nicht wahr sein‹, hat Mutter immer wieder gesagt, wenn ich erzählt habe, was los ist. Sie glauben, dass ich übertreibe. Mein Bruder hat ja eine gute Arbeit, obwohl er fast keine Ausbildung hat. Er hat sich richtig entschieden und ich mich falsch. Und wenn man sich falsch entschieden hat, dann hilft es auch nicht, wenn man lernt und sich anstrengt und kämpft, man steht einfach auf der falschen Seite, und alles, was man unternimmt, macht es nur noch schlimmer.«

»Wir können ja noch eine Weile auf Glimmenäs bleiben«, sagte ich tröstend. »Florence erholt sich vielleicht und kommt zurück, und dann können wir wieder ihre Dienstboten sein.«

»Daran glaubst du doch selbst nicht, Martina.«

»Aber wir können auf jeden Fall bleiben, bis Florence tot und das Erbe geklärt ist. Das kann dauern. Vielleicht fällt uns ja inzwischen etwas ein.«

Aber Andreas lächelte nur traurig und sehr resigniert.

Irgendetwas war mit ihm geschehen bei seinem Besuch bei den Eltern. Ich spürte, wie tief ihn ihre Zurückweisung verletzt hatte.

Als wir nach Hause kamen, lief Judit aufgeregt hin und her und sagte, sie habe im Keller »Fallen« gefunden.

»Mausefallen?«, fragte ich.

»Sie sind zu groß für Mäuse.« Sie zeigte mit den Händen, wie groß sie waren.

Tessan und ich gingen mit ihr in den Keller. Carl Henrik vermutete, dass es Krebskäfige waren.

»Tante Florence hat mir einmal von den Krebsessen von früher erzählt. Die Männer der Wendman'schen Gesellschaft ruderten im Mondschein auf die andere Seite der Bucht und legten die Käfige aus. Die Krebse kochten sie dann in einem großen Kessel am Ufer und aßen sie unter Lampions im Garten.«

»Oh!«, rief Judit begeistert. »Können wir das nicht auch machen?«

Ich sah Carl Larssons idyllisches Bild vom Krebsfischen in Sundborn vor mir.

»Sind die Krebse in Schweden nicht ausgestorben?«, sagte Tessan.

»Man hat neue ausgesetzt«, sagte Andreas. »Eine neue Art.«

»Du glaubst also wirklich, dass es hier in der Bucht Krebse gibt?«, fragte Tessan.

Andreas zuckte die Schultern.

»Ausgeschlossen ist es nicht.«

»Aber ist es nicht schon zu spät zum Krebsfischen?«, wandte ich ein. »Das macht man doch im August und jetzt ist September.«

»Im August beginnt man damit. Aber die Krebse gibt es auch noch im September«, sagte Andreas. »Sie werden nur etwas träger, wenn das Wasser kalt ist.«

Als wir die Krebskäfige in den Garten gebracht hatten, sahen wir, dass sie schimmelig und kaputt waren. Außerdem rochen sie ekelhaft.

Pontus fand, wir sollten in die Stadt fahren und sehen, ob es noch welche zu kaufen gab. Denn die Idee mit dem Krebsessen hatte sich bei uns allen festgesetzt. Wir hatten seit dem missratenen Essen mit Carl Henrik kein richtiges Fest mehr gefeiert.

Es gab noch Krebskäfige. Sie lagen versteckt in einer Ecke des Ladens, zusammen mit Keschern, Klappstühlen und Sonnenschirmen, und weil die Saison zu Ende war, gab es sie auch billiger. Mit vierzehn Krebskäfigen und drei Keschern verließen wir schließlich den Laden.

»Das wäre schon merkwürdig, wenn wir jetzt nichts fangen würden, mit so vielen Käfigen«, sagte Tessan, als wir sie im Kofferraum verstauten.

Carl Henrik meinte, die beste Krebsstelle gäbe es bei den Steinen auf der anderen Seite der Bucht. Um dahin zu kommen, brauchten wir ein Boot, und wir hatten nur das alte, lecke Ruderboot. Andreas wollte sich um das Abdichten der Lecks kümmern, also fuhren er und Pontus wieder in die Stadt und besorgten das nötige Material.

Am nächsten Tag testeten wir das Boot. Andreas hatte gute Arbeit geleistet und außerdem neue Bodenbretter geschreinert, die alten waren morsch.

Ganz hinten in einem der vielen Küchenschränke fanden wir auch Florences großen Krebskessel, aber wir wollten sie dann doch lieber im Haus kochen. Mir wurde ein wenig übel, wenn ich daran dachte, dass wir die Tiere lebendig kochen mussten.

»Wenn das Wasser nur ordentlich heiß ist, dann sterben sie sofort«, sagte Pontus. »Sie spüren nichts.«

»Woher willst du das wissen?«, fragte ich.

Er seufzte.

»Wollen wir Krebse essen oder nicht?«

Ich schwieg.

»Du gehörst wohl zu denen, die gerne Krebse essen, wenn andere sie kochen?«

Das musste ich zugeben. Ich esse auch gerne Rinderfilet, aber mir ist es recht, dass jemand anders die Kuh schlachtet.

»Trink vorher ein paar Schnäpse, dann geht es leichter«, riet Pontus.

»Ich mach das«, sagte Tessan und legte mir beruhigend die Hand auf den Arm. »Mir macht es nichts aus, Krebse zu kochen. Das sind doch auch nur Insekten.«

33

Judit und ich gingen in der Dämmerung am See entlang. An manchen Stellen öffnete sich das Schilf und es entstanden geschützte Räume mit dunklen, glatten Wasserflächen. In diesen Schilflichtungen warfen wir die Krebskäfige aus und befestigten die Seile an Bäumen und Büschen. Wir hatten tiefgekühlten Seelachs als Köder hineingetan.

Tessan war im Garten geblieben, sie deckte den Tisch und hängte die Lampions auf einer Wäscheleine zwischen zwei Bäumen auf.

Pontus und Carl Henrik waren am Nachmittag zur anderen Seite der Bucht gerudert und hatten dort ein paar Käfige ausgelegt. Carl Henrik hatte alle Käfige dort platzieren wollen. Er behauptete, es sei die beste Stelle in der ganzen Bucht, das habe Florence ihm erzählt. Pontus hatte geantwortet, das sei vielleicht vor siebzig Jahren so gewesen und es sei besser, die Käfige an verschiedenen Stellen auszusetzen.

Während wir anderen mit den Käfigen beschäftigt waren, saß Andreas an einen dicken Eichenstamm gelehnt, er hatte die Hände um eine Bierdose gefaltet und starrte in den Baum hinauf, in dessen Laub ein Schwarm weißer Motten flatterte. Er war schon den ganzen Tag passiv und still gewesen.

Als alle Käfige verteilt waren, setzten wir uns zu ihm und holten ein Bier aus der Kühltasche. Nach Carl Henriks Strafpredigt hatten wir die Flaschen im Weinkeller nicht mehr angerührt. Nicht dass es ihn etwas anginge, aber wir hatten beschlossen, es zu lassen, um keinen unnötigen Streit heraufzubeschwören.

Carl Henrik hatte selbstverständlich ein richtiges Glas dabei. Er behauptete, noch nie in seinem Leben aus einer Dose getrunken zu haben.

Zwischendurch gingen wir immer wieder mal zum Ufer hinunter, holten die Krebskäfige heraus und schauten, ob schon Krebse drin waren. Judit stieß einen Schrei des Entzückens und des Schreckens aus, als sie einen kleinen Kerl entdeckte, der sich an die Maschen des Netzes geklammert hatte. Pontus puhlte ihn ab und legte ihn in eine Plastikwanne. Er sah sehr allein und sehr klein aus.

»Nur mit der Ruhe. Die richtigen Krebse kommen, wenn es dunkel wird«, beruhigte uns Pontus.

Der Abend war warm und still.

Wir lagen auf dem Rücken und schauten in die Krone der Eiche. Wir sprachen fast nichts. Die Fledermäuse jagten über der Wasserfläche Insekten und der einsame Krebs schabte in seiner Wanne. Hin und wieder hörte man das Platschen eines Vogels, der auf der Jagd nach Fisch ins Wasser tauchte.

»Ich würde gerne baden gehen«, sagte Judit.

»Auf gar keinen Fall«, sagte Pontus. »Du verscheuchst die Krebse.«

Der Mond ging auf und sah aus wie die kupferne Kuppel eines orientalischen Bauwerks, die sich majestätisch über dem Wald erhob.

Pontus wandte sich an Carl Henrik.

»Wir sollten jetzt nach den Käfigen bei den Steinen schauen, was meinst du?«

Carl Henrik leerte sein Bierglas und stand auf.

Sie krempelten die Hosenbeine hoch, schoben das Boot ins Wasser und stiegen ein, sie wirkten wie ein eingespieltes Team.

Carl Henrik hatte eine batteriebetriebene Laterne dabei, die er an einem Stock im Bug befestigte. Pontus nahm die Ruder und stakte das Boot durch die Öffnung im Schilf in die Bucht hinaus. Wir sahen sie im Dunkeln davongleiten, Pontus hinten an den Rudern und Carl Henrik am Bug, vom schaukelnden Schein der Laterne beleuchtet. Ich musste an die Gondeln in Venedig denken.

Von jenseits der Bucht konnten wir ihre Stimmen hören, so deutlich, als wären sie direkt neben uns:

»Hab ich's nicht gesagt, hab ich's nicht gesagt!«

Das war Carl Henriks triumphierende Stimme. Es war eigenartig, ihn so deutlich zu hören, wo doch die schaukelnde Laterne so weit weg im Dunkeln war. Sie hatten offensichtlich einen guten Fang gemacht.

Dann hörten wir das Platschen, als sie die Käfige wieder ins Wasser warfen, und die sich wieder nähernden Ruderschläge.

Als sie zurückkamen, bekam der Krebs in der Wanne Gesellschaft von zweiundzwanzig Kollegen. Judit stocherte die ganze Zeit an ihnen herum und zog kreischend den Finger zurück, kurz bevor sie zuschnappten.

»Wir machen noch eine letzte Tour hinüber und holen die Käfige, ihr anderen könnt schon mal ins Haus gehen und den Kessel aufsetzen«, sagte Pontus.

Pontus und Carl Henrik kletterten wieder ins Boot. Die Laterne schaukelte bei jedem Ruderschlag. Ich half Andreas und Judit, die Käfige einzusammeln, und folgte ihnen im Dunkeln auf dem Pfad.

Nach ein paar Metern blieb ich stehen und schaute auf die Bucht und das davongleitende Boot. Ich blieb wie gebannt stehen. Was für eine romantische Szene, wie aus einem Roman aus dem 19. Jahrhundert. Die beiden jungen Männer im Boot. Der Mondschein, das Platschen der Ruder und die schaukelnde Laterne.

Andreas und Judit waren zum Haus hochgegangen, aber ich blieb stehen. Erdige, herbstliche Gerüche erfüllten die Dunkelheit, aber die Brise, die von der Bucht hereinwehte, war lau wie in einer Sommernacht.

Ich erinnerte mich plötzlich an einen Traum, den ich als Kind immer wieder geträumt hatte: Es war dunkel und warm und ich ging in dünnen Kleidern durch tiefen Schnee. Und es war ganz natürlich, dass Schnee und Wärme zusammengehörten. Genauso war es jetzt: Sommerwärme und Herbstdunkel, eine neue Jahreszeit.

Ich ging auf den Steg hinaus und schaute über das Schilf hinweg auf den See.

Pontus und Carl Henrik waren mitten in der Bucht, als Carl Henrik plötzlich rief, dass das Boot ein Leck habe. Ich sah, wie Pontus sich zum Boden beugte. Die Stimmen klangen auf einmal sehr aufgeregt.

Das Gefühl, dass ich Zuschauer eines unwirklichen Schauspiels war, wurde durch das eigenartige Geräuschphänomen verstärkt. Auge und Ohr nahmen die Dinge unterschiedlich wahr, wie bei einem Auftritt in einer großen Arena: Die Bühne ist weit weg und die Gestalten darauf sind sehr klein und gleichzeitig hört man ihre Stimmen, als kämen sie aus einem Lautsprecher direkt neben einem, und das Gehirn kann die beiden Eindrücke nicht zusammenbringen.

Sie schrien durcheinander, das Einzige, was ich verstehen konnte, war Carl Henriks »So ruder doch, zum Teufel! Du musst rudern!«.

Und dann ging alles sehr schnell. Erheblich schneller als damals, als Judit und Tessan und ich zum ersten Mal mit dem Boot draußen waren und wir eine halbe Stunde gerudert waren und nur nasse Füße bekommen hatten.

Die Laterne schwang heftig hin und her, und als das Boot in den Mondschein glitt, sah ich, dass es achtern schräg unter Wasser lag, der Bug erhob sich wie eine Bergspitze. Einer von beiden, ich konnte nicht sehen, wer, saß zusammengekauert unter der Laterne. Der brüllenden Stimme nach musste es Carl Henrik sein. Pontus sah ich nicht.

Das Boot sank erstaunlich schnell, Carl Henrik klammerte sich an den herausragenden Bug, bis er ins Wasser gezogen wurde. Er platschte und keuchte wie ein Tier, schrie jedoch nicht mehr.

Dann sah ich nur noch die Laterne. Als das Boot verschwunden war, ragte sie immer noch aus dem Wasser, sie schaukelte an ihrem Stecken wie eine Blume am Stiel. Im flackernden Schein konnte ich sehen, wie Carl Henrik nach ihr griff, ein vergeblicher Versuch, sich an dem letzten Gegenstand festzuhalten, der noch über dem Wasser war.

Dann glitt auch die Laterne ins Wasser und alles wurde dunkel. Ich hörte nur noch das Platschen und Keuchen, und dann war es gespenstisch still.

Während des ganzen Geschehens hatte ich wie gelähmt auf dem Steg gehockt, ein schockierter Zuschauer eines Dramas, dessen Inhalt ich nicht ganz verstand. Zumindest nicht in diesem Augenblick.

Hätte ich etwas tun können? Das Boot sank sehr schnell und war viel zu weit draußen. Die längste Strecke, die ich je geschwommen bin, waren zweihundert Meter in einer warmen Schwimmhalle, das war noch zu Schulzeiten. Ich hätte es nie geschafft, einen wild um sich schlagenden Mann zu retten.

Und wenn ich, statt einfach nur dazuhocken, laut gerufen hätte? Wenn die da draußen gemerkt hätten, dass jemand sie sieht? Hätte das etwas geändert?

All diese Gedanken hatte ich natürlich erst hinterher. In diesem Augenblick dachte ich gar nichts. Ich erinnere mich nur, dass ich im Dunkeln auf dem Steg hockte und die Laterne sah, die langsam aufs Wasser fiel und erlosch.

In der darauf folgenden Stille konnte ich ein schwaches rhythmisches Platschen hören. Ich ahnte eine Bewegung auf dem

Wasser und kurz darauf erkannte ich das Geräusch von Pontus' Kraulen, begleitet von seinen kurzen prustenden Atemzügen.

Plötzlich erinnerte ich mich an ein anderes Ereignis am Ufer, als Pontus, nachdem er lange gewartet hatte, in die Bucht hinausgeschwommen war, um Carl Henriks Hut zu holen. Und nun wusste ich auch, warum er so lange gewartet hatte. Er war erst hineingesprungen, als sein Verdacht sich bestätigt hatte: Wie sehr Carl Henrik auch seinen Hut begehrte, er würde ihm niemals selbst hinterherschwimmen können – weil er nicht schwimmen *konnte*.

Das Geräusch und die Bewegungen kamen näher. Das Platschen der Arme und das Prusten. Jetzt konnte ich ihn sehen und die traumartige Lähmung löste sich, ich bekam Angst und in meinem Kopf war nur noch für einen Gedanken Platz: Pontus durfte mich nicht sehen.

Ich duckte mich hinters Schilf, ließ mich vom Steg gleiten und lief durch die Schafweide zum Haus. Während ich über Wurzeln und Steine stolperte, hörte ich, wie Pontus durch das flache Wasser ans Ufer watete. Ich war in der Dunkelheit vom Weg abgekommen und mein Herz stand fast still, als ich neben mir einen rauen, weichen Körper spürte, der zusammenzuckte und dann mit einem beleidigten Blöken in der Dunkelheit verschwand.

Dann war die Weide vom Mond beschienen, verzaubert und gespenstisch schön, als wäre ich in eine andere Welt geraten. Ich konnte nicht mehr auf den Weg zurück, weil ich Pontus nicht begegnen wollte. Ich schlich zwischen Bäumen und Büschen zum Haus hinauf, jederzeit bereit, mich zu ducken und zu verstecken. Es gelang mir, unbemerkt in den Garten zu gelangen, wo die Papierlaternen über dem gedeckten Tisch leuchteten.

Tessan und Judit standen in der Küche. Sie kicherten und waren in Partystimmung. Es dampfte aus dem großen Kessel auf dem Herd und aus dem Radio kam laute Musik. Pontus war offensichtlich noch nicht da.

»Meinst du die?«, fragte Judit und hielt die Schachtel mit dem Krustentierbesteck hoch.

Tessan dreht sich um.

»Ja, genau die«, sagte sie.

Mir fiel ein, wann wir das letzte Mal damit gedeckt hatten. An meinem ersten Abend auf Glimmenäs. Mein Gott, wie lange war das her.

»Kommen die Jungs?«, fragte Tessan und rührte mit einem Holzlöffel im Kessel. Sie roch nach Schnaps.

Sie hatte mich angesprochen, aber ich konnte nichts sagen. Ich stand zitternd da und schaute in den großen Kessel, in dem Dillblüten über den schwarzen Tieren schwammen, die sich allmählich rot färbten. Das Wasser kochte nicht mehr, es siedete nur noch schwach. Neben dem Herd standen leere Flaschen.

»Sind doch eine ganze Menge zusammengekommen. Ich koche sie in Porter, das wollte Carl Henrik so«, erklärte Tessan und zeigte mit dem Kochlöffel auf die Flaschen.

Ein Paar Scheren streckten sich verzweifelt aus dem Wasser. Sie fanden Halt am Rand des Kessels und langsam kletterte der Krebs aus dem kochenden Inferno.

»Mal sehen, was die Jungs in den letzten Käfigen gefunden haben. Ich muss vielleicht noch mehr kochen«, sagte Tessan und schubste den Krebs mit dem Kochlöffel zurück.

Im nächsten Moment patschte Pontus in die Küche, das Wasser lief ihm aus den Kleidern, er war außer Atem und bleich, wie ein Ertrunkener, der von den Toten wiederkehrt.

»Es ist ein Unglück passiert«, keuchte er. »Das verdammte Boot ist gesunken.«

Erst jetzt ging ich hinauf in Florences Zimmer und rief den Notruf an.

Zwanzig Minuten später war die ruhige Bucht verwandelt,

es wimmelte von Motorbooten, Scheinwerfern, Tauchern und einem kreisenden Hubschrauber.

Und am Morgen des nächsten Tages fand man Carl Henriks Körper.

34

Carl Henrik war plötzlich und ganz unverhofft auf Glimmenäs aufgetaucht, wie ein Gespenst. Ich weiß noch, wie verwirrt ich war, als ich ihn zum ersten Mal im Sessel sitzen und Zeitung lesen sah; mein Leben geriet aus der Bahn und alles war falsch. Seit jenem Tag hatte ich mir ständig gewünscht, er solle verschwinden und alles möge so sein wie vorher. Den anderen ging es vermutlich ähnlich. Und jetzt, wo es passiert war, reagierte jeder von uns auf eigene Weise.

Judit hörte auf zu essen und verbrachte ihre Tage wieder in ihrer Kammer mit ihrer Musik aus dem MP3-Player.

Tessan bekam einen Putzanfall und war von morgens bis abends mit Staubsauber und Putzlappen unterwegs.

Pontus zog in das Zimmer von Ernst Wendman. Er ging oft in das Zimmer von Florence, um zu telefonieren, und fuhr dann mit Tessans Auto weg – er schien nun frei darüber verfügen zu können –, und was er dann tat, wussten wir nicht. Mal verbrachte Tessan die Nacht in seinem Zimmer, mal in unserer gemeinsamen Dienstmädchenkammer. Pontus entschied, ob er sie bei sich haben oder allein sein wollte.

Andreas war wortkarg und ausweichend. Er stand früh auf, machte sich Proviant und begab sich allein auf lange Wanderungen im Wald. Ich wäre gerne mitgekommen, aber er ließ mich deutlich spüren, dass meine Gesellschaft unerwünscht war.

Ich fragte mich, ob er sich vielleicht Vorwürfe wegen des Unglücks machte. Ich weiß, dass er das Gefühl hatte, als Mitglied der Gesellschaft und als Sohn versagt zu haben. Unser einst handwerklich so geschickter Hausmeister, der immer so zufrieden schaute, wenn er an der tickenden Bornholmer Uhr vorbeikam, nahm nach dem Unglück keinen Schraubenzieher mehr in die Hand. Sein Versuch, das leckende Boot zu reparieren, war ein weiterer Beweis seiner Unfähigkeit, dieses Mal mit tödlichen Folgen. Dass das Boot perfekt schwamm, als wir es testeten, und dass niemand das Unglück hatte vorhersehen können, war ein schwacher Trost.

Als ich ihn auf den kalten Heizkörper im Speisesaal aufmerksam machte, zuckte er nur mit den Schultern und sagte:

»Spielt keine Rolle. Spielt keine Rolle im Land der Dämmerung.«

Wir benutzten das Speisezimmer nicht mehr, das stimmte. Es gab keine gemeinsamen Feste mehr. Aber wir tranken mehr Wein als je zuvor. Überall auf den Beistelltischen und Fensterbrettern standen leere Flaschen und Gläser, der Vorrat im Keller schrumpfte erschreckend schnell.

Obwohl die Stimmung so gedrückt und so unangenehm war, verließ keiner von uns Glimmenäs. Wir wussten alle, worauf wir warteten: Wir warteten auf den nächsten Todesfall.

Abwechselnd besuchten wir Florence in ihrem abgedunkelten Krankenzimmer, sie war blass, die Hände hatte sie über der Brust gefaltet und sie erinnerte an die liegenden Marmorskulpturen auf herrschaftlichen Familiengräbern. Ihr Gesicht war so ausgehöhlt, dass es keine persönlichen Züge mehr zeigte.

Wir wussten, dass es sich nur noch um Tage handeln konnte. Und nach Carl Henriks Unfall stand niemand mehr zwischen uns und dem Erbe von Florence. In absehbarer Zukunft würde Glimmenäs in den Besitz der Wendman'schen Gesellschaft übergehen und mit diesen Vorbereitungen war Pontus im Zimmer von Florence und auf seinen Autofahrten beschäftigt.

Und dann? Waren die Pläne von Pontus realistisch? Würde es auf Glimmenäs Platz für uns alle geben?

Noch hatte ich niemandem erzählt, was ich in jener Nacht vom Steg aus beobachtet hatte. Ich hätte es gerne Andreas erzählt, vielleicht hätte das seine Schuldgefühle gemindert, aber da er mir so konsequent aus dem Weg ging, hatte ich keine Chance, unter vier Augen mit ihm zu reden.

Wenn alles noch so gewesen wäre wie zu Beginn des Sommers, hätte ich natürlich mit Tessan gesprochen. Aber sie gab mir nicht mehr das Gefühl, eine enge Freundin zu sein. Wenn wir nachts im gleichen Zimmer schliefen, schwatzten wir uns nicht mehr in den Schlaf wie früher. Sie blieb jetzt lange auf und sprach bis spät in die Nacht mit Pontus und kam erst, wenn ich schon im Bett lag. Sie zog sich schnell aus und nach einem kurzen »Gute Nacht« drehte sie mir den Rücken zu und schlief sofort ein.

Ich lag oft lange wach, meine Träume waren dunkel und quälend. Der Krebs, der versuchte, aus dem Kessel zu kommen, während die anderen Krebse schrien und mit ihren Scheren über dem kochenden Wasser fuchtelten.

Kerstin Beck, die in der Küche von Glimmenäs in einer Ecke saß und strickte, eingehüllt in den Dampf aus dem Kessel. Die Nadeln klirrten, die Krebse schrien und Kerstin hielt ihr Strickzeug hoch und sagte stolz: »Ein Pullunder. Den bekommt er zum Geburtstag.«

Florence, die in ein Boot gebettet war, die Hände über der Brust gefaltet und die Augen geschlossen. Langsam glitt sie durch die Dunkelheit über den See, immer weiter hinaus, im Bug schaukelte die Laterne.

Ich fuhr zu meinen Eltern, um der gedrückten Stimmung zu entgehen.

Ich bewunderte die Sonnenterrasse, die sie hatten bauen lassen.

»Ja, die steigert den Wert des Hauses«, sagte mein Vater.

»Wieso das? Wollt ihr es verkaufen?«, fragte ich erstaunt.

Ja, sie überlegten, ob sie sich nicht lieber eine Wohnung kaufen sollten. Vielleicht in einer etwas größeren Stadt. Sie wollten in ihrer Freizeit noch andere Dinge machen, als den Rasen zu mähen und Schnee zu räumen.

»Aber wie geht es denn dir, Martina? Was machst du eigentlich auf diesem Gutshof?«, fragte meine Mutter. »Ich habe das nicht so richtig verstanden. Ist es so eine Art Wohngemeinschaft?«

»Du bist so komisch angezogen. Das ist doch nicht etwa eine Sekte?«, sagte mein Vater.

Ich hatte eigentlich vorgehabt, meine normalen Kleider anzuziehen, bevor ich nach Hause fuhr. Aber als ich sie herausholte, kamen sie mir merkwürdig vor. Ich trug Florences Vierziger-Jahre-Sachen jetzt schon so lange, dass ich gar nicht mehr darüber nachdachte. Die Jeans und der Pullover in der Kommodenschublade gehörten zu einer anderen Martina, einem Menschen, an den ich nicht gern erinnert werden wollte. Die Kleider hatten in mir ein so starkes Unlustgefühl ausgelöst, dass ich sie gleich wieder zurückgelegt hatte.

»Eine Sekte? Nein, nein«, lachte ich. »Wir sind ein Unternehmen. Glimmenäs ist jetzt ein Live-Spiele-Zentrum und ein Fortbildungsort. Wir bauen im Garten Gemüse an und betreiben ein Gartencafé. Die Kleider gehören zum Konzept.«

Ich plapperte drauflos, als ob unsere Träume bereits wahr geworden wären.

Mein Vater schaute mich skeptisch an.

»Kannst du davon leben?«

Mutter schaute mich froh an.

»Das ist ja phantastisch, Martina. Die jungen Leute von heute sind so einfallsreich. Ihr habt eine ganz andere Einstellung als wir. Das bewundere ich wirklich.«

Sie wandte sich an Vater.

»Sollen wir nicht nächstes Wochenende mal hinfahren, Christer?«

»Da finden keine Live-Spiele statt«, sagte ich schnell. »Und es ist auch nur für Mitglieder.«

»Aber das Café?«, sagte Mutter. »Ist das offen?«

Ich lächelte bedauernd.

»Tut mir leid. Die Saison ist vorbei. Letzten Sonntag hatten wir zum letzten Mal offen.« Ich stand auf. »War nett, euch zu sehen. Aber jetzt muss ich zurück. Ich muss eine Konferenz vorbereiten.«

Mutter blieb hartnäckig. Als ich den Mantel anzog, sagte sie:

»Das wäre vielleicht was für unsere Fortbildungstage. Ich werde mit meinem Rektor reden. Seid ihr teuer?«

Ich machte eine unbestimmte Geste.

»Der ganze Winter ist schon ausgebucht«, murmelte ich, machte die Tür auf und ging.

Mein Vater kam hinter mir her und packte mich am Arm.

»Martina«, sagte er. »Wie steht es denn wirklich?«

»Wieso?«

»Geht es dir ganz bestimmt gut?«

»Ja, natürlich«, sagte ich ärgerlich und befreite mich aus seinem Griff.

Als ich nach Glimmenäs zurückkam, stand ein Transporter im Hof. Aus dem Kleinen Salon kamen Stimmen, und als ich hineinschaute, sah ich, wie Pontus zwei Männern, die ich noch nie gesehen hatte, die Walnusskommode vorführte.

»Schwedisches Rokoko. 1740er Jahre. Exzellentes Handwerk«, hörte ich ihn sagen, als er die obere Schublade aufzog.

Ich entfernte mich unbemerkt.

Eine halbe Stunde später war der Transporter samt Kommode verschwunden.

Ein paar Tage später schoss ich zum ersten Mal. Die Männer wollten alleine losziehen, aber ich hatte gesehen, dass Pontus und Andreas mit dem Revolver das Haus verlassen wollten.

»Wollt ihr schießen?«, fragte Tessan.

»Hast du was dagegen?«, erwiderte Pontus.

»Nicht, wenn ich mitmachen darf.«

Sie hatten eine Zielscheibe aus Pappe besorgt.

»So ist es sportlicher. Wir können nicht einfach auf Baumstämme schießen, wir müssen es ernsthaft betreiben. Wir sind schließlich auf einem Gutshof und nicht im Wilden Westen. Wollen wir alle gehen? Martina, willst du auch mit?«

Ich nickte.

»Und Judit?«, sagte Tessan und deutete Richtung Treppe.

»Nein, um Gottes willen! Judit und Waffen, das geht nicht gut.«

Und dann gingen wir zu viert in den Wald. Andreas nagelte die Scheibe an einen Tannenstamm. Jeder hatte fünf Schuss.

Ich hatte noch nie eine Waffe in der Hand gehabt und war erstaunt, wie schwer sie war und wie laut es knallte. Wir steckten uns Watte in die Ohren, aber das half nicht viel.

Noch mehr erstaunte mich, dass ich richtig gut schießen konnte. Die anderen trafen kaum die Scheibe, aber meine Schüsse landeten alle in den Ringen, manche sogar in der Mitte.

»Das hast du schon öfter gemacht, Martina. Gib es zu«, sagte Pontus sauer und zählte meine Punkte.

Aber ich hatte noch nie geschossen. Am allermeisten erstaunte mich, dass es mir Spaß machte. Ich hatte gedacht, schießen wäre gewalttätig und dramatisch, aber stattdessen empfand ich eine große Ruhe. Wenn ich zielte, war es, als würde die Zeit stillstehen, und alles um mich herum verschwand, ich sah nur noch meine Hand und die Zielscheibe. Ein so deutliches und selbstverständliches Ziel war faszinierend.

Mein Blick saugte sich in die Mitte der Scheibe, immer tiefer, ein Ring nach dem anderen. Ich zielte und holte tief Luft. Dann drückte ich auf den Abzug und atmete den Schuss gleichsam aus, atmete direkt ins schwarze Zentrum. Der Revolver antwortete mit einem Stoß in meine Hand und einem ohrenbetäubenden Knall. Es war eigentlich sehr einfach.

Andreas verfehlte die Scheibe bei seinem ersten Schuss, die Kugel landete im Stamm der Tanne. Dann schoss er verbissen auf die Baumstämme, dass die Rinde nur so spritzte. Die Blindgänger flogen direkt in den Wald und man konnte nur hoffen, dass an diesem Tag keine Pilzsammler unterwegs waren.

35

An einem kühlen Tag Ende Oktober ging ich am See entlang. Jenseits der Bucht war der Himmel graublau und die Birken gelb, die Sonne verwandelte alles in Blei und Gold. Eine Krähe flog zwischen den Bäumen und rief sich selbst beim Namen: kräh, kräh. Carl Henrik war tot und Florence lebte immer noch.

Ich ging über die Schafweide zur Kuhweide und weiter durch das Wäldchen, bis ich zu der Stelle der Bucht kam, wo Schilf wuchs und alles sumpfig war. Es war windig, ich hielt den nach Mottenpulver riechenden Mantelkragen fest. Plötzlich sah ich Andreas' Windjacke hinter den Espen hervorblitzen. Er saß mit dem Rücken zu mir auf einem umgestürzten Baumstamm. Ich blieb zögernd stehen. Ich wusste, dass er hier oft herkam, um seine Ruhe zu haben, und dass unsere gemeinsamen Waldspaziergänge der Vergangenheit angehörten. Aber jetzt war die Gelegenheit, in Ruhe mit ihm zu reden.

Vielleicht hatte er mich kommen hören, denn plötzlich drehte er sich um und schaute zu mir herüber.

Ich ging zu ihm und setzte mich neben ihn auf den Baumstamm.

»Hier bist du also?«, sagte ich.

Er antwortete nicht.

»Woran denkst du?«, fragte ich, obwohl ich es genau wusste.

Er schwieg und schaute ins Wasser, kleine Inseln aus gelben Blättern trieben ans Ufer. Nach einer Weile sagte ich:

»Okay, dann sage ich eben, woran *ich* denke. Ich denke, das, was Carl Henrik zugestoßen ist, war schrecklich. Und gleichzeitig haben wir uns genau das gewünscht.«

Ich machte eine Pause und schaute ihn an, aber er verzog keine Miene. Ich holte tief Luft und fuhr fort:

»Ich meine, wir haben doch mit dem Gedanken gespielt, wie es wäre, wenn es Carl Henrik nicht gäbe. Ich habe das getan und du hast es getan und die anderen haben es auch getan. Wir haben ihn doch immer irgendwie als Phantasiefigur betrachtet. Und schließlich hat er sich ja auch wie eine Phantasiefigur aufgeführt. Und jetzt ist er nicht mehr da, das macht gewisse Dinge einfacher und andere Dinge schwieriger. Auf jeden Fall hast du keine Schuld daran. Falls du das denken solltest. Du hast das Boot gut abgedichtet.«

Andreas schnaubte.

»Doch, das hast du prima gemacht«, sagte ich nachdrücklich. »Das Boot ist beim Test einwandfrei dicht gewesen. Und die erste Fahrt über die Bucht lief ja auch problemlos. Wenn sie die letzte nicht gemacht hätten ... es muss untergegangen sein, als sie die Käfige leeren wollten.«

Andreas lächelte, aber irgendwie eigenartig. Er schwieg immer noch.

»Ich möchte dir etwas erzählen und ich will, dass du mir zuhörst«, sagte ich und nahm seinen Arm. »Pontus hat keinen Finger gerührt, um Carl Henrik zu retten. Er hat das Boot, kaum dass es zu sinken begann, verlassen. Er wusste, dass Carl Henrik nicht schwimmen kann. Aber er hat nicht versucht, ihn zu retten, obwohl er das gekonnt hätte. Wenn er gewollt hätte, dass Carl Henrik überlebt, dann hätte er überlebt. Aber er ist, so schnell er konnte, davongeschwommen, obwohl Carl Henrik um Hilfe rief und schließlich ertrank. Ich stand auf dem Steg und habe alles gesehen. Ich habe Pontus nichts erzählt, aber ich finde, du solltest es wissen.«

Ich schwieg und wartete auf Andreas' Reaktion. Der Wind

frischte vom See her auf. In den alten Eichen knarrte es und die Eicheln fielen raschelnd auf den Boden.

»Ich hätte es dir schon lange erzählen sollen«, fuhr ich fort, »wenn jemand an Carl Henriks Tod Schuld trägt, dann ist es Pontus. Und nicht du.«

Er lachte. Ich ließ seinen Arm los. Das war nicht die Reaktion, die ich erwartet hatte.

»Liebe Martina«, sagte er. »Du hast alles total falsch verstanden. Pontus hat Carl Henrik nicht umgebracht. Ich habe es getan.«

»Aber wie denn, Andreas? Du warst doch oben im Haus, als das Boot unterging.«

Er seufzte schwer.

»Ich habe das Boot nicht repariert, Martina. Ich habe den Schaden noch schlimmer gemacht.«

»Unsinn! Du hast doch jede Menge Dichtungsmasse gekauft«, erinnerte ich ihn.

»Und noch so einiges. Zum Beispiel eine Bohrmaschine. Ich habe die Löcher aufgebohrt und mit Dichtungsmasse Dübel eingesetzt. Das Boot war so lange dicht, wie wir es wollten. Um es zu versenken, musste man nur die Bodenbretter anheben und die Dübel rausziehen. Ich habe gute Arbeit geleistet, da hast du recht. Es ist genauso gekommen wie geplant.«

Ich versuchte zu verstehen, was er gesagt hatte.

»Wie Pontus es geplant hatte? Er hat gesagt, wie du es machen sollst, nicht wahr?«

Andreas zuckte mit den Schultern.

»Was spielt das für eine Rolle? Ich habe es gemacht.«

36

»Ich habe gestern mit Schwester Tuula gesprochen. Ich habe sie gefragt, wie lange Florence in dem Zustand, in dem sie jetzt ist, leben kann. Ich meine, schließlich ist sie seit zwei Monaten bewusstlos«, sagte Tessan und drückte vorsichtig das Wasser aus einer Seidenbluse und hängte sie auf einen Bügel.

Wir waren im Keller und kümmerten uns um die Wäsche. Bettwäsche und Handtücher hatten wir in der großen, altersschwachen Waschmaschine gewaschen, aber die alten Kleider von Florence mussten wir immer von Hand in lauwarmem Wasser waschen.

Die Arbeitsteilung auf Glimmenäs war erstaunlich konservativ. Ich glaube nicht, dass die Männer auch nur ein einziges Mal gewaschen haben. Wir haben nicht mal darüber diskutiert, das wundert mich in Nachhinein. War das immer noch die folgsame Gull-Britt aus dem Hotel? Oder haben wir uns zusammen mit den Kleidern aus den vierziger Jahren in eine längst vergangene Epoche der Geschichte der Frauen begeben?

»Schwester Tuula sprach davon, dass die Ärztin erwäge, die lebenserhaltenden Maschinen abzustellen. Aber die Angehörigen müssen natürlich einwilligen«, Tessan war hinter einem Laken verschwunden.

»Die Angehörigen?«, sagte ich. »Sind wir das?«

»Ja«, sagte Tessan. »Das haben wir zumindest im Krankenhaus behauptet. Sie meinte, wir sollten darüber reden. Wir müssen etwas unterschreiben. Es wäre wirklich schön, wenn dieses Warten ein Ende hätte.« Sie schob ein Laken beiseite und stellte sich neben mich. »Florence leidet zwar nicht, aber es ist ja auch kein richtiges Leben. Und wir müssen doch wissen, wie es mit uns weitergeht, nicht wahr?«

»Wir müssen uns unterhalten und zu einer gemeinsamen Entscheidung kommen«, sagte ich.

Als wir aus dem Keller hochkamen, saß Judit in der Bibliothek und blätterte in einem Buch über das alte Ägypten.

»Weißt du, wo die Männer sind?«, fragte ich.

»Andreas ist irgendwo draußen und Pontus sitzt im Hof in einem Auto«, antwortete sie, ohne aufzuschauen.

»In was für einem Auto?«, fragte ich erstaunt. »In Tessans Auto?«

Sie schüttelte den Kopf.

Ich ging in den Kleinen Salon und schaute aus dem Fenster. Ein Saab, den ich noch nie gesehen hatte, parkte auf dem Kiesplatz, auf dem Beifahrersitz saß Pontus. Neben ihm ein fremder Mann, mit dem er sich zu unterhalten schien. Plötzlich stieg er aus und schlug die Tür zu. Unnötig fest, wie ich fand. Das Auto wurde angelassen und fuhr die Allee hinauf.

Ich hörte, wie Pontus durch den Hintereingang ins Haus kam und vom Dienstbotentrakt aus in den ersten Stock ging. Er wollte offenbar keine Fragen gestellt bekommen.

Ich nahm an, er hatte Besuch von einem Geschäftspartner gehabt. Vielleicht wollte er noch mehr aus dem Besitz von Florence verkaufen. Seit die Rokoko-Kommode verschwunden war, waren auch die Nippesfiguren im Großen Salon weniger geworden, und auf der Tapete im Kleinen Salon sah man etliche helle Flächen mit leeren Bilderhaken. Eigenartigerweise hätte ich nicht sagen können, was fehlte.

Carl Henriks Porträt hing auf jeden Fall noch an seinem gewohnten Platz. Die Farben sahen irgendwie stärker und klarer aus als früher. Der gelbe Pullunder und der rote Hintergrund leuchteten wie auf der Glasmalerei eines Kirchenfensters und der Blick in den Augen des jungen Mannes war beunruhigend lebendig und schien einen durchs Zimmer zu verfolgen. Das war natürlich alles nur Einbildung.

Tessan und ich hatten uns eine Minestrone aus der Tüte gemacht und ein wenig später kam Andreas nach Hause. Er war durchnässt und so wortkarg wie immer. An seinen Stiefeln klebten gelbe Blätter wie Post-it-Zettel.

Ich ging nach oben und klopfte an die Tür von Ernst Wendmans Zimmer.

Pontus saß im Sessel und döste. Ich sagte, wir müssten miteinander reden, und bat ihn, in den Großen Salon zu kommen. Er antwortete, er sei müde und wir sollten zu ihm hinaufkommen.

Fehlte nur noch Judit. Wir hatten keine Lust, sie zu suchen. Wir rechneten irgendwie nicht mit ihr.

Andreas hatte immer noch seine Jacke an. Er stellte sich direkt neben die Tür, die Hände in den Taschen, als ob er jeden Moment gehen wollte.

Ich setzte mich auf den Schreibtischstuhl und schaute zu Tessan hinüber, die mit hochgezogenen Beinen zwischen den orientalischen Kissen auf dem Himmelbett saß. Sie schien sich da zu Hause zu fühlen. Sie hatte in diesem Bett mit Pontus und mit Carl Henrik geschlafen, sie hatte das Bett gemacht und die Bettwäsche gewaschen.

Ich sehe noch ganz genau vor mir, wie wir dort saßen. Pontus in einem bequemen Ohrensessel, Tessan auf dem Bett, ich auf einem Schreibtischstuhl, während Andreas an der Tür stehen geblieben war, um schnell wieder verschwinden zu können. Als hätte uns jemand gebeten, den Platz einzunehmen, den wir als den unseren erachteten.

Tessan sagte, es gäbe die Möglichkeit, die lebenserhaltenden Maßnahmen bei Florence abzubrechen, wenn wir das wollten.

»Wie lange würde das dauern?«, fragte Pontus.

»Bis sie stirbt? Zwischen zwei Tagen und zwei Wochen, sagt Schwester Tuula. Sie bekommt dann keine Nahrung und keine Flüssigkeit mehr. Man befeuchtet lediglich hin und wieder die Lippen mit einer Kompresse.«

»Sie verhungert und verdurstet also?«

»Sie spürt nichts. Sie ist nicht bei Bewusstsein«, sagte Pontus kurz.

»Martina und ich müssen ein Papier unterschreiben«, sagte Tessan. »Und dann fällt ein Arzt die Entscheidung. Wir können morgen hinfahren.«

Pontus nickte.

»Ihr seid also vom Krankenhaus angesprochen worden?«, sagte er. »Ihr habt es nicht selbst vorgeschlagen?«

»Nein. Schwester Tuula sagte, es gäbe diese Möglichkeit. Und dass man es heute oft so machen würde«, sagte Tessan. »Sie meinte, wir sollten darüber nachdenken.«

Pontus nickte wieder.

»Ja dann. Dann fahrt ihr beide morgen hin und unterschreibt. Sind wir uns einig?«

»Ja«, sagten wir, »wir sind uns einig.«

»Andreas?«

»Macht, was ihr wollt. Mir ist es egal«, sagte Andreas.

»Ja, das habe ich gemerkt. Ich muss mich um alles kümmern und du hältst dich raus. Aber bald wirst du dich wieder mehr einbringen können. Das mit dem Erbe kann dauern und es wäre schön, wenn wir endlich loslegen könnten. Ich habe einen guten Anwalt und ich glaube, in einem Jahr ist alles geregelt. Dann kann die Wendman'sche Gesellschaft ihre Tätigkeit aufnehmen. Kurse, Konferenzen …«

»Du hast mir ein Reitpferd versprochen«, erinnerte ihn Tessan.

Pontus breitete die Arme aus.

»Wir werden sehen, wie es läuft. Es gibt tausend Möglichkeiten.«

»Ich werde dann nicht mehr hier sein«, sagte Andreas leise und schaute auf seine Füße.

»Wie meinst du das?«, fragte Tessan.

»Es ist mir egal, was ihr macht, weil ich dann nicht mehr hier sein werde.«

»Und wo willst du hin?«, fragte Pontus. »Nach Hause zu Mama und Papa? Ich denke, die haben dich rausgeworfen.«

Andreas antwortete nicht. Er stand weiter am Türpfosten.

»Dein Vater ist verdammt enttäuscht von dir. Glaube bloß nicht, dass ich das nicht gemerkt hätte, als wir dort waren. Der wird keinen Pfennig mehr für dich ausgeben.«

»Ich habe nicht gesagt, dass ich zu meinen Eltern fahren werde«, sagte Andreas.

»Wohin willst du dann? Wir brauchen dich hier«, fuhr Pontus etwas freundlicher fort. »Jetzt, wo es endlich losgeht.«

Er ging zu Andreas und legte ihm beschwichtigend eine Hand auf die Schulter.

»Jetzt hör mir mal zu.«

Andreas dreht sich zur Seite, um seiner Berührung zu entkommen, und sagte ärgerlich:

»Auf dich zu hören, das war das Dümmste, was ich in meinem Leben tun konnte. Ich hau jetzt ab.«

»Ja, ja«, sagte Pontus ruhig. »Ich werde dich nicht dran hindern. Wann fährst du?«

»So bald wie möglich.«

»Und warum hast du es plötzlich so eilig?«

Pontus beugte sich zu Andreas und flüsterte beinahe:

»Hast du vielleicht von dem gleichen Typ Besuch bekommen wie ich? Dann weißt du doch auch, dass sie das Boot geborgen haben.«

»Wer hat das Boot geborgen?«, fragte Tessan und sprang von ihrem Bett auf.

»Die Polizei«, sagte Andreas tonlos.

Ich musste an den Saab denken, der im Hof geparkt hatte und in dem Pontus mit jemandem gesprochen hatte.

»Sie haben also auch mit dir gesprochen«, fuhr Pontus im gleichen ruhigen, überheblichen Ton fort. »Ich weiß ja nicht, was du ihnen erzählt hast. Ich habe ja mit dem Ganzen nichts zu tun. Ich habe ein schreckliches Unglück erlebt, das du arrangiert hast. Ich war genauso ein Opfer wie Carl Henrik, aber im Unterschied zu ihm habe ich überlebt.«

Andreas schaute Pontus mit eiskalter Verachtung an, sagte jedoch nichts.

»*Du* hingegen bist höchstwahrscheinlich auf einer Überwachungskamera zu sehen, wie du eine Bohrmaschine und Dichtungsmasse bezahlt hast. Und sie haben natürlich auch deine Kartennummer«, sagte Pontus, beinahe freundlich. »Wenn es also zu einem Prozess kommt, hast du die Wohnungsfrage für die nächsten Jahre gelöst. Die Frage ist nur, in welchem Gefängnis du landest. Was meinst du, wie dein Vater das finden wird?«

Er verzog das Gesicht und lächelte milde.

Andreas schaute ihn erstaunt, beinahe fasziniert an, als würde er ein exotisches Tier betrachten.

Dann nahm er endlich die Hand aus der Jackentasche, und ehe wir begreifen konnten, was los war, war ein Schuss gefallen.

Pontus starrte auf den Revolver in Andreas' Hand. Das Lächeln auf seinem Gesicht war nun ein anderes, aber merkwürdigerweise immer noch ein Lächeln.

»Aber was zum Teufel«, murmelte er unsicher und schaute auf sein weißes Hemd, auf dem sich in Bauchhöhe ein Blutfleck ausbreitete.

»Alles okay«, sagte er und ging langsam rückwärts.

Kaum hatte er ein paar Schritte gemacht, da fiel der nächste

Schuss. Pontus knickte in den Knien ein, fiel nach vorne, stieß an den Rauchtisch, dass die Messingkannen schepperten.

Mit ausgestreckten Armen lief Tessan in Pontus' Richtung, blieb dann jedoch stehen und schaute auf den Revolver, der immer noch auf Pontus gerichtet war. Unsicher und ängstlich machte sie ein paar Schritte nach vorn und wieder zurück, die Arme mal ausgestreckt, mal an den Körper gedrückt, es sah fast aus, als tanze sie, dann gab sie auf und schlug sich die Hände über den Kopf und brüllte hysterisch: »Du hast ihn umgebracht! Du Schwein, du hast ihn umgebracht!«, obwohl deutlich zu sehen war, dass Pontus lebte. Er lag auf dem Perserteppich und warf den Kopf hin und her und hatte ganz offensichtlich große Schmerzen.

»Leg den Revolver weg, Andreas, bitte!«, jammerte ich. »Mach es nicht noch schlimmer, als es schon ist!«

Ich saß immer noch auf dem Schreibtischstuhl, den ich jedoch dicht ans Fenster gerollt hatte. Ich hatte die ganze Zeit die Balkontür im Blick, vielleicht würde ich vom Balkon springen, genau wie Florence, als sie versuchte, vor ihrem Vater zu fliehen.

»Noch schlimmer?«, wiederholte Andreas erstaunt. Er hielt den Revolver jetzt in der schlaffen Hand, der Zeigefinger war immer noch am Abzug. »*Schlimmer, als es schon ist*? Wie könnte es noch schlimmer werden?«

Er betrachtete Pontus, der sich auf den Bauch gedreht hatte und vergeblich versuchte, sich vorwärts zu bewegen, er sah aus wie ein Baby, das noch nicht krabbeln konnte. Das Blut quoll aus ihm heraus und wurde von dem dicken Teppich aufgesogen, sein Gesicht war grau und gespenstisch blass, ich hatte so etwas noch nie bei einem Menschen gesehen. Dann hustete er und dunkles Blut kam aus seinem Mund, wie aus einem Gefäß, das überläuft. Andreas' Gesicht war völlig leer.

»Sch ...«, begann ich, aber ich zitterte so sehr, dass ich die

Worte nicht herausbekam. Ich hielt mich an der Armlehne des Schreibtischstuhls fest und holte tief Luft: »Nicht mehr schießen, bitte!«, bat ich, »ich kann bezeugen, dass Pontus Carl Henrik ertrinken ließ. Er hat dich gezwungen. Alle werden es verstehen.«

Andreas ließ die Hand mit dem Revolver sinken. Er zuckte mit den Schultern und lächelte schief.

»Spielt keine Rolle«, sagte er. »Spielt keine Rolle im Land der Dämmerung.«

Dann bog er den Kopf nach hinten, steckte den Revolver in den Mund und drückte ab.

37

Ab hier fehlt mir etwas in meiner Erinnerung, denn plötzlich war das Haus voller Polizisten und Rettungsleute. (Habe ich sie angerufen? Hat Tessan angerufen? Hat womöglich Judit sie angerufen, gleich nachdem sie den Schuss und Tessans Schrei gehört hatte?)

Die Stiefel der Polizisten dröhnten auf der Treppe. Es klang, als wäre eine ganze Armee gekommen, aber es waren wohl nur fünf, sechs Leute. Sie kamen mit gezogenen Waffen in Ernst Wendmans Zimmer und ich weiß noch, dass ich rief:

»Nicht schießen! Es reicht jetzt, hört auf!«

Das Zimmer sah aus wie ein Kriegsschauplatz. Pontus lag auf dem Boden und kroch in seinem Blut. Alles andere habe ich verdrängt, aber die Bilder tauchen oft im Traum auf oder in Momenten, in denen ich am wenigstens darauf vorbereitet bin, schauerliche Einzelheiten, ich weiß, sie werden mich bis ans Lebensende verfolgen.

Tessan und ich mussten unseren Personalausweis holen, wir wurden dabei von Polizisten begleitet, und dann wurden wir auf zwei Polizeiautos verteilt.

Bevor wir losfuhren, wurden wir noch gefragt, ob sonst noch jemand im Haus sei. Die Stiefel waren durch alle Zimmer getrampelt, aber sie schienen Judit nicht gefunden zu haben.

Da ich wusste, welche Angst sie vor der Polizei hatte, sagte ich:

»Nein. Sonst ist niemand hier.«

Auf dem Weg nach Uppsala bemerkte ich zu meiner Überraschung, dass einige der Felder mit dem gleichen hellgrünen Schleier bedeckt waren wie an dem Abend, als ich zum ersten Mal mit Tessan im Auto hier entlanggefahren war. Das war im April und das Grün war ein Versprechen auf den Sommer gewesen. Wie eigenartig, das gleiche junge Grün im November zu sehen! Sah ich es wirklich? Aber dann fiel mir ein, dass es so etwas wie Winterweizen gab, und mein spontaner Gedanke war: Ich muss Andreas fragen.

Im nächsten Moment wurde ich von einem Weinkrampf geschüttelt. Die Polizistin, die neben mir auf der Rückbank saß, legte tröstend eine Hand auf meinen Arm und vom Vordersitz reichte eine andere Polizistin mir ein Papiertaschentuch.

Ich hatte gerade meine Tränen getrocknet und mich ein wenig beruhigt, als ich am Straßenrand eine kleine magere Gestalt gehen sah. Sie trug einen altmodischen Wollmantel und Gummistiefel, um den Kopf hatte sie ein Tuch gebunden. Über der Schulter trug sie eine vollgestopfte Stofftasche.

Sie muss abgehauen sein, nachdem sie den Notruf gewählt hatte. In dem grauen Dunst auf der leeren geraden Landstraße sah sie mehr denn je aus wie die Person, für die sie sich vor langer Zeit ausgegeben hatte: ein Flüchtling aus dem Zweiten Weltkrieg.

Oder wie eine bettelnde Romafrau, wie sie vor den Geschäften auf der Straße sitzen.

Oder einfach wie eine Frau auf der Flucht, in der Vergangenheit, Gegenwart oder Zukunft, eine Frau auf der Flucht vor Armut oder Gefahr.

Ich drehte mich um und sah sie ein letztes Mal durch das Rückfenster des Autos. Und gerade als sie hinter einer Kurve verschwand, fiel mir auf, dass ich nie erfahren habe, wie sie wirklich hieß.

Auch auf der Polizeiwache blieben wir voneinander getrennt und wurden in verschiedenen Räumen verhört. Denn es war ein Verhör, auch wenn niemand dieses Wort benutzte. Sie waren sehr nett und hilfsbereit. Ein Polizist bot mir ein Stück Schokolade an, er hatte sie vor kurzem in Frankreich gekauft, wo er mit seiner Frau Ferien gemacht hatte. Plaudernd tastete er sich langsam zum Geschehen auf Glimmenäs vor.

Tessan und ich tauschten uns hinterher aus, zum Glück hatten wir ungefähr die gleiche Geschichte erzählt. Was kein Problem war, wenn man sich an die Wahrheit hielt und das wegließ, was man besser nicht erzählte. Aber wie auch immer, es spielte keine Rolle mehr. Andreas hatte recht.

Immer wieder mussten wir beschreiben, wer wo gestanden und was gesagt hatte. Ich wurde gefragt, ob Pontus und Andreas sich zuvor gestritten hatten. Ich sagte, schon möglich. Die Polizisten fragten, ob es wegen dem Unglück vor etwa einem Monat war, und ich sagte, das sei möglich.

Sie schienen uns zu glauben und später fuhren sie uns zu einem kleinen Hotel, wo wir in einem Doppelzimmer übernachteten. Glimmenäs war versiegelt und wir konnten erst zwei Tage später zurückkehren, als die polizeilichen Untersuchungen abgeschlossen waren.

Pontus war inzwischen seinen Schussverletzungen erlegen, Tessan war völlig verstört und weinte die ganze Zeit.

Ich war eigenartig ruhig. Als ob das Verhör bei der Polizei mich in einen gewieften und gefühllosen Verbrecher verwandelt hätte. In meinem Kopf hatte nur ein einziger Gedanke Platz: Ich musste schauen, ob das Testament noch da war. Die Polizisten hatten ja inzwischen reichlich Zeit gehabt, das ganze Haus zu durchsuchen. Vermutlich hatten sie nicht nur das Testament, sondern auch die Papiere über die wiederbelebte Wendman'sche Gesellschaft gefunden. Dann wäre es kein Problem mehr, in den bis dahin so rätselhaften Geschehnissen ein Muster zu entdecken. Dann wäre es nur noch eine Frage der Zeit, bis ich zu einem neuerlichen Verhör geholt würde. Und dann würde man sich nicht mit einem verwirrten »Ich weiß nicht« zufriedengeben. Meine Unterschrift stand auf allen Papieren.

Schon im Hotelzimmer hatte ich mit Tessan gesprochen, aber sie hatte keine Ahnung, was Pontus mit dem Testament gemacht hatte. Sie nahm an, dass es irgendwo in seinem, also Ernst Wendmans Zimmer war.

Tessan saß im Großen Salon und schenkte sich ein Glas Wein ein, ich machte mich auf die Suche. Ich ging hinauf in den zweiten Stock. Ernst Wendmans Zimmer war verschlossen und provisorisch mit einem Brett zugenagelt, außerdem war ein Verbotsschild befestigt worden.

Es war ein wenig paradox – und auch ziemlich gespenstisch –, dass dieses Zimmer wieder verschlossen und verboten war.

Wenn ich unbedingt gewollt hätte, dann wäre es schon möglich gewesen, hineinzukommen. Aber allein der Gedanke an dieses Zimmer des Bösen machte mich schaudern und ich wollte nie mehr meinen Fuß da hineinsetzen. Außerdem war es inzwischen bis in den letzten Winkel durchsucht worden, und wenn es dort ein Testament gegeben hätte, dann war es bestimmt nicht mehr da.

Mich interessierte das Arbeitszimmer von Florence.

Die Papierstapel waren noch da. Die Polizei hatte sie bestimmt durchsucht, aber nichts Interessantes gefunden.

Mein Blick glitt über die Stapel und schließlich sah ich das senfgelbe Papier, das kaum sichtbar unten aus einem der Stapel herausschaute. Stoß für Stoß trug ich den Stapel ab, bis ich schließlich bei dem vierzig Jahre alten Informationsblatt über das Kaminkehren angelangt war. Darunter lag der Umschlag mit dem Testament. Und unter dem Testament das Protokoll der Versammlung mit unseren Unterschriften und allem anderen, was mit der Wendman'schen Gesellschaft zu tun hatte.

Wenn man ein Blatt verstecken will, dann tut man es am besten im Wald. Und will man ein Blatt Papier verstecken, dann tut man es am besten zwischen tausend anderen Papieren. Am besten zwischen Papieren, die so uninteressant sind, dass niemand sie lesen will. Das hatte Pontus von Florence gelernt.

Ich vermutete, die Polizei hatte bei der Durchsicht der Papiere schnell kapiert, dass es sich um völlig wertloses Material handelte, mit dem sie nichts anfangen konnten.

Ich nahm das Testament und die anderen Papiere hinunter in die Küche, legte sie ins Waschbecken und zündete alles an. Ich wartete, bis alles verbrannt war, dann drehte ich das Wasser auf.

Als ich noch da stand und beobachtete, wie die Rußfetzen in den Abfluss wirbelten, hörte ich das Telefon in Florences Arbeitszimmer klingeln. War das die Polizei? Oder einer der Angehörigen von Pontus und Andreas? Ich hatte keine Lust, mit einem von ihnen zu reden, und Tessan offenbar auch nicht.

Aber der Anrufer war hartnäckig und das Klingeln hörte überhaupt nicht mehr auf. Ich lief also wieder nach oben und nahm ab.

»Na, da habe ich aber Glück, dass ich endlich einen von euch erreiche«, sagte eine samtweiche Stimme. »Du wirst es nicht glauben, aber ich habe eine gute Nachricht. Florence ist aufgewacht. Sie sitzt im Bett und löffelt eine Fruchtsuppe.«

38

Die Schafe stehen unbeweglich im Regen. Reglos und mit geschlossenen Augen lassen sie das Unwetter über sich ergehen. Als hätten sie sich ausgeschaltet.

Ich nähere mich Glimmenäs von der Rückseite. Ich bleibe im Garten hinter einem Apfelbaum stehen, die Kapuze meiner Jacke schützt mich. Es ist Viertel nach eins und ich hoffe, dass der Pflegedienst wieder weg ist. Der Regen hat mich auf dem Spaziergang überrascht, ich muss das Haus verlassen, wenn sie da sind.

Ja, das kleine weiße Auto ist weg.

Ich gehe hinein. Florence sitzt in der Blumenecke im Kleinen Salon. Sie hält sich fast nur noch hier auf.

Ich gehe zu ihr und gebe ihr einen leichten Kuss auf die Wange. Ihre dünnen, weißen Haare sind unten am Hals noch feucht, sie duftet gut nach Seife, die Leute vom Pflegedienst haben ihr beim Duschen geholfen.

»Ich bin wieder da, Tante Florence«, sage ich. »Was bekommen wir denn Gutes zu essen?«

Die Aluminiumbox im Kühlschrank enthält dünne Streifen Fleisch, drei Kartoffeln und gekochtes Gemüse. Eigentlich soll Florence sich das Essen selbst in ihrer neuen Mikrowelle aufwärmen. Das kann sie, aber meistens mache ich es. Wir teilen uns die Portion und essen zusammen in der Blumenecke.

Das Essen ist natürlich nur für Florence gedacht. Aber sie isst wie ein Vogel. Es wäre schade, den Rest wegzuwerfen. Ich verteile also das Essen auf zwei Teller, für mich eine größere Portion, für Florence eine sehr kleine Portion. Sie isst langsam mit der linken Hand.

Ich habe kein schlechtes Gewissen, weil ich ihre Mahlzeiten esse. Ich frage sie meistens, ob sie mehr haben will, aber sie schüttelt immer den Kopf. Manchmal isst sie nicht einmal die kleine Portion auf. Sie braucht nicht so viel Nahrung. Sie kommt zurecht. Florence besitzt eine erstaunliche Lebenskraft. Ich glaube, sie wird sehr alt werden.

Ob der Schlaganfall ihr die Verrücktheit genommen hat, wie Kerstin Beck behauptet, ist schwer zu sagen. Er hat ihr auf jeden Fall die Sprache genommen. Und die rechte Körperhälfte kann sie seither auch nicht mehr bewegen. Mit einem Stock kann sie einigermaßen gehen. Ihre rechte Hand ist völlig unbrauchbar, zu einer Klaue verkrampft, sie hält sie immer an die Brust, wie um sich zu schützen. Auch der Arm hat sich in dieser Position versteift und lässt sich nicht strecken. Die Hand kann sie nicht mehr öffnen.

Die Augen sind immer noch blau, aber sie haben das besondere Leuchten verloren. Sie sehen jetzt aus, wie die Augen von alten Menschen oft aussehen: müde und glanzlos.

Als Florence aus dem Krankenhaus entlassen werden sollte, stellte sich die Frage nach ihrer Unterbringung. Man war der Ansicht, dass sie mit Hilfe eines Pflegedienstes zu Hause zurechtkommen würde. Als sich herausstellte, dass ihr Zuhause ein großer Gutshof war, wurde ein Vormund eingesetzt, der das Haus verkaufen und ihr eine passende Unterkunft besorgen sollte. Aber es dauert, bis man so einen Ort verkaufen kann, und noch hat sich kein Käufer gefunden.

Der Kleine Salon wurde eingerichtet wie eine Einzimmerwohnung, hier schläft Florence und hier verbringt sie ihre Zeit. In die kleine Toilette im Flur wurde eine Dusche eingebaut. Ihre Welt ist geschrumpft.

Ich wohne inkognito im Haus. Wenn der Pflegedienst kommt,

mache ich mich unsichtbar. Manchmal gehe ich raus. Oder ich ziehe mich in den zweiten Stock zurück und sitze still im Arbeitszimmer von Florence, lese bei geschlossenen Vorhängen. Die Leute vom Pflegedienst kommen nie hier herauf, ich brauche mich also nicht groß zu verstecken. Ich muss still sein und aufpassen, dass man das Licht der Leselampe von außen nicht sieht und keine Schritte hört.

Wenn Florence mich würde verraten wollen, könnte sie das selbstverständlich tun. Zum Beispiel, indem sie auf die Treppe zeigt und dabei unartikulierte Laute von sich gibt. (Das macht sie, wenn ihr etwas nicht passt, zum Beispiel, wenn man beim Anziehen zu fest an ihrem verkrampften Arm zieht oder wenn das Duschwasser zu kalt ist.)

Aber soweit ich weiß, macht sie das Versteckspiel mit. Ich glaube, es gefällt ihr.

Der Makler, der das Haus anschaute, war ein redefreudiger Mann Mitte vierzig. Tessan erbot sich sofort, ihm das Haus zu zeigen, und während des Rundgangs schaffte sie es, ihn so sehr zu bezaubern, dass er sie am nächsten Abend zum Essen einlud. Jetzt wohnt sie in seiner frisch renovierten Bauhaus-Villa, arbeitet in seinem Büro und hat ein Reitpferd in einem Stall in der Nähe. Das hat sie zumindest erzählt, als wir zuletzt miteinander sprachen. Wir haben fast keinen Kontakt mehr.

Aber ich bin noch da. Wenn Florence einen Platz in einem Altersheim bekommt und Glimmenäs verkauft wird, muss ich etwas anderes finden. Ich hoffe, es dauert noch.

Meinen Eltern habe ich gesagt, dass ich bei einer Freundin in Göteborg wohne und wieder im Hotel arbeite. Der Name Glimmenäs macht sie nur nervös. In den Zeitungen und im Fernsehen wurde über die Geschehnisse berichtet. Aber nicht sehr viel. Wenn das Gleiche vor zehn Jahren passiert wäre, dann wäre es anders gewesen. Es wird so oft geschossen heutzutage.

Florence schreibt keine Briefe mehr, aber manchmal versucht sie mit der linken Hand Wörter zu schreiben, das hat ihr die Therapeutin in der Reha empfohlen. Am Anfang war die Schrift fast unleserlich, aber jetzt ist sie schon besser und ich erkenne die Überschriften, die sie aus der Zeitung abschreibt. Mein Lob quittiert sie mit unbeweglichem Gesicht. Aber sie ist nicht so gleichgültig, wie sie tut; ich glaube, auch ihre Mimik hat unter dem Schlaganfall gelitten.

Manchmal decke ich im Speisesaal zu einem Fest. Ich hole das Kongelik-Dansk-Porzellan heraus, die Kristallgläser und das geputzte Silber, dann zünde ich die Kerzen in den Kandelabern an. Florence tapst im Nachthemd herein und schaut sich alles an.

Heute hat sie Tischkärtchen dabei und ich helfe ihr, sie zu platzieren. Sie nickt, zeigt stumm ihr Einverständnis und tapst auf ihren Stock gestützt wieder hinaus. Ich helfe ihr ins Bett, dann gehe ich in den Keller und hole eine Flasche Wein. Ich mache mir belegte Brote. Dann feiere ich mein kleines Fest für mich allein.

Ich entkorke die Flasche, stoße auf die Wendman'sche Gesellschaft an und gehe dann um den Tisch herum und schaue die Tischkärtchen an. Die Namen sind mit großen, undeutlichen Buchstaben geschrieben, sie haben kaum Platz auf der Karte. Schwer zu lesen. Aber man kann sie erraten. Es sind nicht die gleichen Namen wie früher. Ich erhebe mein Glas und proste jedem zittrig geschriebenen Namen zu:

»Prost Florence! Prost Carl Henrik! Therese! Judit! Andreas! Pontus!«

Und dann dem goldgerahmten, ewig dunklen Spiegel:

»Prost Martina!«

Ich trinke auf das Wohl von allen, bis die Flasche leer ist.